静居长安

马 婷
MA TING
———
著

陕西新华出版
太白文艺出版社·西安

图书在版编目（CIP）数据

静居长安 / 马婷著. — 西安：太白文艺出版社，2022.12
ISBN 978-7-5513-2331-4

Ⅰ. ①静… Ⅱ. ①马… Ⅲ. ①散文集－中国－当代 Ⅳ. ①I267

中国国家版本馆CIP数据核字(2023)第005709号

静居长安
JING JU CHANG'AN

作　　者	马　婷
责任编辑	戴笑诺　黄　洁
版式设计	建明文化
出版发行	太白文艺出版社
经　　销	新华书店
印　　刷	西安市建明工贸有限责任公司
开　　本	880mm×1230mm　1/32
字　　数	170千字
印　　张	9.875
版　　次	2022年12月第1版
印　　次	2022年12月第1次印刷
书　　号	ISBN 978-7-5513-2331-4
定　　价	58.00元

版权所有　翻印必究
如有印装质量问题，可寄出版社印制部调换
联系电话：029-81206800
出版社地址：西安市曲江新区登高路1388号（邮编：710061）
营销中心电话：029-87277748　029-87217872

目录
CONTENTS

第一辑 / 长安偶见

白果与娑罗子   003

烟火气   008

街巷里的旧书摊   027

傍晚的城墙根   033

湘子庙街寻湘子   039

冰窖巷纳凉记   045

古村新貌   052

窦府巷寻雀屏佳话   058

夜色中的揽月阁   063

关中书院桂花香   068

彼岸花开大兴善寺   073

山居一夜   078

秦岭中的村庄   082

第二辑 / 长安巧匠

斫　琴	089
瓦　当	108
纸　缘	118
阎良核雕	125
锦灰堆	133
高陵洞箫	139
唐三彩	146
秦镇木杆秤	152
桑家龙灯	160

第三辑／长安风物

故土之下	169
曲江流饮	190
天坛问古	196
游郑国渠记	204
昆明池畔等风来	210
柏灵帝灵	217
雁塔晨钟	229
灞源小记	233
泛舟咸阳湖	241
草堂烟雾	245

第四辑／长安佳话

才女幼薇	251
桃花缘	258
"曹大家"班昭	264
先祖伏波将军记	270
风流才子杜牧	278
女校书薛涛	285
太史公司马迁	292
大唐书魂颜真卿	298
后　记	305

第一辑

长安偶见

白果与娑罗子

一场冬日之约，倒让我与两棵古树迎面而遇。有人或许要说，古树何其多，遇见当属平常，无须惊异。古树是多，但娑罗与银杏却不寻常，何况，我遇到的这两棵，生于清幽之地，沐浴禅寺之光，皆有灵性。

近日重读《秋灯琐忆》与《浮生六记》，为的就是将蒋坦与秋芙、芸娘和沈复的诗意生活重新解读。可如今看我们这一场周末之行，与曾经，杭州西湖畔的蒋坦夫妇并无差别。可见，自古文人间的雅聚，大抵如此。蒋坦与秋芙，曾于夏日炎热之时，往山中寺庙避暑游玩，与月楂大师喝茶聊天，品书论画。我们这一行，亦不乏画家、篆刻家、作家与尺八行者，不过是在冬日严寒之时，于寺庙师父禅房，炉火、热茶中，觅得温暖，其余心境皆大抵相似。

我是在弥陀寺和百塔寺遇到这两棵树的，这便要分开来说了。不过也是奇妙，两座古刹，饮茶畅聊，抑或抚琴赏画，之后，留在心中久久无法忘怀的，却是那两棵树的果实：娑罗子与白果。

是在走的时候碰到那棵娑罗树的。在此之前，已见到了那两株上千年的玉兰，并在师父的禅房内饮用了那玉兰花所泡的茶水。师父的禅房内，炉火正温，书与经卷摆放在茶海一侧的小桌子上，几只"禅修"的猫在屋内一角蜷缩着，时而变换身姿，时而起来活动一番，后又懒懒地趴下来，盯着我们这些外来之人。在玉兰花茶的香气中，随手拿起桌上的一本书翻看起来，伴随着炉火、猫、茶，瞬间就沉迷了进去。半响之后，才被友人的一曲古琴演奏所吸引，从书中抽离，继而在琴音淡去之时，走出了禅房。

后来，便遇到了那棵娑罗树。它以上千岁的身姿，站立在冬日的弥陀寺中，干枯的树枝直指蓝天。树的一侧，生出来的枝丫与一佛塔交相辉映，这交融是惯常的，这蓝天却是冬日少有的。起先是一位先生在阳光照耀下的树身周围捡拾到了一颗风干了的娑罗子，众人围绕在他周围，观察着这颗放置在他手心中的果实，似瞻仰某种神圣的宝物般。而后纷纷蹲下来，拨开树底的枯草，找寻起来，继而每人捡拾到了一两颗。

这娑罗子，通体呈棕褐色，表面褶皱不平，状如不规则的球形，种脐色稍浅，拿在手里，俨然一颗风干了的板栗。捡拾了一颗，放置在手掌上，在冬日少有的阳光中，拍下它安静的身影，而后装在包里珍藏起来。毕竟，娑罗子珍贵，入药有理气宽中、和胃止痛之效,况这树长在清幽之地;这果,沐浴经书禅音,总是有灵性的。

随后便道了再见,与这棵娑罗树,与冬日的弥陀寺。心中却惦念着这树夏日繁盛的样貌、这果秋日饱满的状态。似乎有些不巧,我们是在最寒冷的时节而来,尽管有难得的蓝天与红日,见到的却是它休憩与暗淡时刻的姿态,不过,心中倒多了几分再见的期许,想来或许也是幸事。

原本捡拾到娑罗子已然开心不已,不想到了百塔寺后,收获更佳。

只见院内瓶中一风信子开得正艳,竟在这冬日引来几只蜜蜂,环绕其嗡嗡吟唱,忽地就给人一种春已来临的错觉。随后就在这百塔寺的大殿后,与那棵约有一千七百年树龄的银杏相遇了。这几年四处采风,古树倒是常见,黄陵的古柏林、王宿里的千年枣树林、荐福寺和周公庙门前的古槐,或多或少也都在瞻仰过它们古老厚重的身姿后用文字描述过一二。但要说如此古老的银杏,却真是第一次见。时常听人说古观音禅寺的银杏如何之历史悠久,如何之尊贵又如何之美,但也一直未见其真容。如今这一棵,倒比那棵网红树还要老上约莫三百岁。它身高超三十米,树围十八米,又总是最沉得住气的,往往要等别的地方的银杏叶子都已凋零落下时,才微微一笑,捋一捋胡须,抖一抖身体,准备慢慢地变黄。也是因此,它才有了"中国第一银杏树"之称。我们几个来访者，围绕着这棵古树，仰起头，举着手机，就这么边观察边拍着照，转了一圈。而后，其中两位会演奏尺八的先生，便将那随身带着的乐器拿出，在这棵古树下，在这始建于西晋太康二年（281）的古刹中，演奏了一曲悠远、空灵的《虚铎》。因我之前写过《尺八》，对这首曲子和尺八本身尚且熟悉，却也依然是一音起，万念空，整个人像陷入一种超然的状态。观他二人，则似乎正在与这棵古树对话，将万千语言汇聚成气息，通过那竹管传出来，响彻在空中，响彻在树身周围。仿佛与这树是多年的老朋友，如今不过是寻到了，用这曲子叙旧罢了。如若他们前世，也曾在这树下吹响尺八，恐怕在这曲子中，都忆起来了。

一曲了，两人意味深长地收起尺八，再看一眼这树，它仿佛也是热泪盈眶。冬日干枯的树枝努力摇摆着，随后我们便来到了师父的禅房，继而尝到了它——这棵古银杏的果实。

师父的禅房诗意盎然，所挂书画与所饮之茶皆是上品，我们只觉清雅舒心，仿佛暂时抛却了那凡尘之扰。茶桌上放着精美的果盘，其中一盘，据师父说，即是那距今约一千七百年的银杏树结的果子。我只觉惊异，一下子欣喜起来，拿起一颗欲品尝，心中想的是不知与多少古人吃了同一棵树上的果子……假使李白也来过这百塔寺，假使白居易也赏过这银杏树，鱼玄机、温庭筠、薛涛……一颗白果尚未剥好，脑海中一个个古代文人雅士的名字即冒了出来。不禁想，他们或许也曾尝过这树上的白果，莫名地激动万分，剥着白果的手，便更加笨拙了。剥开那白色的外壳，轻轻撕下果仁外裹着的那层褐色薄膜，便露出黄色的果肉。小心翼翼地塞进嘴里，一种甘绵软糯的味道遂从舌尖传来。众人只道这白果珍贵，不敢多品，也感叹何其幸运，能在这冬日，这难得的暖阳天，于这古老清幽的寺庙，相遇一棵古树，并尝到它的果子。

白果或许不是稀缺之物，但我们品尝到的却是有着约一千七百年树龄的银杏所结，自然有其珍贵之处。这树生长在这里，历经朝代更替，见证了多少王朝的兴衰荣辱，见证了多少人的出生和老去，又见证了多少文人的风光与落魄。如今的它，慈祥、厚重，似呵护幼童般，亲切地望着我们这些后来者，当然，它也将见证我们的衰老和逝去。多少年后，或许还会有人拿着尺八在它周围吹响一曲《虚铎》，那时，不知它会不会想起今日这几个俗人……

我将一颗白果握在手中带走，与那娑罗子放置在一起，它们看上去是那般不相称，但又是那般相称。如今，这两颗果子依旧放在我书桌上一盒子内，它们朝夕相伴，或许会在无人之时，也交流一二。想到这里，我不禁又打开盒子观察起来，倒似想要偷听它们谈话一般……窗外突然响起一首曲子，仔细听来，仿佛是小凑昭尚的《晚霞》，不觉将窗户开大了些，好让这曲子能更好地飘进来……

烟火气

　　与师者短信一则,提到烟火气息,想,何不以此为题?又想,信息本身,不就满满的烟火气?从前那种,素笺、书写、慢寄、拆读的交流,如今看来,属诗意生活。

　　即使你内心再风花雪月。

　　也须身处烟火之中。

小 酒 馆

　　小酒馆去得不多,只一家离得近的,若是来了想要好好交流的朋友,便急匆匆去拨存在手机里的那串号码,内心其实早就有了答案,每每却是直到店员说了没位子才死心。有才叔的小馆就是如此,在体育场,工作室楼下,它让我体会到了浓浓的文艺气息,却又无形中带着这个城市的烟火气息。

　　文艺和烟火矛盾吗?我以前觉得是。如今,在夏日的夜晚，和朋友推开小馆的门，排上位子，再无奈地离开，在周边漫无目的地转悠，直到店员打来电话，告知终于轮到我们，才又返回那个喜爱的小店。点一瓶爱喝的梅子酒、一盘无骨鱼、一个番茄牛腩锅，挑几样喜欢涮的菜。乍一看，酒馆的书架和灯光、陈列和音乐，应着手中的梅子酒，真是文艺青年的天堂。

可这一次，透过手中浅绿色的酒杯，喝下一口苦中带甜，甜中微苦的梅子酒，看杯底的游鱼栩栩如生，周边位子上的客人谈论生活，我突然嗅到了一种这个城市居民最本真的生活状态。

旁边的姑娘正脱了鞋盘腿坐于沙发上，我原本是不喜她这样，也想告诉店员去提醒一番的。几分钟后，却沉浸在我们自己的氛围里，忘却了这一道小风景。酒馆内情侣居多，不一会儿，旁边那桌客人离去，就又来了一对看着正处于热恋期的男女；不远处还有一对，该是处于暧昧期。我原是不大去关注和猜测旁人的，这一次，却从他们坐的位置关系，说话、吃饭的样貌，想到了七七八八。

伴着音乐，我们大口嚼着牛腩，端起酒杯互相碰着。有意思的是小酒馆内的酒，都以"前任"来命名，分为一、二、三系。酒瓶上的文案也极有意思，"这酒让我想起了你，不知道你在哪里，现在过得怎么样，我想对你说……"至于说什么，上面写："得斩断情丝，向下抽出套在外面的包装才能看到。"我大抵以前是拆开看过的,日子久了,却也忘了。但想了想,左右不过是"再见"之类的话语吧。这"前任"酒,加上每次漫长的排队等待,倒是又让我觉出了些诗意中的烟火气息。

初识这家酒馆大概是三年前,约了相知的好友。那个时候酒馆生意不如现在火爆,我们来也不用排队。记得那是午后,时节依旧是夏日。我们选了个靠窗的位置,点了几盘精致的小菜,如今想来,似乎是芸豆、熏鱼、芝士焗红薯之类的。而后,谈着天,说着地。

不知何时起,这家店的生意便悄无声息地火了起来,我和友人却因为一些分歧开始渐行渐远。两年后,等我再次来到这家店时,便已经需要提前两天预约了。那一次,我便喝到了他们酿的梅子酒,从此,爱上了那味道,这里,也便成了放松心情的一个港湾。

每次来了文学圈的好友,要是只有两三人,便总想带他们来这里。美好的事物是要拿出来分享的,好的店铺也是。我总觉在这里,每个怀有一颗文艺心的人,都能够静下心来,放松,享受,继而达到精神上的共鸣,当然,也能达到味觉上的满足。

许是因这一次,带去的朋友不是文艺圈的,聊起来的话题便成了生活琐事。再加上排队、等待、饮酒、吃肉这些最平常、最生活化的细节,留意周边桌位,那些匆匆而过的就餐者们，我才觉出了它的烟火气息。

突然就懂了，于很多人而言，这不过是一家适宜约会的网红小酒馆，也不过是素日里下班后，与亲朋好友的相聚地之一。是我，强行为它赋予了其他意义，将它视作了一个隐匿在城市角落的黑暗灯光之中的一处洗涤心灵之地。如今，我在这里看到了这座城市的人们每一天生活的缩影，他们聊的，无非是自己关心的话题：相亲、买房、旅游、生孩子、教育、工作……多有烟火气呀！而这烟火气，早在梅子酒取名为"前任"时，就有了呀。

咖 啡 屋

咖啡屋与小酒馆相似，都是繁华都市中隐匿的一方灵魂栖息地，又都带有浓浓的烟火气。

高新有一屋，名古斯帝咖啡，不知为何我总将它与海盗船联想在一处。咖啡屋的装饰富有特色，内有一大树，座位便设在树下，人也就坐于树下闲聊。屋分二层，楼梯拐角处放置旧电报机、电话机、收音机等物，许多我未曾见过，觉得新鲜，会偶尔驻足。墙壁上还挂着照片，是客人的，众多美女帅哥将笑容留在这里。我学着照片中他们的样子，努力咧开嘴角，而后向楼上走去。

古斯帝来得多，是源于一企业家姐姐送了张卡，又源于我喜爱这里的氛围。尽管咖啡馆的餐食价格昂贵，书架上的书索然无味，但我总能在这里消磨一整天时光。

那时候，我总从北郊搭乘公交，历经一个多小时，来到这里。端坐一整日，又踏着月色，坐公交一路摇回去。在那里，我完成了众人熟悉的诸多散文，在那里，我曾经像找到了自己的战场。

每日与我一同去的，有聊家常的贵妇，有写文案的职员，有做作业的学生，还有打牌的闲人……我有时会讨厌他们，当我沉浸在一篇文章的构思中却被身边突然爆发的笑声打扰的时候，我会用目光去注视他们。那时我总觉咖啡馆该是安静的，后来我见到一群人进来，坐在窗口的位置，玩起了扑克牌。

他们笑着，嚷着，我起初烦扰，不断地用不友好的目光看着他们，后来干脆收起书本，点了一盘餐，同许多人一样，只将这咖啡馆当作满足味蕾的地方。咖啡也好，食物也好，不过为了满足舌尖和胃的欲望。没有人规定咖啡屋不能打牌，没有人规定它只能给文艺青年用。我于是将心思从书本中挪到了周边人。我看着他们大快朵颐地享受美味，看着他们聊着工作上的烦心事，偶尔气恼地骂骂咧咧两句。

咖啡屋本就处于一商业街区，许多白领将与客户的谈话挪到了这里。在轻音乐声中，人们总是能更好地放松并保持心情愉悦吧，我想。尽管这昏暗的灯光，慵懒的乐曲，以及桌上诱人的鲜花总让人觉得有些暧昧，这暧昧的氛围又多是恋人追求的，所以我看到许多热恋中的人坐在这里，互相喂着饭菜，发出咯咯的笑声。

自从卡里的钱用完后我再也没有坐一个多小时公交去古斯帝的体力，而是选择离家近的"猫空"。猫空全名"猫的天空之城"，是一家带咖啡的书屋，最近的一处在一座商场内。商场内人来人往，行色匆匆，人们来吃饭抑或是购物，而我在这浓浓的烟火气的包裹中，找寻自己。

后来又在工作室附近的太平洋咖啡馆设了点。咖啡馆位于体育场内，来小憩的人大都是刚运动完，带着汗水与激情踏进来，他们的身上有我所没有的阳光和朝气。我在这所咖啡馆内，无意间发现了一本日本人冈仓觉三写的《茶之书》。正欣喜于这发现，一群刚打完篮球的高大少年踏了进来，他们的身上带着光。这光照亮了我，照亮了我的青春。

我不禁陷入了回忆，而这咖啡屋，满是我少年时的烟火味。

街　巷

街巷有商铺，解衣食住行、生老病死一应需求。亦然有摊位，摊位中隐匿着菜市场，菜市场又夹杂着各类摊位。吆喝声、剁肉声、讨价还价声、糖炒栗子声、路人聊天声此起彼伏；买卖者、乞者、路人、流浪狗挤挤攘攘，头疼去，又不得不去。

以前居住之地，属纬二十六街，往南过十字便是一条小巷。那小巷，简直是人间缩影。每到那里，我才觉出自己也是这俗世的一分子，也得购置衣食所需，也会对琳琅满目的小吃、水果垂涎欲滴。

小巷从早到晚都热闹非凡。

晨起，学生、上班族、公园遛弯的老头老太太们都从巷子内的小区出来了，于是门外的几家早餐店和路边的摊位前挤满了人。什么豆浆、油条、煎饼馃子、土渣饼、鸡蛋灌饼、菜夹馍、胡辣汤……一应俱全，且各个摊位跟前围得满满当当的。像我这种没有固定工作的人通常不会赶早，总是等那高峰期过了，才磨磨叽叽地起床，来到街巷，买几根油条、几杯豆浆。油条通常都要等，我虽然出门买早餐的次数不多，但也有站在大油锅前，盯着那一团面在油中刺啦刺啦慢慢膨胀的经历。

我总觉得我在买东西方面是不太擅长的。从小就不会抢和挤，看到人多就怯，直往后退。好在现在基本没有要抢着买啥的时候，至于油条，不过是站在那儿等一等，等一等就等一等，正好看一看这街巷早晨的风景。

人们都是行色匆匆的，摩托车、自行车在小巷内穿梭着，偶尔也会驶进来一辆汽车，挤在中间如同蜗牛爬步般往前挪着。初升的太阳总让人觉得喜悦，人们带着希望和早餐行走在路上，待他们走远后，小巷有了几个小时的沉寂时间。

这沉寂并不真的是沉寂了，小贩们还在，摊位也还摆着，只是那些卖水果蔬菜的，开始有了空闲，能坐在凳子上歇息一会儿，拿起手机刷一刷抖音，或者打开全民K歌吼上几嗓子。你还别说，这高手当真是在民间。别看这些小贩穿着朴素，长相普通，唱起歌来，却是一鸣惊人，往往亮出嗓子，便惹得众人投去欣羡的目光，却都不会驻足去仔细聆听，只是在经过时，扭着头，边走边看那么一会儿，嘴里发出"啧啧"的赞叹声，夸奖几句"这嗓音真好……太好听了……"，便也匆匆离去了。

小贩们也就能闲那么一阵子，到了下午5点，那些要准备晚饭的老人们又慢悠悠转到了巷子里。水果摊、蔬菜摊继而忙碌了起来，推着车卖吃食的夫妻档也到了他们往日摆摊的固定位子，这样一来，无论是放学回家的学生，还是下班归来的年轻人，满目皆是烤面筋、烤鱿鱼、粉蒸肉、煎饼馃子、卤肉、烤冷面、油炸串串、臭豆腐等美食。他们一路从街头走到巷尾，脖子和眼睛也从第一家摊位转到最后一家摊位。最难熬的是鼻子，在那么多诱人的香味中还要保持清醒，稍不注意就会驱使主人吃成个大胖子。

街巷中除了有卖衣食住行物品的摊贩，还有一些固定的手艺人。鞋匠和裁缝便是必不可少的。鞋匠是四川人,就居住在街巷的一个老旧小区内,他的摊位则安置在小区门口的台阶上,一来二去我也光顾过几次,甚至在一次认真地观察了他的工作之后想起了大学时校园内的一对鞋匠夫妇,竟抑制不住情愫,作了篇文。而裁缝,则往往有固定的小门面。现代人生活富足,对衣物已不像过去般缝缝补补地穿,往往找裁缝的不是因为新买的裤子要裁短,就是小孩儿的书包要换拉链,裁缝的作用早已不若过去,但又似乎必不可少。

街巷是城市人生活的缩影。想来20世纪八九十年代的街巷更有味道,但如今那些只能在黑白老照片中看到的场景,对年轻的我们来说并无多少印象。可就是这样一个每日热闹非凡的街巷,有一天,却突然变得门可罗雀,呈现出短暂的空寂和冷清。当春暖花开时,它又恢复了往日的繁荣。只是,我却在春日举家搬迁,从城里一下住到了南郊。

郊外空气清新,环境优美,搬来的第一件事,依然是找寻附近的菜市场。空气与环境给予我们心灵上的享受,市场,则提供了生活所需之物。好在穿过小区旁边的河流,在马路对面,就有一集市,每日下午人声鼎沸,我又听到了各种吆喝声……

一日,接幼儿下学,途经市场,被辣条的香味吸引,不顾穿着的旗袍,踩着的高跟鞋,便也挤到摊位跟前,先尝一二,连连点头,小儿也举起大拇指做称赞状,于是示意摊贩称取一些。正称着，不知何时旁边来了一老人，跟我一样用竹签扎了根短的辣条，我以为他要品尝，却见他转身递给了旁边的老阿姨。显然，这是一对年老的夫妇，我一下子被老人的恩爱举动所吸引，竟连摊贩递过来的称好的辣条也忘了伸手去接。老人与我一样也买了半斤，又转身交到了阿姨手中，而后开心地看着她笑，并示意她拿着吃。我在一旁看得羡慕起来，想，这才是人间烟火气呀！

回家的路上，小区门口的摊位也早已摆了起来，各种美食散发出同纬二十六街一样的香味来，我拉着孩子走在其中，尽情地用鼻子去体味这人间美好。

饭　店

饭店是每日里必定要去的地方，和小酒馆与咖啡屋不同，进饭店似乎更多为了解决饥饱或者与朋友相聚，而少了些精神上的追求。也因此，去的饭店大多是不固定的。今儿个在你家楼下，明儿个在我家附近，都是有的，甚至于一日三餐都是走到哪儿便随机走进一家，不在乎店面的大小，也不在乎口味的好坏，匆匆而来，吃完抹一抹嘴再匆匆而去。到如今随着外卖行业的发展，多数时间人们连去饭店都省了。

这样一来，确实省事。手机在手，短时间就能逛遍周边所有店铺，对于有选择困难症的天秤座来说，也不用忍受因犹豫半天不知道吃啥而被服务员盯着的尴尬。如此习惯了，人便懒了起来，以前明明下楼即可就餐的，如今，宁愿花钱让人从几公里外用半个小时送过来，也不愿下楼吃口热乎的了。

就这样，一边手捧手机刷着抖音，观看着有关养生的视频，一边用塑料勺子舀着塑料碗里的汤喝，饭店于是变成了手机里的二维平面图，像存在于影视片中的一样，似乎与我们无关，却又总能吃到来自于它们的食物。

但也有那么几个常去的店，是做接待用的。贾平凹先生说，"人实在是个走虫"，身处都市，不若幼时在农村，常常于邻居亲戚家走动，但人又不能长时间独处，总向往着与朋友欢聚，于是城里人发明了聚餐。像先生《暂坐》中的十姐妹般，今儿个你请客，明儿个吃我的，但也总有个常聚之地。

我们的常聚之地在大雁塔北广场朋友开的酒楼。

朋友正值耳顺之年，说起来倒比我父亲还要年长十岁，但文化圈的交往，日子久了，便成了精神上的。也因此，我常有六七十岁如兄如父般的忘年好友。诚然，酒楼的掌舵人便是其一。

因是老乡，我又写过他的创业故事，加之他对文化的热爱在长安城里是出了名的，那酒楼长廊的墙上，尽是些名人字画与数不清的照片，照片上当然也是他和众多文艺圈人士的合影。如此喜爱文化之企业家，自然是时不时就将文化界人士邀约至酒楼，或是笔会，或是茶话，他那两间办公室便成了文人的聚集地。这么想来，倒真有些"暂坐茶庄"的意味。只是他这里，少了那"十二钗"，贾平凹先生倒是来过的，还为他题了匾额，挂在长安城他所开的分店门头。

据说贾老师还曾戏谑"我只与你写了一个牌匾，你倒给每家店铺都挂上了，该给我钱的"，说完哈哈一笑，众人也跟着一乐，为贾先生的幽默和随和所感染。转身又看到那办公室门口的一幅王家民先生画的老贾吃面图，不由得又乐了，原来这贾王二位，竟是同学，难怪能作出这么一幅趣味横生的画来，又惹得众人连连称赞。一来二去，朋友这酒楼也在一阵欢声笑语中更加有了名气。

我们却是将这儿当作家的。朋友是做臊子面起家，从一厨师干到拥有十几家店面乃至这酒楼，生意做得风生水起，自己也转眼间子孙在侧，常常要感慨"岁月不饶人呐"，于是慢慢地退居二线，专心混迹在文化圈，不知何时竟也写上了书法，他这里便成了西府文化圈的"暂坐茶庄"，时常要来饮茶吃面的。

臊子面是最聚烟火气的。这自幼吃到大的食物，能让西府人忆苦思甜，能让在外的西府游子想起父母。于陕西人而言，它就是生活最原始本真的东西，就是最能填饱肚子之物。陕西人总说，自己的胃就是吃面的胃，无论飘荡在何地，唯有一碗面能吃得踏实，既解温饱之苦，又解思乡之愁。所以我说，朋友的酒楼是最聚烟火气的地方。

在这里，我们总能短暂忘掉拼搏路上的苦楚，与乡友们欢聚一处，一碗臊子面，一杯西凤酒，最是人间烟火味。只是，这里的烟火味与旁的不同，这是家的味道。

夜色弥漫，走出朋友的酒楼，见路旁的饭店坐满了客人。喧哗声中，似乎有划拳之音、哭诉之音、欢笑之音、孩童喊叫之音，夹杂着烤肉在铁板上的刺啦声、串串在锅里沸腾的咕嘟声、酒杯碰撞到一处的乒乓声。笑一笑，转身离去，即使我心中满怀诗情，也不得不承认，这人间烟火味是那般诱人，不禁又想起曾居住在沧浪亭畔，将生活与诗酒完美结合的沈复与芸娘夫妇来⋯⋯

霓虹灯

霓虹灯是城市的象征，何时从霓虹灯中看到人间烟火的呢？思索了半天，却都是些碎片化的记忆。

工作室所处之地，在这个城市的中轴线上，离市中心近，又会举办一些演唱会、球赛之类的活动。南来北往，除却来看比赛的，各类场馆内锻炼的人也多。一到下午，网球馆、游泳馆、羽毛球馆、乒乓球馆，以及外面的篮球场、足球场、跑道，都聚集了这个城市热衷于运动的人。

人一多，自然就繁华了，我便也习惯了夜里很晚才回家。有次突然就注意到了周边的高楼大厦，那是下了楼，往地铁走的时候，一抬头，正好对着两座被霓虹灯点亮的高楼。高楼上的灯光按照排布好的步伐跳着舞，旁边大厦上的灯也列队似的整整齐齐，一会儿变成了红色，一会儿变成了绿色……

按理我们家是做舞美生意的，对灯光之类应很敏感，但可能因为我不大去管的缘故，关注度也就低了。再者人总是自动忽视生活中常见之物，不去观赏，不去思索它存在的意义，仿佛它就应该在那里，如路边的树、天边的云一般。

这些光，在每个夜晚固定的时刻亮起，不断变换着颜色，映照着楼内加班的白领，映照着楼下匆匆走过的行人。有次带着小儿回家，不知怎的，他也注意到这些光，突然说出一句："它们在玩'消消乐'吗？"孩童的想象力总是丰富的，我看着高楼大厦上那些不断闪烁的光，又将目光投向更远的地方。这个城市，有人的每一个角落，都有灯光在玩着"消消乐"，它们似乎知晓自己的职责。应着它们，这个城市，更加繁华；应着它们，这个城市里拼搏着的人，更加充满希望。

可它有时候，也会照亮别的什么。有时，我分明看到了，在霓虹灯映照下走过的年轻人脸上的倦容，看到了二十多岁的姑娘眼底泛着的泪花，看到了大雨中行走的中年男人头顶上光溜溜的"地中海"。那时,我便想,倘若没有这光,我便看不到他们的哀伤,我们在黑暗中擦肩而过,只感觉人人都像白天在亲友、同事面前那般光彩夺人,人人都是幸福的。

这么想着,工作室所在的楼却因为全运会的筹备开始翻修,我也因此许久没有过来。一年之后,我们工作室的窗户外面架起了一个个斜着的大梁,整座楼也被打造成鸟巢一般。我正感慨窗外的视线再没有那么好时,到了夜里,却突然亮起光来,围绕着足球场亮成一圈,写字楼被这些光裹着,变换着色彩,那般耀目,那般美丽!

离开时,我站在楼下,抬头看着这不断闪烁的光,用手机捕捉下它们美丽的幻影,心想:这是人间繁华呀!

窗 外

朋友发来一张图,是楼下一堆围坐着下象棋的人。图是从三楼窗口拍的,恰好俯视这棋盘。他知道我一直想写一写这棋盘上的战争,写一写街市中一位位摇着蒲扇,穿着宽大短裤,趿拉着拖鞋,围坐在棋盘周围的人。却恰巧从窗口看到了这一幕,赶忙拿出手机,抓取他们的身影。

我是常常趴在窗户上发呆的,看楼下形形色色的人,形形色色的走路姿态。以前总觉得人只有身高长相性格各不相同，后来发现，走路的姿态竟也是独有的，这一发现对我这双近视的眼倒是好事。街道里碰到人了，不用去辨认他的脸，只消观察着其走路的样子，便可识得，继而热情地打着招呼。如此一来，没事时就喜欢站在窗口几盆绿萝中间的踏步机上观望窗外，偶尔也会拿本书站在上面，边踏边看，竟也觉清爽惬意。

一日，正重读着沈复的《浮生六记》，看到芸娘和沈复于傍晚时分在老妇人家竹篱笆外的池塘边赏荷饮酒，心下正羡慕着那样悠然的场景，忽听得一阵吵闹声，抬头一看，原来是窗外楼底下，正有二人不知为何涨红了脖子在争吵。其间，一会儿是你指着我的脸，我后退两步；一会儿又换作我指着你的眼睛，你后退几步。我看得紧张，生怕这二人一个冲动，就撕扯到一起，没承想竟又和好了，你拍拍我的肩，我搭搭你的背，就像什么都没发生过一样，扬长而去，留下我独自在窗边愣神。

世间之人，倒真是有趣，于是便在闲暇时分，热衷起观看这窗外的景致来。

某天，恰有一疯子从楼下经过，披头散发，衣衫褴褛，嘴里却是念念有词，似乎是在背诵着什么文章，一会儿又骂骂咧咧起来，仿佛是谁扼杀了他的梦想，却也惊扰了我正浇花的心。就想，大抵只有心性至高太过要强之人，才会在受到刺激之后，至如此境地吧，不免替他叹息几声。

此外，这窗外最常出现的，便是穿着或白或灰的麻布衣，留着长发或胡须的艺术家。缘我这窗外正对着美术博物馆，时常有书画展在那里举行，而我与原来的馆长恰是老乡加忘年交，之前也经常于馆内的地下室看他们打乒乓球。如今，他退休将近一年，我便也再没去过那馆里，只是日日于这窗前，看到那里时常有展览开幕、闭幕，许多书画家在开幕式结束后，便会从楼下经过，而我正好可于这窗内看到他们的身影。

这其中，当然不乏名家，别问我如何知晓。那被众人前簇后拥，又是拎包，又是搀扶，又是弯腰用手在前面开路，又是拉车门的，难道不是名家吗？

每日到了傍晚时分，一群练太极的人就会准时出现在我的窗外，将他们的音乐放起，我便偶尔也随着舒缓的曲子扭动扭动身体，放松放松这僵了一天的肩颈。甚至有时也锁上门，到楼下去，静静地站在他们旁边，在暗夜与月光的交织中待一会儿。虽是不会打太极，待一会儿，便也觉得心静了许多。

偶尔也会看到跑步的人，不紧不慢从窗外经过。大都是些中年男子，顶着圆球一样的大肚子，哼哧哼哧，满头大汗。偶有几位个子超高、体形超好的人与他们形成对比——工作室处于体育场内，对面的两栋楼便是体教公寓，里面住着的大都是些运动员，要碰上篮球队的，自然得要踮起脚仰望了。他们自然喜欢锻炼,旁边的篮球场、足球场,以及跑道,都时常有他们健硕的身影。在擦身的一瞬间,他们就将那些胖乎乎的中年男子甩在了身后。

当然也有骑摩托车的青年男子,带着美女,轰隆一声,风驰电掣般从窗外经过,以至于我刚抬起头,他们的身影便已然消失了,只留下那刺耳的声音,倒吓得人心惊胆战起来,久久不能平复。别看我平日里温文尔雅,每当这时,我是一定要撇撇嘴,骂上几句的。我最不喜欢的,就是这种骑着车从别人身边呼啸而过,留下那刺耳的轰隆声的感觉。人,就不能慢一些吗?

倒是那蜷曲在路边座椅下的卷毛小狗,看起来乖巧可爱,却也是被这轰隆声吓得到处乱窜……

窗外景致是多,有露着香肩的美女,谈笑而过;有绿意盎然的树木,遮阴蔽日;最让人牵心的,却是由于翻修工程,在外面搭起来的铁架子上作业的那些工人们。炎炎夏日,他们几乎每日都站在不同楼层的架子上工作,有时,也会有人从我的窗外走过。我正是泡好了茶,等端起一杯,跑到窗口,想要递给他喝上几口时,他却已不见了踪迹,许是正吊在旁边墙壁外的空中刷刷涂涂吧,我看不见他,便只能将这茶杯又放到桌上,等着他再经过时,再轻轻地喊住,双手递给他。

不知何时,翻修工作竟结束了,窗外的铁架子也拆了下来，只是多了根斜着的柱子和一块有许多圆孔的红色板子，再看向窗外时，视野便没有那般好了。这窗外，也再没有过那些工人的身影。只是那些形形色色的人，依旧时常匆匆从楼下经过，不过是你走你的路，我看我的景罢了。

看着他们，就想，这窗外，不又是一幅人间缩影图吗？瞬间，一股浓浓的烟火气息升腾在空中，升腾在我的内心。

街巷里的旧书摊

想来自有书籍起,往后便陆陆续续有了书肆、书林、书铺、书屋,乃至书摊。如此,这卖书的行当,倒是传承千年的古老职业。自古诸城,凡街巷内,必有他们的一席之地。起初是小商贩,在庙会,或者去佛寺卖香时,顺便携几本书卖,后来便有了专门卖书的店铺。宋人孟元老《东京梦华录》卷三《相国寺内万姓交易》载:"殿后资圣门前,皆书籍、玩好、图画及诸路散任官员土物、香药之类。"清人沈复的《浮生六记》就是一教书先生杨引传在苏州的书摊上发现的残稿,而后交由当时主持《申报》的王韬刊印,才有了有"晚清小《红楼》"之称的《浮生六记》的问世,芸娘这个被林语堂先生称之为"中国文学史上最可爱的女人"才和她的夫君沈复一起被人们所熟识。如此看来,书摊这一自古就活跃在人们生活中的一道风景,委实重要。

犹记幼年时的第一本作文书便是八九岁时,于校门口一书摊前花五块钱购得的,第二本则是父母周末从集市归来时带回的。打那之后便没了记忆,似乎再买书都是从书店或网上选购。直到这两年回到西安,书摊又时不时地出现在了视野中。起先是从北大街、体育场、龙首北路等地经过时,遇到过年轻男子卖未拆封的各种新书的身影。那些书整齐排列在架子或者木板上,供经过的路人挑选,而我也陆续从那些书摊购买过《中国通史》《山海经》《菜根谭》等书。但对于这种书摊,总没有太多的感觉。那些书卖得便宜,翻开后总有些盗版的感觉,读起来便觉不美气。此后,如若买书,便还是去正规书店,或网上商城,那样价钱虽贵些,书却读得舒心,倒也愉悦。

直至去年一日下午,闲逛至小寨附近,于兴善寺西街口遇许多旧书摊,一下子被吸引了目光。遂流连许久,淘到《鲁迅书信集》《傅雷家书》《鲁迅杂文选》,旧版的《废都》等。并顺手拍了一小段视频发与朋友,又惹得他相约,说改日一起再来,他需淘一些书法古籍。

这旧书摊一个连着一个,摊位后面站着他们的主人,我倒是从未想过去探寻他们的故事,只一味被这些琳琅满目的书籍所吸引。尤其是那些连环画,成堆地放置在书摊旁一箱子内,令人想起幼年初学字时,没有闲书,只能翻阅父亲积攒的连环画。这么一算,我最初的文学启蒙,倒都是那些连环画给的。巴金先生的《家》,以及《程咬金》《聂小倩》等故事,最初都是从那些连环画中读来的。如今再看到那小人书堆积一处，不免回忆起幼年时的生活。

这旧书摊，第一次是偶然发现，多少带着些新奇和吸引，之后，知晓它们在那儿，便成了一个吸引我的固定去处，时不时经过，都要上前探上一番。前些日子与几位友人相约在小寨用餐，结束后来了兴致，又一起去了大兴善寺。大兴善寺内樱花正盛，春意盎然，在寺内友人的带领下，观赏了平日看不到的诸多宝物，而后在一番惊叹与沉醉中走出寺庙。思想尚未抽离，便又与那些旧书摊迎面遇着了。

朋友们走得急，我在后面磨磨蹭蹭，站在书摊前不舍离去，眼看着他们要消失在视野中了，只得扔下手中的书，快步追赶，心中却依然放不下那些旧书。

旧书有味道。许是历经岁月的洗礼，这些泛黄的旧书，总能让人暂时地抛却这繁华都市的纷扰，仿佛回到旧时，没有都市霓虹，没有高楼大厦、电子电器，一切都还很慢，慢到你可以在清幽的小巷，静静翻完一本书。这些书翻开来，有的在扉页上写着"××图书馆藏"，有的则写着"××人于×年×月于×地购得"。我不知道它们曾辗转在谁人手中，又为什么会到了旧书摊，但正因此，总觉它们多了些故事，多了些记忆，多了些味道。这味道，是拥有过它的人的味道，是岁月沉淀的味道，是卖书人的汗水的味道。所以翻开这旧书，便会有一种奇妙的感觉，仿佛自己，与曾经阅读过它的人，在某种程度上有了联系。试想一下，我们曾翻阅过同一本书，在同一本书上留下自己的味道、自己的感触，甚至于留下自己的泪水。这种感觉,于新书,是没有的。新书只有纸张和油墨的香味,没有时光和他人的气息,所以读新书时,不会有异样的感觉,不会觉得曾有一双别的手翻阅过它。

这也许就是旧书摊存在的意义。当然,许多人会说,这里的书比新书便宜很多,又有一些书店买不到的绝版书,也有道理。它们摆放在路边,不用你专门去跑一趟,你只需在经过时,稍稍一探头,一扫视,或者短短驻足,就能淘到心爱的书。在各种商品聚集的小寨,如此繁华的地段,有这么一条街,能在满足人们食欲和物质需求的同时,觅得精神上的享受,实在是充满魅力。

要说我平日里所待之地,距兴善寺西街,不过隔了一座高架桥,但我素日总不爱出门,所以每每到了体育场,便也是待在小书房内,鲜少穿越南二环,去往小寨。所以离那些小吃,那些商场和旧书摊,总还有些距离。今日,忽地想起,趁着天色未晚,便专门寻着地儿去了一趟。

每日行色匆匆地走路,实在是不怎么顾及周边的美景,如今专门寻旧书摊而去,路上倒有了心境。一路注视那发了新芽的树,那头顶上盘旋着飞过的鸟,擦肩而过的人,慢慢悠悠地就到了兴善寺西街。许是刚下过雨的缘故,加之不是周末,往日里喧哗的街道竟显得清静了许多。那些总会聚集一大波人的美食店面门口,也难得的落寞。往里走了走,渐渐看到大兴善寺朱红的围墙。只是墙外的书摊,却都罩着一张酒红色的布,一排排望过去,单一张张酒红色的布空垂着,未见卖书人。我正要失望了,却见远处来了二人,揭开那红布,露出各自的摊位。那些书,就摆放在摊位上,似平日一般。看来其他摊主皆因这雨没有出摊儿,只有这二位,天稍一控住,就跑了出来,想来许是家离得近。

我在一身形小巧的妇人摊位前停下了脚步。寻寻觅觅,挑选了一本沈从文的散文集。倒不是为了买书,只是来了,不挑些东西,总怕摊主会失望。在翻看的过程中,发现有平凹先生赠予别人的一本旧作,扉页有那人的名字,不过或许是他买了去请先生签名的也说不准。但我不知,为何这书竟会出现在旧书摊,总觉得签了名的书,再卖便不好,即使要卖,也须将有名字的那一页撕下来方好。许是我这样的思想狭隘了吧!不一会儿,又在摊位上发现了一本陕西的老作家写的书,亦是赠予他人的,如今,辗转一圈,躺在了旧书摊上。我和那妇人聊了几句,她只说他们这行当也不容易,至于怎么个不容易,却不愿说。

后来我才知,这些卖书人,以前徘徊在城市各个角落,天桥、城门洞、街巷……都曾有他们的身影。只是那时他们卖书总不能安下心来,须得眼观六路,耳听八方,时不时要观察周围的动静,稍不注意就会被城管追赶。就这样东一天、西一天地漂泊着。后来有一摊主,自己租赁了地方,将他们聚集在慈恩西路,他们才有了短暂的容身之处。只是后来那地方被收回,这些以卖旧书为生的人,便又过起了四下漂泊的生活。

直到有一天，雁塔区联系到了那个将众多摊主聚集到一起的人，希望他能带动以前那些人到兴善寺西街来摆摊儿，原来是雁塔区准备在兴善寺西街打造一个"西街雅集"。西安本就是一座文化底蕴深厚的城市，这里又是一条文化氛围浓厚的街道，能够让人们停下脚步在市井小巷随手翻一翻旧书，探寻一座城市文化的根源，也是城市管理者的心愿。如此，统一的摊位，统一的遮阳伞，不收取一分一毫费用，他们的旧书摊活跃在了兴善寺西街上，成了这条街道最吸引人驻足的一道风景。这些摊主，安顿了下来，再也不用骑着车、拉着书到处奔走，再也不用躲避城管，他们与他们的旧书，都有了容身之处。我们这些读书之人，也在这繁华都市，寻觅到了一方清幽之地，一方洗涤心灵之地。

如今，这些旧书摊固定在大兴善寺的围墙之外。墙内是千年古刹和袅袅梵音，墙外是让人恍惚间回到过去的泛黄书籍，一切都是那么静谧，那么相得益彰。那些没有太多闲暇去逛书店的人，那些没有太多欲望去专门买书的人，如今，在买菜抑或是聚餐的路上，偶然间驻足，就能获得片刻的精神享受。而那些喜爱读书之人，更是有了寻求精神满足之地。走在这条街巷，徘徊在这砖墙外的书摊前，不觉间以为回到了旧时，又仿佛进入了一幅惬意的画卷中，这是这座城市最美的画面之一。

傍晚的城墙根

这座城市的厚重，便藏在那厚厚的城墙之中，穿过它时，也在穿过历史。

我总喜欢在城墙周边游荡，一是应着它的静，二是应着那倏忽涌起的心潮澎湃之感。按理说，在一座城市住上三年以上，应该会对那些必经之地司空见惯从而淡然以待，但我，每每到城墙边，却都无法控制地涌起一股难言之感。所以我总劝说自己，从那城门洞里经过时，抛掉周边喧闹的一切，只沉浸在自己的世界中，静下来，再静下来，去感应，去幻想那些久远年代的一切。城墙在我的心中，是比一些古老景点更重的存在。

我不知道傍晚时分，在这里散步、转悠的男女老幼，只是为了散步、转悠，还是也会如我般，也想感受些它厚重的气息，也会去寻觅、去幻想、去感应……

傍晚的城墙根，有微风习习，有鸟雀欢鸣，有树木林立，有河水潺潺，有散步的男女老幼，也有我孤独寻觅的身影。

几乎每一次到城墙边都要用手轻轻触摸那砖石，仿佛是告诉它一声"我来了"。也告诉那些守城的将士们，他们虽已不在，消逝在了那历史长河之中，但这里留存着他们的气息。我这轻轻的触摸，其实，也在这城墙上留下了我的一丝气息。百年之后，城墙还在，我已消逝，总有人再经过这里，再轻轻触摸这城墙，再想起那些古人，便也想起了我。如此看，倒像是我存着些私心了。无论如何，那轻轻一触，我总好似能和古人产生某些感应。心里便想着那些明朝时站在城墙上驻守的士兵，那些清朝时从这里经过的百姓，那些民国时与我一般触摸城墙的女学生……你看，我总是在城墙根，沉浸在自己的世界里。

当然，我也有过在傍晚时分，专门想要去看看那些散心之人的时候。于是那漫无目的的走变成了有目的的看。在那环城公园，看围成一堆唱戏或是打牌、下棋的老人，看陪着孙女打羽毛球的奶奶，看坐在那里安静读书的老先生。城墙外一些枇杷树上正结了果子，那果子颜色虽已泛黄，看着像熟透了的样子，却是极小的个儿，这不由得让我想起"橘生淮南则为橘，橘生淮北则为枳"这样的例子来。这枇杷，或许也不适合生长在这儿吧，但即便它身形小得可怜，也依然挡不住人们的喜爱，还是有三三两两的人，提着袋子，伸手去摘了那小果子，装进袋子里。旁边的石榴树正开了花，槐树和松树则枝叶繁茂，正好遮挡了初夏的阳光，令人从心里不仅静,也凉了下来。

环城公园内有雕塑,雕的是秦腔表演,前面二人装扮了在唱,后面几人则拉二胡伴奏。这时,一长相尚有几分姿色的中年妇女走过来攀着雕塑,做各种姿态自拍,眉眼间遂透出些俗气,我也便不愿看,转身离去了。随之看到几个蹲在地上吃饭的少年,许是刚在附近干完活儿,领了饭,便蹲在这城墙根大口咀嚼起来。虽是年轻帅气的少年,没有憨厚壮实之相,看了,倒总有些老陕的味道。城门洞里行人匆匆,车来车往穿过时,那些古代将士们的身影出现眼前,未料抬头果真看到一些将军,他们正穿了铠甲,在这城墙外帮忙指挥着交通,据说也会在城墙上阻止一些不文明的行为。城市的规划者如此别出心裁,这些古代将军装扮的形象,不仅给城市增添了色彩,成为这座城市独特文化的代表之一,又能恰到好处地去做一些有利于城市保护的事,也算是城市之福了。

随着他们的脚步到了城墙外的护城河边,被那一汪河水吸引,随之静静观察起来。河内水流清澈,在蓝天白云下泛出隐隐的绿色,透过这绿色,能看到鱼儿摆尾闲游的姿态。河边停着一些船只供游人乘坐游玩,几只白鹅和鸭子优哉游哉地享受这古老城池的惬意。正看着,天空有几只飞鸟鸣叫,这天多云天气,云层很厚,白帐一般挂在天上,只在云层相接处透出一些蓝的底色。许多穿汉服的女子,倚在护城河边的栏杆上拍照，浅浅笑着，现出窈窕淑女的姿态。

买了票登上城墙，那与古人交流之感便更甚了。这城墙原是明太祖在隋唐皇城的基础上建造而成，古代武器落后，城门又是唯一的出入通道，因而这里是封建统治者苦心经营的防御重点。而那护城河，便是城墙防御的第一道防线。据说河上曾设有吊桥，是进出城的唯一通道。吊桥白天降下，供人出入，晚上升起，就断绝了进出城的道路。如今，在这和平盛世，它便失去了这样的功能。

据说明代尤其注重修筑城墙，早在明王朝建立前，当朱元璋攻克徽州后，一名叫朱升的隐士曾告诉他，应该"高筑墙，广积粮，缓称王"。太祖朱元璋采纳了他的建议，于是在统一全国后，命令各府县普遍筑城。西安明城墙即是在这个热潮中，由都督濮英主持，在唐皇城旧城的基础上扩建起来的。

城墙初修时，曾设长乐门、安定门、永宁门、安远门四座城门，为军事防御之需要，此四门都是单门洞，且都修建了三道城墙，两道城墙之间又形成了瓮城。如今，除永宁门外，其余三门都只剩下两道城墙。至民国时，城门逐渐失去原有的军事防御功能，为了方便出入主城区，人们在原有的四座城门两边新凿了门洞。其余十四座后来新开的城门，有的是在被战火打开的城墙豁口上重建的，有的是在唐皇城城门遗址旁新设的，有的是为了纪念伟大人物新增的。

明太祖朱元璋以为"天下山川，唯秦中号为险固"，因而非常重视西安的地位，后封其次子朱樉为秦王，就藩西安。当时，明朝筑城风气盛行，关中甚至有"汉冢唐塔猪（朱）打圈"的俗语。虽是戏谑，但这修筑城墙的影响却是久远的。我不知道那秦王府曾经在哪个位置，只是这座城市历经周秦汉唐等十三朝，城内的每寸土地，都有着沧桑厚重的历史。曾经矗立的，不是皇宫行宫，便是什么王爷、公主、将军的府邸，什么著名寺庙道观的前身，什么皇亲贵戚的坟冢，无一处平凡之地。

城墙上游人很多，有骑着自行车环行的，有拍照的，有直播的。城墙的外侧设有垛墙，上有垛口，可射箭和瞭望。内侧矮墙称为女墙，无垛口，据说是防止兵士往来行走时跌下。内墙一侧与城内书院门的一排屋子房顶平齐，甚至还高出一些。这城墙为了稳固，厚度是大于高度的。往下探头望去，城墙里一如既往地安静，有许多开小酒馆、卖字画古董的店铺，但都在那树下隐蔽起来。城内的安静，这时，却与城墙上的热闹形成了对比。突然想起抖音上很火的那句"总要去趟西安吧，吹吹明城墙上的风，走一走不夜城……"，于是，那些游人从四面八方而来，汇聚在这城墙上，使得这里热闹了起来。四岁的小儿第一次登上城墙，他不知这里的厚重与历史，买了一把剑，在这城墙上舞了起来。我站在外墙的瞭望口，想象着当年那些将士们驻守在这里时的样子，他们日复一日，看护着这座城，保卫着城内的皇族、官员和百姓，那般神圣而伟大！

只是我偶尔也会后悔，出来时没穿上汉服。西安这座城市，但凡用心地出来转悠一次，总会产生这样的悔意，因为所到之处，似乎都应该穿上那样的衣服，也似乎只有穿上汉服，才能与之相融。就这么走走停停，看看城内外的风景，直待天色渐暗，城墙上亮起了灯，城墙外的演出也拉开了帷幕，四岁的小儿逐渐体力不支，只能恋恋不舍地离去。

再一次走过那城门洞时，我不禁想起前年夏日，与友人在文昌门的城门洞里吹埙的场景来。那日，我们因一个听来的故事，骑着"摩的"，去了城墙内一家名为"那是丽江"的小酒馆。喝了几杯梅子酒后，又在城墙根转悠良久，而后，她拿出随身携带的埙，在城墙脚下，演奏了一曲沁人心脾的《汉城谣》。而我，一边静静聆听，一边盯着那城墙，盯着那古树，思绪飘荡到了久远的年代。如今，城墙洞内偶尔有流浪歌手席地而坐，唱起打动人心的歌谣，那场景便又现在眼前。只是记忆还在，我与那友人却渐行渐远，许久不问彼此的消息，或许，这便是人生吧！

傍晚的城墙根，静谧清雅，惬意悠然，有温情，有浪漫，有歌谣，有数不清的记忆。

湘子庙街寻湘子

近日迷上了《东京梦华录》，如今想，不过是对那旧时王朝的好奇。九百年前的都城汴京，繁华鼎盛，可是从史书中，只能了解它的大事记，却无法获悉当时的宋王朝百姓们小到一日三餐的具体生活，无法想象那时的街巷究竟是何样貌。于是，从都城的范围到皇宫建筑，从官署的处所到城内的街坊，从饮食起居到岁时节令，从歌舞曲艺到婚丧习俗，都在《东京梦华录》中逐渐清晰。脑海中也随之绘出一幅图来，这幅图越清晰，越觉遗憾。好在宋代尚有《清明上河图》存世，能让后人更加直观地欣赏汴京风貌。可看得愈久，愈发感慨，想来如今亦是盛世，虽说有各类视频图片铺天盖地，可千年之后，倘有人想从文字中去探寻如今的西安街巷，总要从一些非官方的只言片语、底层人民的直观感受，去捕捉一二。

于是，我偶尔注意起了那平日里忽视了的旧街巷。以前总觉采风要去远方那从未抵达的城市，欣赏从未看过的风景。直到某日一同行者提示：西安的街巷你都尚未走完，不甚熟悉，却要舍近求远去远方？这倒是一语惊醒梦中人，仔细想想，我这喜静的性格，虽说在西安待了五年，却总是徘徊于工作室和家这两点一线之间，旁的地方，若非有不得已的事情，是实在懒得去的。所以，西安的旧街巷，当真是去得甚少。可那些街巷，却明明都有着深厚的历史文化底蕴和故事。只是，我们往往踏临其间，习以为常，却不会去仔细遐想，从而忽视了它们的珍贵而已。

如今，不若平时有事情时才急匆匆地经过，而是有意寻访，来到那湘子庙街，轻轻地转悠，以至于放慢脚步，放空心灵，连一棵树、一块石都仔细地观察起来。湘子庙街隐在南门内西侧，与东侧的书院门隔路相望。书院门人来人往，热闹非凡，湘子庙街却是冷清安静。从门楼处走进去，便失去了都市的喧闹与繁华，只一味的静，一味的怀旧。

城里的楼都不高，树却都粗壮高大，且都不是直戳上天的，而是在离根不远处就分开杈来。如此，枝丫交错，叶子茂密，遮挡了夏日的阳光，而更显得静了。湘子庙街的树看着都像是槐树，那些店铺就隐在树后面，什么伊品坊糕点、老坊上牛羊肉泡馍店之类的店铺，看着都开了有些年月了。

只直直地往前走了不远，就被湘子庙挡住了去路。遂想起，曾经在它右侧的德福巷中，那间紧挨着它的酒吧里喝过一次酒。只是那时，依旧是匆匆忙忙，没顾得上欣赏这里的静谧，去探寻这里的历史罢了。

不巧的是，我只想着天凉快了才出门，却忘了湘子庙也是有开放时间的。来的时候，它早已是大门紧闭了。于是，只见到了庙门口那两只蹲守的石狮和那矗立在左右的古槐。遂摸了摸那石狮，在门口驻足观察了一会儿，将那庙两侧"道法自然参天地，德育万物贯古今"的对联抄写下来，便顺着庙左侧的外墙，进了街道。继而又研究起，那石砖砌成的庙墙上雕着的文字来。终因不识那些文字，而只是拍了些照片就离去了。

我在那湘子庙街边哼着小曲边四处观望，大约待了一个小时，又在路边一狭小但却似有年份的店铺，点了一个肉夹馍和一碗酸辣粉，细细地咀嚼吞咽，想要让舌尖也一同感受下这久远街巷的味道。这街巷内，尽是文艺气息浓厚的店铺。仔细瞧了瞧，似乎除了餐馆，就是书画院、画廊之类的了。外观看起来都古意盎然，且身处幽静的街巷之中，隐在粗壮浓密的槐树之下，更增添了文艺的气息。

只是那次的夙愿并未达成，只好在几日之后又专程而来。夏日暑热烦闷，于是选一阴天，太阳被云雾层层包裹之日，再选一早晨，城市刚被唤醒之时，又悄然而至。这一次，顺顺当当地进入了湘子庙内。只是来得太早，庙内除打扫卫生的道姑外再无旁人，我便略显尴尬地在庙内探寻。庙内本就清幽，我无人相陪，怕道姑觉得这年轻姑娘奇怪，竟然压抑得连呼吸都害怕发出声音来。

其实庙门处先是有一大的照壁，绕过去后才能置身庙内。首先飘来的是熏香的气息，随后映入眼帘的是那口有着神奇传说的香泉。这湘子庙，原属全真道馆，始建于宋朝，盛于元明，传说是八仙之一的韩湘子的故居。因这湘子庙又是韩湘子出家之地，故而后人以此处为湘子文化的发源之地。

这口率先映入眼帘的香泉，即因韩湘子而有着一段故事。据传，古代西安井水均为苦水，而韩湘子用其住处的井水却能酿成美酒。苦水如何能酿造出美酒呢？一般人因此顾虑而不敢饮此酒。韩湘子见众人迟疑，即信口吟道："真酒无苦，真水无香，苦尽甘来，玉露琼浆。"吟罢，立即将酒倒入院中水井之内，井内遂飘出一股酒香，令人垂涎欲滴。这才有人取桶打水试尝，却并无酒味，而是入口甘美，清凉解渴；用其洗头洗脸，则清爽滑腻；洗身冲澡，则体肤光洁舒润、嫩柔增色。众人皆惊叹，于是将湘子住处之井称作"香泉"，即"湘泉"也。

如今这香泉周围已无前来打水畅饮的百姓，亦不知它是否还记得那些久远年代中的场景。只是见几只游鱼在这仙灵之地，欢快无忧地嬉戏，一只雀鸟突然落下来，停在泉外栏杆上，似呼唤着鱼儿。香泉两侧各有一殿，均锁着门，只有正中间的灵官殿敞开着，两侧又各有一锁着的门洞，一旦

"存神",一曰"恬淡"。此外还有两棵槐树,枝繁叶茂,树冠如盖。据说在2000年冬,天寒地冻之时,南边那棵突然开出槐花,成为一谜。而这两棵槐树,皆是在院内原有的两棵宋槐处补栽的,如今树龄也已五十有余。

我因为并无专一的宗教信仰,因此对各教派都怀有尊崇之心,于是便在那灵官殿拜了起来。因之前不知从哪里听说,进得寺庙道观,若拜,便须得都拜,于是便挨个儿在这灵官殿和其后的湘祖殿供奉着的神像前皆拜了一遍。拜完仔细看时,才知晓灵官殿供奉的是王灵官、马王爷和月老,湘祖殿供奉的是湘子祖师、慈航真人、药王、文昌帝君、关圣帝君。这其他几位神仙佑的皆是世人都寻求的,只是这月老,我已结婚生子,却不知不觉中拜了,不免偷偷地笑话起自己来,倒也觉有趣,也为自己才疏学浅,不知祭拜的礼仪规矩而觉得羞愧。随之退出殿来,又细细观察这殿上所挂之匾额与所书之对联。只是,并未见到那传说中的湘子洞。

据传,韩湘子居住在其叔祖——唐代著名文豪韩愈的官邸内,为了修行修性,曾筑一地下密室,在内练功养性,后世便称此洞为湘子洞,只是因历史久远而少为人知。1970年前后,人们在湘子庙内挖防空洞时,曾挖到一暗室,约六平方米,高近两米,人可直立,疑为当年的湘子洞。我向来对各种传奇人物的传奇故事颇感兴趣,加之八仙之一的韩湘子又是唐宋八大家之首的韩愈的侄孙,便总希望能从这湘子庙内寻到一些他二人的气息。

如今,这湘子庙虽说是2005年按照其原貌修复而成的,却也是精益求精,古意盎然。身处其内,在香泉、奇槐、宫殿与鸟鸣、游鱼、熏香的环绕之中,恍惚间竟也思绪游离,仿佛看到一风度翩翩的仙家,手持一把紫金箫,于一古槐下,奏响一曲《天花引》来。我遂不知不觉沉醉其中,为的是,在这湘子庙内,寻到了湘子的身影。虽也只是幻想,总是高兴的。

从湘子庙出来,似沐浴了一次精神的洗礼。在这繁华都市,能觅一静谧街巷,街巷内又隐着这样一处安静古朴的庙宇,实属不易。多少年来,仿佛这时光的流逝被阻挡在了庙外,这旁边德福巷的灯红酒绿,都好似另一个世界的景象,皆与这湘子庙无关。西安这座城市,给人的惊喜往往便是如此,若你厌倦了都市繁华,总能在城墙边,寻到一处静谧与清幽、恬淡与放空。在这纵横交错的小巷走着走着,现代都市的繁华又会现于你眼前,历史与现代在这里融合,因而生出一个文化底蕴无可比拟的城市来,生出一个文人墨客比比皆是的城市来,生出一座令人骄傲的城市来。

冰窖巷纳凉记

夏日烦热,常居于室内,鲜少外出,但久居空调房,亦有弊害。热是感受不到了,却是肩颈僵硬,腰酸背痛,叫苦不迭。往日里只说自己怕冷不怕热,尤爱晴天与阳光,如今蔫了吧唧再说不出这种话了。于是在对这天气的一声声抱怨中,念起古人来。以前只觉冰激凌、饮料等解暑之物是现今之人才能享用的,后来看《东京梦华录》才知原古代夏日即有各种口味冰水冷饮,方知自己着实浅薄。又听说西安有一明清藏冰之处,唤"冰窖巷",便想着去探寻一番,看是否真如传闻一般凉爽。适逢某日天阴,火辣的阳光暂时隐蔽,欣欣然出门,一路搭乘地铁由城南往北而去,心中甚是期待。

有时候寻一处从未抵达过的小巷,钻进去,静静地走,静静地看,静静地感受,恍惚间会以为孤身到了异地。在我循着地图,一身轻装,到达那个巷子且静静待了半天后,忽地有了这种似身处陌生城市的感觉。

冰窖巷是一条由三段短巷子相交组成的不规则巷道，大致呈"丁"字形。据《明清西安词典》介绍，它位于原唐代长安皇城内鸿胪客馆处，唐末改建新城后，逐渐形成居民坊巷。后因是明代秦藩王宫和清代满族官僚夏季藏冰的地方，而得名冰窖巷。

我从四府街左拐进去后，手机电子地图提示已到达目的地，于是放松身心开始感受。似乎是为了寻找凉意，但刻意地寻找往往是不可得的。冰窖巷内少有树，这是令我诧异的，可能在我的主观臆想中已经将凉爽与树看成是不可分割的关系，但其实不然。巷内皆是一些低矮的旧小区，我总喜欢低矮些的楼房，最好又是旧的，给人一种时光和故事之感，也会觉得有凉爽之意。不若高楼大厦，总让人觉得坚硬火热，没有柔情。

当我从第一段巷子右拐，进入另一段南北向的短巷后，一股凉风突然迎面而来，我也开始欣喜了起来。据说冰窖巷是改造了的，所以我看到的这段短巷内小区的墙上皆有图画。巷子右侧的墙壁上是一些历史名人简介，左侧则是旧时西安城的一些图片，大致有1904年时的南门、1952年时的西门、1984年时的北门、1964年时的大雁塔、1983年时的鼓楼。这些旧时光里的西安城，就这么显现在冰窖巷内的墙壁上，让一些从未见过这座城市旧时面貌的人去观看，让一些第一次踏入这座城市的人去观看。所以，我拿出手机，贪楚地拍下这每幅照片，因为我也未曾见过这座城市旧时的模样。因为，我生得太迟。

巷内几个闲话的老人，许是将我当成了外地的游客，默默地看着我。正在这时，一只浑身雪白的狗走到了我跟前，它也停下脚步注视着我这个这条巷子的外人，许是在想，哪里来的陌生人在这里徘徊不前？我蹲下来逗了会儿它，便又悄然离去，正是在那时，我有了一种在异地的感觉。

顺着那条南北向的巷子，越往北走，越觉凉爽，似乎有阵阵冷风袭来。巷子的北口有冰窖巷的路牌，亦有对这条巷子的解说。据说，冰窖巷的北面就是明清官府藏冰的冰窖，而冰窖即是在地面挖掘沟道，冬季凿冰储入，周围铺垫锯末等隔热物质，以备夏季取冰消暑之用。那时每到严寒的冬季，官府就开始组织人力采冰藏冰，到了来年夏季，大约在端午节前后，则开窖用冰，这叫冬藏夏用。

其实在中国北方，冬季藏冰以供夏季使用的习俗来历久远。早在夏朝时，每到三伏天气，朝廷就会把藏冰当作珍贵的礼物赐予王族和官僚。周朝起，还专门设立了负责藏冰的官吏，称作"凌人"。自此以后，历朝历代也都设立专门的官吏来管理藏冰事务。《诗经·豳风·七月》载："二之日凿冰冲冲，三之日纳于凌阴。"即在最冷的"二之日"，也就是农历十二月，官府开始组织奴隶和臣民到水质好的地方凿采冻冰，按一定的尺寸和厚度，裁成大小不一的方块，藏进预先准备好的冰窖里。因为此时，天气最为严寒，冰块最为坚硬，不易融化。即便如此，每到夏日用冰之时，藏好的冰还是消融了许多。

古人藏冰，有两大用途，一是夏季消暑，二是制作冷饮冷食。也就是说，当我们在炎炎夏日于冰箱中拿出一根冰激凌想要寻求凉意并且感慨如今这冰箱真是方便之物时，古人事实上也并不缺冷饮等物来消暑。据说唐玄宗时期，杨国忠得势，夏季于家中设宴，便曾令手下用大坨冰块雕成冰山围在宴席四周，使得在伏天饮酒都要穿薄棉衣，效果堪比今日之空调。而在饮食上用冰，于周朝时，即已是常事了。比如古时的王公大臣在夏日设宴时饮酒是需要冰镇的，否则当时的原浆酒在高温时容易发酵而变酸，也正因此，中国就产生了最早的冰制冷饮。而在隋唐之后，市场上即开始有冷饮售卖了，到了宋时冰业已实现产业化。由于市场所需，夏日制贩冰雪的店在汴梁城随即增多，价格自然也就亲民。所以盛夏时节宋人不仅能在家吃刨冰，还能上街买到各式各样的平价冷饮。故而我在读《东京梦华录》《武林旧事》《梦粱录》《西湖老人繁胜录》时，多多少少都看到书中有提及宋人于夏日喜爱吃的冰雪爽口之物，如沙塘冰雪冷元子、沙塘绿豆甘草冰雪凉水、雪泡缩皮饮、紫苏饮、杨梅渴水、五味渴水、香糖渴水、荔枝膏水、江茶水、姜蜜水、绿豆水、椰子水、卤梅水、甘蔗汁、漉梨浆、凉酸浆、木瓜浆、葡萄浆、杨梅浆等。画家张择端的《清明上河图》中亦有摊贩于青布大伞下卖各种冰镇饮料"香饮子"的形象，所谓的"香饮子"，即各种水果口味的冰水。

北宋开封最火的网红冰品就是冰雪冷元子、冰酪等。其中的冰酪是在碎冰或刨冰中加入砂糖、乳酪等食材，有点类似于现在的冰激凌。诗人杨万里在品尝冰酪后，曾作诗曰："似腻还成爽，才凝又欲飘。玉来盘底碎，雪到口边销。"而元代忽必烈的宫殿里则出现了冻奶酪，这种冻奶酪后来由马可·波罗介绍到西方，经过加工改造，逐渐演变成了如今的冰激凌。

既然藏冰制冰、以冰消暑的习俗已流传久远，那么想来明清时期，对冰的运用肯定更加广泛。其实我们在看一些清宫剧时，偶尔也能见到夏日皇帝给妃子赏冰的情景，亦有妃子让丫鬟去冰镇一些水果酒等的情节。那么当时，我们西安的冰窖巷所藏这些冰又来源于何处呢？为此，我特意查阅了一番资料，大抵说当时的藏冰来源有两处，一是绕城的八水、城南的太乙宫等地；二是在冰窖巷西边的白鹭湾、龙渠湾一带，明清时曾有一个大水池，每到冬季冰层很厚，便成为取冰之处。

如今，我是见不到这冰窖了，巷子北面迎面映入眼帘的只是一座庄严的教堂。这座教堂，多数人是熟悉的，但我却是第一次见到。在西安待的时间不算长，但也绝不算短。

可我这喜静不喜动的性格,多数时间,都在屋内度过了,自然对这些巷子,对这些建筑物都不识。这座教堂位于冰窖巷北侧的五星街上,远远望去有高耸入云和庄严肃穆之感。尽管我是奔着冰窖巷来的,但还是默默地走到马路对面,来到了教堂跟前,围着它静静地转了转,看了看,这才又原路返回。待走到南边三条短巷的交叉口时,又往西拐进去。

西边的这条短巷内亦是一些低矮的老旧小区,但小区下面有一些店铺,一家名为"浆果咖啡"的店铺内有20世纪七八十年代的音乐传出,这音乐让我出了半天神,静静地立在原地不舍离去,想要细细感受那种氛围。由这条向西的巷子出去后是甜水井街,这亦是一条适合避暑的街道。街道内树荫遮蔽,清风拂面,况且只消几步就能走到城墙跟前,而古老的城墙又恰能使人安静,一切是那么相得益彰。

走到这里,似乎就要离冰窖巷而去了。其实我想,倘若这条巷子有记忆或者说情感,对于我这种探访,它应该是欣慰的。因为清末时,因时局、气候等影响,冰窖巷的冰窖便逐渐被废弃了,唯一保留的,便是这"冰窖巷"的名字。但即使是这守着这条巷子辉煌记忆的名字,也曾在"文革"时被改成"红缨三巷",直到1972年,才又恢复原名。所以,冰窖巷似乎是离它最辉煌的时期越来越远了,随着朝代的更替,它也似一个前朝遗民般沉寂安稳地过起了隐居的日子。但我想,如若它有情感,它该知道自己曾经的价值;如若它有记忆，它许会觉得落寞而孤寂。那么我的这一次寻访，像是去看前朝遗民的这一次寻访，或会让它安慰些许。

从甜水井走到城墙根的那一刻，我即已离冰窖巷而去了。但它于这夏日带给我的那一丝凉爽，它的低调与清幽、沉稳与柔情永远刻在了我的心中。明年夏天，或许某日，我还会再来。

古村新貌

　　古村是南豆角村，尚保留些许遗迹，遗迹外，便是新的面貌，与关中其他地区的村庄无异。所以，当我驱车前往，按照导航指引找到这个村庄时，在里面兜兜转转，却并未寻到旧时建筑，反而因村庄太大而迷了方向，最后在想要返回时无意间闯进了一条古街，这才看到南北城门，看到那些饱经沧桑、厚重的老房子。

　　我本是要去打疫苗的，到了地方后却发现时间已至饭点，随即被告知下午再来。便想着既出来了，就在哪里消磨上几个小时吧。脑海中遂浮现出听说了许久的南豆角村的名字来，于是将车掉转，往南而去。

　　在城里待久了，一到郊外整个人便觉轻松舒爽起来，每每如此。车子驰骋时，伴着音乐，打开车窗，任风儿灌进来，吹乱原本本分整齐的长发。因是夏季，又恰好下过一场大雨，不至于太热，却也能欣赏到万物欣欣向荣的样貌。窗外树木葱郁，鸟儿与知了齐鸣，花香与果香交融，随着风儿飘至空中，一吸气，霎时陶醉。

眼看着离山越来越近了，却在快要钻进去时，导航一个左转的提示，继而发现，原来这地即之前去过的一好友所开农家乐之所在，而这农家乐后边，就是南豆角村。此前已在网上看过诸多图片，因而特别向往，如今车开进去，眼见却都是新盖的房子，与我所出生之龙里村现貌无甚区别。便以为是自己来得迟了，那些遗迹已被拆除，村庄也都已重建了。那原本期许的心，随即失落下来，开着车在这村庄内瞎转悠着，直待遇到村民们设置的路障，这才原路返回。心想着今日要无功而返了，不料返回时却又找不到来时的路，就那样稀里糊涂闯进了古街，古人的"柳暗花明"之感旋即涌上心头。

将车停稳后，我先是往北城门楼走去，贪婪地欣赏起这略显苍老的古时建筑。北门楼外左右各立一石碑，左侧石碑较新，与其他景区内的标志无异，黑色的大理石样貌，上书"西安市文物保护单位"。右侧石碑则显得古老许多，其上坑坑洼洼，富有年代之感，上面记载了城门楼的信息，相当于它的身份证。原这城门楼建于明末，两层结构，高约十米，二楼开有几扇窗户。城门皆为夯土起台，青砖外包，中间开辟有券门。门洞深约五米，门楣上书"南极增辉"四字，只是日子久远，这字已经模糊不清了。

从城门洞钻进去，发现城门一侧是上去的台阶，另一侧是一旧时的院子，院子外面长满了竹子，遮挡了视线，以致不能看清楚院内样貌。往前几步是村史馆，也是红色的砖瓦房，中间一棕褐色的木门，一副对联刻在上面，联曰"一廊史料辉天地，两厢素材恒古今"，横批为"山水并秀"。村史馆外的墙壁上还嵌有一些画作，分别是描绘"一骑红尘妃子笑""杜角决议"等历史故事的。

据说这南北城门所守的街道名为"中心街"，也是以前的老街，所以此街内尚留有一些旧时的房屋，多为土墙木门，掩映在一些高大葱郁的树木之下。我小心翼翼地踩在青苔之上，一步步走近这些已无人居住的老房子，耳边不时传来知了聒噪之音，只有它们，无论时光如何流逝，房屋如何破败，皆遵守约定，年年夏日栖在这旧时的树木上，给这破旧的土房子，增添唯一的生气。恰在此时，我碰到一位正在劳作的老人。老人头戴草帽，手拿农具，弯着腰，在房屋后的草丛里不知挖着什么。默默地拍下他与这房屋、草木相融的背影。他才是这条街的记忆，自幼便守在这儿，与之共同成长又老去。

南城门与北城门无异。只是我到了南城门跟前时，却被一条卧在城门外的狗挡住了去路。原想着从城门洞走出去仔细看一看这南城门，但那狗横卧在那儿，看似懒散随和，我却不敢上前了。毕竟于这村庄、这狗而言，我是个陌生之人，再温和的狗保不齐都会吠上几声。况且我自幼怕狗，也知晓狗是会看人的：遇到胆小的，便偏要吓唬吓唬你；遇到胆大的，却也不敢怎么样。我于是屏住呼吸，慢慢地，一步一步往前挪着，尽量不去看它，终于使得它感受不到我内心的恐慌，一动不动地任我走过。就这样出了南城门，待了一会儿，看到外面一标志上指示，周围有板栗古林和楮皮纸抄传习所，便想着去看一看。

板栗古林和楮皮纸抄传习所我终是没有找到，问了几个村民，却似乎也都不大了解。于是想着从南豆角村村堡遗址离去，便带着恋恋不舍的情愫，再走了一下这老街。此遗址东西约七十米，南北约一百九十米，呈长方形。南北城楼皆保存完整，古意尚存，除却几间破旧的土坯房外，亦有一些砖瓦红墙的新建房屋穿插其中，房屋门前皆停着自家的轿车，给这老街增添了些许现代之感。

原想着要离去了，却不知从哪里传来了哀乐声。本是好奇循声往北而去，未料却见到了那两棵古老的侧柏。两棵侧柏在一坡地上，而哀乐正是从坡下一户人家门前传出，那家门口搭着棚，众人皆白衣白帽。我默默从棚旁穿过，爬上一个小坡，那两棵约有一千五百年树龄的侧柏和一社公爷首的雕像便现于眼前。

只见这柏树有参天之姿，粗壮浑厚、郁郁葱葱，犹如苍龙伏地。据说它们原本为一寺庙前所植，后寺庙被毁，只留得这二柏屹立原地，千余年不倒。而两树之下那尊剑眉方脸、鼻直嘴阔、前庭饱满、神态深沉、器宇轩昂的石像即周朝先祖后稷的雕像。因他喜爱农耕，故葬身露首，以便掌握物候，督促人们及时耕种与收割，因而被人们称为"社公爷"。而今，这两株古树已被录入"陕西省特级名木古树"，且挂牌保护。古柏和石像旁边有两通石碑，一通为康熙六十一年（1722）立于此的"洪山镇定风水"石，另一通则是新立的上书"杜角村简介"的石碑。而我此前在网上看到的这二柏一石旁的碑上书的则是"南豆角志"，大致提到："宋《长安志》记载，豆角镇在县南四十五里，分东豆角镇、西豆角镇。宋景祐二年（1035）改豆角镇为子午镇，将东豆角镇联入其内。后西豆角镇被山洪冲没，村民北移，始建南豆角镇、北豆角镇。"如今眼前石碑上的"杜角村简介"，开篇便写道："春秋时期，杜城设县，村处县角，故名杜角。"可见南豆角村历史之悠久，甚至有民谚曰："先有南豆角，再有子午道。"而关于其名，或可因陕西方言"杜"与"豆"太过相似，久而久之，杜角被叫成了"豆角"，所以有了南豆角、北豆角二村。

如今，北豆角村因老村改造较早，已经没有任何遗迹；而南豆角村便成了秦岭子午峪周边唯一存有古迹的村落。也是因此，它吸引着一些久居都市，时常怀念旧时乡村悠然生活的人来寻访，更是吸引着我们这些对一切古迹心怀期待与珍视的年轻人来观赏。当然，南豆角村也并没有因这些而停止改造，除了保护好遗迹之外，村民们在中心街周围向四面八方新修了多条街道，这些街道与关中其他现代化村庄一样有了新的风貌。只是这风貌中间，夹杂着些许旧时的土房屋，让人更加留恋罢了。

  生活在都市，整日与高楼大厦、钢筋水泥相伴，难免会怀念起旧时的乡村生活。偶尔驱车来到乡下，又见着这么一处存有古迹的村落，在鸟语花香与车载音乐的伴随下，一路驰骋在田野中间的大道上，实在是心旷神怡。古村除了遗迹，也有了新的风貌，当新旧交融在一起时，并不突兀，反而弥足珍贵，更加吸引人。希望这些遗迹，能够永远留在南豆角村，留在那些越来越现代化的建筑中间，为村子守一份记忆，也为过路之人留一处心灵的栖息地。

窦府巷寻雀屏佳话

秋分日,逢雨,顿觉凉爽。早已被炎炎夏日之连续高温弄得心烦气躁,加之正值暑假,平日里只沉浸在诗书之中,如今却要做饭洗衣带孩子,日日窝在家中忙这些琐事,时间久了,亦是烦闷,方知家庭主妇实在不易。于是趁着雨天先生在家之时,驱车出门,往窦府巷而去。

早前就曾多次向众人提说过,先生是扶风窦氏,与我们马氏同属扶风四大家族。而天下窦氏出扶风,窦府巷,自该寻访。只是平日里忙些烦琐之事,总是顾不上去探寻古城西安的这些小巷子,实在也是像这样有故事、有历史的巷子太多的缘故。

窦府巷自然以"雀屏中选"这段佳话闻名于世,何况这传说之主,皆是历史上赫赫有名的帝王将相、王族贵人,而非神仙鬼怪,定然真切得多;定然有迹可寻。将车停于长乐坊之后,撑着一把素色的雨伞,便往窦府巷慢慢走去。我其实已习惯了独自一人,寻一有故事之地,默默地走进去,像穿越时空，在脑海中默默幻想它旧时的面貌，旧时活跃在这里的人和事。所以，每每到一地，内心总是按捺不住地激动，除了对即将踏临的这条古巷的敬畏，对那些历史人物的缅怀之外，此次，我的心中，尚有一些片刻悠然的惬意。何况是秋分下雨之时，淅淅沥沥，些许浪漫情怀，与那雀屏佳话倒是相称。

据传，当年隋朝定州总管、大将军窦毅居住于此，窦毅的夫人乃是北周文帝宇文泰的女儿襄阳公主，窦府之兴盛自不必说，此巷名之来源随之明了。而窦毅又有一了不起的女儿，即后来唐高祖李渊之妻、唐太宗李世民之母太穆皇后。太穆皇后窦氏不仅家世显赫，且自幼见识不凡。据说她出生时，头发即浓密黑长，过了颈项，三岁时，已经长至等身。因聪明灵巧，年幼时曾被舅父北周武帝宇文邕抚养于宫中，很是喜爱。而她小小年纪，看到舅舅和舅母（皇后突厥公主）失和，竟劝说舅父，使得他重新接纳皇后，对其态度大变，也可见这位皇上对外甥女之宠爱。后来，隋文帝篡周即位时，窦氏大哭道："恨我不为男，以救舅氏之难。"也可见窦氏之勇不弱于男儿。窦毅有这样一个出生显贵、才貌双全、见识不凡的女儿，自然将其视为掌上明珠，待长到二八适婚年龄，便与天下所有父亲一般，觉得无人能配得上自己的女儿。后来许是窦毅自己的主意，又许是遵从女儿意愿，他们于府门前画了一只孔雀，贴出榜来，言说谁人能在百步之外射中孔雀双眼，他的女儿窦氏就嫁与谁。如此，窦府巷人来人往，长安城之少年纷纷慕名前来，射箭之人足有几十，却无一人射中孔雀双眼。直至一名为李渊的男儿经过，搭箭一试，啪的一声，两箭具中孔雀双目，窦毅见此，即遵守诺言，将女儿窦氏嫁给了李渊。而这"雀屏中选"的东床快婿李渊也非常人，后来李渊称帝，建立唐朝，史称唐高祖，窦氏亦被追封为穆皇后，待其子太宗皇帝继位时，又被追封太穆皇后。

　　窦府巷如今已寻不到丝毫旧时景象，它隐匿在古城西安，北接长乐坊，西临景龙池，呈镰刀状，亦有人说呈"7"字形，不过这"7"是反写的。我从北口顺着巷口的路标而进，一路在雨中慢慢寻索。这巷内皆是老旧小区，小区门前也都有"窦府巷×号"字样，而我自进入巷内迎面所遇之人，多是老者，猜想他们应该都在此居住多年了。巷内有许多大树，郁郁葱葱，遮掩着那些略显破旧，却有故事感的小区。另有一些车辆停在巷子两侧的树木之下，偶有几个老人坐在房檐下聊天。窦府当年的所在，我如今是不知确切位置的，但见这巷子也小，窦府又大，许整个巷子都是他们的院落也说不准。于是又想起那美丽聪慧的太穆皇后，那令众人欣羡的"雀屏中选"之佳话来。当年的他们，正值青春，比我如今的年岁还要小上许多，该是多么天真烂漫。然而他们注定不平凡，要拨乱反正，撑起一个国家，谈何容易，注定要为了那帝王之位，失掉好多平凡人的乐趣。但又如何，只有他们才能被历史记住，成为长安城的佳话。

  巷内两侧小区门外的墙似是新改造的，皆是黑底白线格子状的砖墙，看起来整齐统一。我从北口往南而行，很快便到了头，只能右转往西而去。右转过去这一截巷子更加短，巷子左右小区门前各书"窦府巷小区北院""窦府巷小区南院"，再往前走，有一些开在南侧小区外的商铺，大约是炸鸡、房产中介、烧烤之类的。而我很快便由东至西走到了头，来到了景龙池街。在这里站定打开地图看了一会儿，大约弄清楚了与窦府巷的位置关系后，便又折回，将这两截短巷拼接而成的窦府巷重新走了一遍。雨轻轻地拍打在伞上，发出滴滴答答的声音，我总是嫌弃雨天出门会弄湿衣襟鞋袜，嫌弃撑着伞走路太过麻烦，所以每逢下雨，总是在屋内，窗前，静静聆听。自然是听不到雨打芭蕉，听不到雨落梧桐，如今的高楼大厦太过刚毅，躲在其中的我们又太过安逸，难见雨湿花朵之情趣，难见雨湿土地之泥泞。而今，我穿着球鞋，踩在积了水的小巷中，想着千年之前这里的景象，竟如痴如醉，想来我也只能醉在古人的故事之中了。这里如此静谧，少了都市的喧嚣，少了棱角分明的高楼大厦，却多了些柔情，多了些触动人心的东西。

  重复走了一遍这条古巷，又默默地在长乐坊待了一会儿，这才打开车门钻了进去，如同又钻进了现代社会。良久，还不能从刚才的沉醉中缓过来，我知道，我又当返回家中，过几天主妇的生活。当然，明日或将升起明媚的太阳，而我们，也终将回归往日惬意的生活。届时，定要背起行囊远行，借以安慰暂时妥协于生活的那颗心。谁让我们除了梦想，还有家庭呢！

夜色中的揽月阁

已是夜里11时了,窗外的摩托轰鸣依旧此起彼伏,我走向阳台,将窗户打开了些,以便能透过纱窗,看清外面的景象。从这扇窗户看出去,正好是揽月阁及那条新修的路。若不是前几日搭乘出租时,听司机师傅提起,每日夜里长安的揽月阁附近有摩托车比赛,我还后知后觉,虽每日被这轰鸣所扰,却并不知晓缘故。如今趴在窗上看了许久,隐约见有摩托的身影,却并不清晰。

揽月阁的灯已熄了。一小时前,我无意间从客厅的窗户往外一瞥,还看见它在夜幕中发光的身影,那般梦幻,那般令人迷醉。如今,只有它脚下的那些路上,依旧坚持亮着一排排路灯,像《龙猫》中车站旁陪伴草壁家的小姐妹等爸爸回家的路灯;像《千与千寻》中,带领千寻与无脸男找寻钱婆婆时的灯。还有那些楼房,也透着星星点点的光。我原以为揽月阁只是给这建筑物一好听的名字,直到前几日夜里回家,独自一人行至周边公园时,偶然间抬头,正好见一轮明月挂在揽月阁一侧。那般相配，那般契合，以致我以为那月是假的。因为它美得太过梦幻，如同电影布景一般，又如同山水画一般，塔与月相映照，美轮美奂，相得益彰。我才知这塔，果真能揽月。

只是我日日瞥见它的身影，夜夜看见它发出的光亮，却始终未曾走近过。它离我住的地方太近，近得被看作庸常，失去了新意，以致连寻访的好奇心都没了。不知怎的，它近日总是出现在抖音中，似乎还成了网红地。于是我在搭乘出租车时，司机师傅看着旁边骑摩托一闪而过的美女背影，感慨道："近日，揽月阁一到晚上聚集众多摩托骑手，尤以美女居多。"我不禁也心潮澎湃起来，对于这种酷炫帅气风格的女生，我也是由衷赞赏和钦佩的。恰好周末母亲从上班之地回家，傍晚时分正欲出门消食，她突然提出去揽月阁坡下那条新修的路看看。

于是全家出动，往小区东南方向的土坡而去。谁知此行却并未成功，走到半路我们就因其他原因折到了东北方向的杨虎城陵园和杜公祠。许是出门太迟了，陵园和杜公祠堂也已关闭，我们这一趟，便随着半游玩半消食的心态结束了。而后，我几乎夜夜都能听到窗外摩托的轰鸣之声，这声音，平日里在市区听到，那般刺耳，那般厌恶。如今，不知是不是心态变了，竟多了些新奇之感，虽已是深夜，却也能接受了。于是趴在阳台的窗户边眺望，那声音，是比身影清晰了些。连续地，不断地，响彻着。揽月阁已经歇息了，它一直充当人们俯瞰秦岭的工具。白日里与红日、云朵、隐隐约约的山相交融，如同一幅绝美的水墨画，挂在高高的坡上，伴着我们开始一天的生活。

人们说它"南可观秦岭风光，北可赏城市繁华"，而我却是忽略了它。直到这两夜耳畔时常响起连绵不断的摩托轰鸣声，刷抖音时也每每看到跟它相关的视频，那些视频里，有成群的男女老少围绕着它转，亦有它冷傲、独放光彩的身影，这才用心了解起了它。要说它的形状，其实像是一古塔，只是位于雁塔南路最高点，所以我们看它，是需要仰视的。但我却不知，实际上它与大雁塔今古一线、南北呼应，皆处于南北纵向的唐文化轴上，而且这被我忽视的建筑，竟是由中国工程院院士、中国建筑设计大师张锦秋策划指导，北京建筑设计院总建筑师朱小地担纲设计的。许是它拥有唐朝建筑的结构形式，因而显得端庄优雅，似乎带着大唐盛世的繁荣大气。不过这繁荣之貌，在夜里灯光开启时，给人的感受更深。它的设计和建成，本是源于"唐长安古城复兴计划"的历史文化保护方案。而它坐落的少陵塬因其地势较樊川高几十米，成为古城西安龙脉南端一个重要节点，此外，这里历史文化遗存丰厚，更是有得天独厚的条件。当然揽月阁在建设时，又融合了航天科技文化，在历史文化与科技展现的交相辉映之下，它以近百米之身高，居于少陵塬上，俯瞰长安城的美景。因而成了我们居住附近最具代表性的建筑。

每天晚上，它都在我回家的方向，夜空之中，高高地矗立着，直指苍穹。它的脚下，便是那些盘旋而上的摩托车聚集的路。只有它与那条路上的灯在黑暗中发出希望的光，似灯塔一般，指引着人们回家的路。除此，周围一片黑暗，一片寂寥，寂寥得可以听到草丛中传出的昆虫与青蛙的鸣叫。

可这寂寥却在某一天突然被打破。在某一天的夜里，继续靠近那条路，靠近揽月阁时，那寂寥瞬间消失了，随之而来的是此起彼伏的喝彩声和摩托车的嘶吼声。这嘶吼声，逐渐形成一种风气，吸引了更多的摩托车骑手从四面八方赶来，成了揽月阁的一道充满激情的风景。这风景令我好奇，但偶尔也会怀念以前安静地欣赏揽月阁风姿的时光。

记不清多少次夜晚在小区闲转时，被它散发出的耀眼的光所吸引，便抬头去寻找那光之所在。在这个鲜少看到星空的城市，它似乎成了我们夜里抬头仰望时，视线范围内出现的唯一景观。当然，有时候会有明月伴着它，月与塔相映，更有种难以言说的静谧和美。

夜越来越深了，窗外摩托车的轰鸣声依旧未断，一阵困意袭来，我原以为会被吵得无法入睡，却不知不觉进入了梦乡。梦里，我走上那条新修的盘旋而上的路，穿行在那些摩托车旁，一些富有激情的年轻男女骑着车疾驰而过，他们让我感受到了平日里无法触及的火热与阳光。他们在静谧、端庄、骄傲的揽月阁脚下，散发出年轻人特有的活力。连我这个一贯内向的人，也不禁心潮澎湃起来，想要随着这摩托的轰鸣，在夜空中，在揽月阁脚下，吼上几嗓子，也将压抑许久的心情释放释放。恍惚间，我似乎已来到了揽月阁身旁，来到了它脚下的广场，围绕着它慢慢地走，抬头仰视时，恰好撞上那温暖耀眼的光，和那一轮悬在它旁边的明月。

关中书院桂花香

人有五官和七情，故能感受世间万物之美好，或清雅之色，或芳香之气，或可口之味，皆能俘获心灵，为之倾倒，为之沉醉。如杜若于我，如锦灰堆于我，如美食于我，皆为心头所好，想起来便觉舒心。而关中书院的桂花，亦有此效，见过、闻过，即念念不忘。

曾于去年秋日在关中书院学习两日，其间被院内几株桂花之香俘获，归来后每在街道遇见桂树，便想起那几株，于是作过一篇《满城尽是桂花香》，却不料时间久远，竟是丢了。直待近日在电脑上翻查，只见一文档空有名称，打开后却无一字，才知那文不知何故已被我遗失，懊恼不已。好在脑海中尚有些许记忆，这记忆又多是对关中书院那几株桂树的，故重作这一篇文以记之。

于关中书院，我此前也只是知晓却并无缘进入，直待去年文联的一次文艺骨干培训，方有幸踏入这期待许久的书院。

起先并未注意到那几株桂树，只是被书院内古朴清幽的环境、文雅静谧的氛围所吸引。加之这里曾是明、清两代陕西的最高学府，全国四大著名书院之一，又为西北四大书院之冠，于文人而言，打心底里，自然有一份尊崇、敬仰之心。再者创办人冯从吾老先生一直是后辈学子们敬佩的楷模。

　　人人皆知明末西安有个著名学者，官至工部尚书。在职期间，清廉正直，以至于连皇帝都敢批评，却也因此触犯龙颜，无奈回归故里，而后潜心讲学，造福家乡学子。起初，他与友人在宝庆寺教学多年，弟子日众，而寺地狭隘。故而于1609年，在当时陕西的一些官员帮助下，另择宝庆寺之东小悉园处创建了关中书院。书院建筑规模宏大，据冯从吾先生《关中书院记》载："书院名关中，而匾其堂为允执，盖借关中'中'字，阐允执厥中之秘耳。"当时书院中建讲堂六楹，题匾名"允执堂"，讲堂左右各建屋四间，皆南向若翼，东西则设有生徒宿舍号房各六间。堂前有方塘半亩，树一亭于其中，并砌石为桥。堂后则造假山一座，说是"三峰耸翠""宛然一小华岳"。书院有门两重，大门二楹，二门四楹，皆有官员、学者题字。而当时从各地来的学生足有千余人，皆会聚于此，悉心求学，可见当日此处之景象，定是鸟鸣与琅琅书声相映，花木与儒雅君子相伴。

　　书院建造三年之后，新任布政使曾于其中建"斯道中天阁"一座，以祀孔子。至此，关中书院初具规模。但其后于天启五年（1625）遭遇魏忠贤之乱，在诬陷镇压东林书院一众文人之时，关中书院及其主讲者冯从吾先生也被累及。故于天启六年（1626），熹宗下旨"一切书院俱著拆毁"，关中书院因而遭灭顶之灾。时至清代，康熙、雍正、乾隆三代帝王期间，又不同程度重修、扩建关中书院，后逐渐恢复往日繁盛，省内优秀学子重聚于此。直至光绪三十二年（1906），关中书院改建为陕西省师范大学堂，成为西北五省最高学府，民国时又改为省立师范学校，直至新中国成立。如今它已成为西安文理学院的一部分校区。

起初，我是被书院的文化背景所吸引，自然更有感触的便是那些带着学子气息的建筑物，那是学子曾经读书、习字的地方。对于自然风物、花草树木之类，却并未放在心上。而后在午餐时，又被书院内的餐食所吸引，满足了味蕾上的享受，最后，才无意间闻到一股芳香。

有趣的是，那几株桂树被栽种在去厕所的路上，所以，我是在学习间隙休息时，往厕所而去的路上，突然闻到一阵芳香，这才仔细去瞧。原是几株桂树，黄色的小花拥在一处开得正艳，一簇簇又掩映在绿叶中间，似娇羞的闺中女子，看不清楚容颜却觉阵阵香气扑鼻而来。当真是"碎剪黄金教恁小，都著叶儿遮了""绿叶层枝与桂同，花开蒂软怯迎风"呀！此后两日，每去厕所，都能闻到那馥郁之气，看到那几株桂树的风姿，因而对那香气难忘，及至后来想起关中书院，竟只记得那桂花之香了。

　　我原本对桂花是很少关注的，大约是因为自幼生长的地方没有桂树的身影，所以不甚熟悉。也因此，便觉得此树金贵了许多。人总是这样吧，对自幼常见之物，便觉寻常；少见之物，便觉珍贵。一如我自幼家中种植苹果，因此便觉水果中苹果最为廉价，而对产于南方的柑橘、香蕉、荔枝、枇杷等物就觉珍贵，自然是愿意花钱去买的。如今到了城里，亦是如此，所以我家的茶几上，常年不见苹果的身影。我对桂花，亦是如此，本就见得不多，因而每次都能被那香味吸引，故而记住。

　　现在想来，大约也就在孩子上幼儿园的地方有几株。每到秋日，早送晚接他时，便要驻足，努一努鼻子，肆意地去闻那芳香。而后在一次跟朋友去商洛的棣花古镇寻访贾平凹先生旧居之时，无意间被一阵芳香所吸引，抬头看恰好有几株桂树在侧，给我添了些许喜悦。最后便是去年搬家之后，秋日开车经过西北饭店时，总能闻到一阵桂花香气。以前熟识的朋友在那里任职，所以人虽住在北郊却时常穿越南北来此闲聊，只是那时没注意到这桂树。如今朋友退休了，我却搬到了这饭店附近，只是时常从门口经过却不再进去了。这大概便是我与桂花仅有的几次接触了，而其中最难以忘怀的，便是关中书院的那几株。可见植物与人一样，出生的地方也很重要。许因关中书院，本就是令我崇敬之地，身处其中，自然有些许陶醉。总会想起曾经在这里学习的那些学子，所见所感，都带有他们的影子。却是在此时，闻到一阵芳香，见到几株盛开的桂花，不免更加迷离。

这些桂树不知年岁，看起来，倒是还小。只是我不晓得桂树的生长速度如何，只能主观地认为，它正值青春。所以和那些学子，许没有交集。当然，或许在它们生长的地方，曾经也有更早的桂树之根，或许它们的父母，也曾在这书院之中几十年，陪伴在这里学习经、史、子、集的生徒们。而它们，也是时时陪伴着如今西安文理学院的学子们，日日听那诵读之声，闻那书香之气，从而有了些文化气息。那桂花的香味，仿佛便愈发沁人心脾了。况且我本就沉浸在这书院的文化气息之中，再闻这花香，更觉迷醉，所以便对它们念念不忘了。

如今又是一年秋日临近，距桂花盛开之日已不远，过不久，又将闻到那醉人的芳香。待满城桂香飘起时，这座古城将有另一番风姿。若有机会，我想再去看一看那关中书院的桂树。北宋周敦颐作《爱莲说》，曾赞莲"出淤泥而不染，濯清涟而不妖"。如今这桂，生在厕旁，亦不被染，却反能用其幽香，使得整个后院清新不已，岂不是比莲更要厉害了？如此想来，更觉这桂之贵，更要为其倾倒了。

彼岸花开大兴善寺

雨是在夏秋之交时悄然而至的，像是一个不速之客，不请自来，且久久不愿离去。时间长了，人们起初的那种舒爽与浪漫之情开始变淡，慢慢地竟烦躁起来了。一见面，话题总离不开天气，问候语变成了"这雨啥时候能停呀"。有时候是发自内心的感慨，有时候只是为了避免与不熟悉的人待在一起的尴尬，只能将话题转到天气上，这雨又偏下个没完，用它当话题，足以引起共鸣。

所以，当阳光重新洒满这个城市的时候，人们的心情也豁然开朗，一下子来了精神，来了热情。恰好，在抖音里看到大兴善寺的彼岸花开了，便纷纷又换上轻便的夏装，往大兴善寺而去。

我便也穿行在这去看彼岸花的人群中。其实只一眼，便被短视频里那几个字和鲜艳欲滴的花所吸引，眼前一亮，惊的是，大兴善寺竟有彼岸花！喜的是，我还从未见过它。小时候喜欢写作，也似乎总那么忧郁，于是研究了许多花语，而后被彼岸花吸引。有些花与人一般，天生透着些许灵气，不庸常，不粗鄙，不俗。如莲，如兰，如昙花，如杜若，单是名字，就有诱人之力，稍稍研究一下习性，即刻就被吸引了。也知晓它花开不见叶，叶生不见花，花与叶，生生世世永不相见；又因传言它生长在黄泉之路，是三途河边的接引之花，花香能够唤起生前的记忆，而多了些神秘的色彩。原本我对艳丽之物是没有眼缘的，彼岸花却不同，虽是红如血色，却充满魅惑，如若她是女子，便是那浓妆、红衣、高跟鞋装扮的冷艳特工模样，有勾人心魂的本领，却因其内涵而并不俗气。或许，如同张爱玲笔下的红玫瑰般，却比红玫瑰雅了些，高贵了些。红玫瑰总归太过于常见，模样长得也并无特色，在彼岸花跟前，便黯然失色了。

　　我先是独自一人，从兴善寺西街那些旧书摊前走过，扫了码，来到寺内。继而被那些香客吸引，原以为，来寺庙敬香的，多是老人，眼前却出现许多俊男靓女，手持香烛在各个殿前祈愿的身影。遂想起上一次在附近与友人小聚，结束后途经于此，便被友人带着来观看寺内平常见不到的宝物。那时似是初春，油菜花刚刚盛开，黄灿灿一片，蹲下来拍照时，天空、庙宇、小鸟与油菜花交融成一幅美妙的画，令人陶醉。不想半年过后，竟专门为了赏花而来，寺内已贴心地为游人制作好了赏花的路标，循着这些标志，一路前行，就能到达花之所在。

信息时代，消息果然传播得快，这彼岸花跟前，已聚集了许多赏花的游人，其中不乏摄影爱好者。我当然是一眼就被它的芳容吸引了：笔直的杆上见不到一片叶子，只端端地在尖部似被美丽的少女用双手挽了一个红色的小绣球，绣球外还有许多向外四散的须子，又像是小巧的红灯笼，或是红色的线挽成的什么结，总之是中国的吉祥物。中国人似乎对红色总有一种难以描述的亲切之感，似对龙凤一般，总能激起一颗火热之心。只见这彼岸花红如血，花瓣细长妖娆，又向外伸出许多更加纤细的花蕊，看起来便似腰缠红丝带的艳丽舞娘，在风中，在人们的注视中，骄傲、魅惑地舞动。游人们或站或蹲，或猫腰或席地，不断变换身姿和角度，想要将它们的身影留在手机之中。抖音中甚至有人出了拍摄大兴善寺彼岸花的教程，惹得更多的游人从四面八方拥来。

　　我不喜热闹，从小不爱往人潮中去，如今却也顾不得那么多，只沉浸在对这美的惊叹之中，其中，当然还有别的情感。就像幼年看《海豚湾恋人》时喜爱上了紫贝壳，总想拥有一枚，后来有朋友从海边寄过来时的心情；像以前喜欢庆山的《七月与安生》，后来知晓它被拍成了电影而去电影院观看时的心情，愉悦中夹杂着满足和兴奋，终于得偿所愿的感觉。所以我也是同样拿着手机，拍下了它们火红艳丽的身影，而后悄然离去。

　　旁边树上的音响正播放着不知哪位师父讲的佛经，我顺着一条小道往里走去,心里想着上次来时许的愿,如今愿望达成,该是还愿的时候了。正想着,被一群落在地上与游人嬉戏的鸽子吸引了目光,鸽群中间一只浅灰色的夹杂咖色花纹的芦花鸡悠闲地转悠着,似乎为自己鸡立鸽群而骄傲,走起路来一副得意之势。在寺庙中鲜少见到如此气定神闲的鸟类,时而飞,时而散步,发出咕咕的叫声,仿佛早已习惯了这些游客,也等待着他们投食,等待着与他们互动。

我因为自幼就见外公养鸽子的缘故,对鸽子倒也有些特殊的情感,又见有几只骄傲地落在房檐上,一副不为半斗米而折腰的派头,看着便觉有趣。鸽群旁边的大殿外,有一些被游人拨动的转经筒和人们点的许愿灯,一侧的墙壁和柱子上也挂满了人们祈福的心愿纸。我从一个小院落进去,在观赏池边看了一会儿池内优哉游哉晒着太阳的鱼儿和乌龟,上次来这里的时候,有幸上到楼上禅修的教室,悄悄地观看过那些修行之人静坐禅修的身影。如今为了彼岸花而来,便抱着游玩的心态,只是看看寺内的景与物,这才发现,大兴善寺有如此多值得驻足之处。恍惚间又闻到一阵桂花的芳香,原是大雄宝殿周围种植了一些桂树,正是丹桂飘香的季节,隔着口罩,也被那清香之气陶醉了。本来在这寺内,只觉清幽古朴,虔诚心静,如今倒是醉了。又在这醉意朦胧之中于净手池洗了手,坐下来,欣赏了一会儿手机内拍摄的彼岸花照片,这才依依不舍地离去了。

如今，这些妖娆艳丽的花依旧静静地保存在我的手机相册之中，时隔半月，加上连日来多雨，也不知大兴善寺的彼岸花是否依旧盛开。但它们，是永远盛开在我的手机里，盛开在我的心里了。小时候只听说彼岸花"花开不见叶，叶生不见花，花叶两不相见，生生相错"，如同无法见面的恋人般，永远思念和相盼着，却注定要错过彼此，那般凄美，那般令人心疼；却不知它根茎中提取的"加兰他敏"可用以治疗小儿麻痹症，球根含有生物碱利克林毒，对中枢神经系统有明显影响，可用于镇静、抑制药物代谢及抗癌作用。所以说它其实是"救命之花"，而非人们认为的"死亡之花"。许是怕人们对彼岸花的误会太深，大兴善寺的师父们竟在花海旁的空地处，竖起一块牌子，专门为其正名。并告知人们，它的花语其实是"优雅纯洁"。

如此脱俗之花，在这有着一千七百余年历史的隋唐皇家寺院、佛教密宗祖庭、帝都长安三大译经场之一的大兴善寺见到，却也觉得欣慰。似乎它就应该生长在这里，伴着寺内的木鱼钟磬之声、诵经念佛之音，永远不被世俗所扰。

山居一夜

我依然记得那晚的萤火虫,在夜空中一闪一闪,似寻找归途的迷路孩童,黑暗中的草丛和花香太过相似,它弄丢了伙伴,着急地、慌乱地闯入眼前。而我,抛却以往安静温婉的样貌,快乐得也像个孩子。

那像是童年时缺失的梦,幼年本该有的童话般的快乐没有体会到,以致到了三十岁,被这份奇妙所惊异,满脸是要溢出来的开心。和友人伸出手去抓,看那小虫子在手掌中发出微弱光亮,然后温柔地笑着,乐着……随后又将它放走。

那晚在院子里饮茶的情景也一直在脑海中,我拿起那石桌上的建盏看了看,夜里,微弱的灯光下,它现出幽蓝的光。夏日,在山中农舍,有凉风袭来,有蛙鸣阵阵,令人想起沈复和芸娘在乡下老妇人家竹篱笆前赏月的情景。后来,你们也开始等月,而我回到房间,主人点上熏香,递上一杯黄桃燕麦酸奶,至此爱上了这个口味。

不知何时听到你们在屋外喊,知道月已挂上树梢,却沉浸在屋内清幽古朴的陈设中，被那书香吸引，不愿出去。酣睡一夜，起来尚觉新奇，又有欢喜之心，想必与环境有关。山中洗漱不是特别方便，需在盆中，用烧开的水，兑些凉水，但生在农村，自幼也惯了的。喜的是早晨的空气和鸟叫，想起"空山新雨后，天气晚来秋"那样的诗句。早上的餐食，主人家做了煎饼，有黄瓜、皮蛋等小菜，我像备受照顾的孩子般，接过他们递过来的卷好的饼，其间眼镜被男主人撞到地上，镜片掉落，这眼镜是时常这样的，主人说"你这眼镜是用来碰瓷的"，于是莞尔一笑。

吃过早餐，与友人往旁边田野而去，路过一片玉米地，来到一户人家。见一老妇人在院内，院门口有盛开的鲜艳的花，友人与老妇人搭话，知道其儿女都在城里，她喜欢这里的生活，割舍不下。随后又至一院落，院内是养蜂人用木头做的蜂巢。蜜蜂在蜂巢口聚集交流，嗡嗡声响，我要说对蜜蜂有亲切感，你或许不信。

自幼就见外公养蜂，对此昆虫，再熟悉不过，也没少受它的叮咬。以前去外公家，每每对闯入房间之蜂咬牙切齿，生怕它落在身上，但也没躲过被它叮了手指的厄运。如今在山中见到，倒是觉得亲切了起来。想起外公将手伸进蜂箱，取出蜂巢来，戴上老花镜细细观察的样子。现在的他眼睛生病，虽是带着去做了角膜移植，两年后依旧模糊不清，只能日日待在床上，家里从此再无蜜蜂身影，他已无法再照顾那些"幼孩"。

从田野回来后，跟主人家商量着，又一同到了关山草原。那里是去过的。只不过第一次去时，正赶上下雨，只好买了几身棉服，在县城住了一夜，就匆匆而回。唯一值得回忆的，是带去的几个孩童骑了马，回来后笑着说"那马儿放了屁……"，惹得大家哈哈大笑。如今再来，天气晴好，心也欢喜，人似乎也跟着娇艳了起来。总喜欢夏日出行，可以穿轻便的、漂亮的衣服，自觉好看。于是打着伞，让友人拍了几张照片。那草原的绿和壮实的牛做了背景，照片中的人，似乎也靓丽起来。那些照片后来用在新书中，用在宣传的资料中，继而传播，至各地。那日的情景，那牛，那绿，也传播至各地。

那日的午饭已不大记得，后来大约是热了起来，在一廊亭内休息片刻，便顺着草原上的山包往上爬。主人家走在前面，我和友人在后，虽不记得交流了什么，但那爬山的心境大抵是轻松愉悦的。后来在一小溪边，遇一卖玩具的孩童，大方的样子令人惊异。静静地观察他，给予赞许的目光，这样的遇见不会为旅途增加什么，但或许能片刻欢愉。以至如今时隔一年多，竟还能一下子想起那些场景。虽说在那个地方，只是短暂的停留，但美好的瞬间却那般多。犹记到达那日傍晚，主人家招待在一河边吃柴火鸡，餐馆老板给河边置一吊篮，于是静静坐上去，在大山之中，无所顾忌地摇晃着。忽地又想起河边那简陋的厕所，须得向餐馆老板取来钥匙，自己去远处简易搭设的屋棚，却在去的路上遇一大狗，吓得立在原地踟蹰不前，惹得女主人来"救"，如今想来，这也成了趣事。后来大约是饮了些酒，回到农舍后，天色暗了下来，几人便相约出门。

一路在河边看潺潺流水，听大山中的生灵在夜晚交谈，用树枝赶着牛虻，直待遇到那萤火虫，欢快得像个孩子。现在想，在那般静谧的夜，呼吸着那般令人清爽的空气，又有萤火虫在侧，如若再有心爱的人相伴，便必得矫情地让背着走。似乎只有那样，才能构成一幅浪漫的图画。

许久了，总能想起那个夜，想起那迷了路的萤火虫和那晚你们的赏月声。

秦岭中的村庄

秦岭中的村庄,遇见时,即已换了新颜。土坯房还在,竹林还在,小溪还在,蜜蜂也还围绕着油菜花嗡嗡地叫,柿子树下的秋千依旧在风中晃动,野猪仍然偶尔蹿出来,在麦田里打几个滚,不同的是,赶他的农人,似乎是少见了。

村庄中穿着藏青色棉布衣的老奶奶,手提烟枪的老爷爷,脚踩布鞋的壮实小伙儿,如今,似乎都不在山中了。隐藏在秦岭山中这儿一处、那儿一座的土屋,也似乎早已人去屋空。原来,困守在这里几辈的人,已陆陆续续搬迁到了山下。这么着,以前那要翻山越岭才能抵达的村庄,便不再有炊烟、狗吠、人声……那山脚下画一般的房屋却又多起来了。

来到这个秦岭中的美丽小镇时恰是春日,阳光、山水、空气都用它们最美好又最平常的姿态迎接着我们。对于生在关中的人而言,秦岭始终是带着神秘色彩的,无论是童年记忆里无缘攀爬的山,还是内心深处无比欣羡的水,抑或是那内里柔软温润的房子，都吸引着我这个旱地成长起来的人的心。以至于竟觉得来到此地，自己无形中彪悍粗糙了些许。

秦岭南地的一切事物，都让我觉得自己是个不够温润水灵的姑娘。一到这皇冠镇就被公路两边的潺潺流水与白色的房屋吸引了，待到了此行的目的地兴隆村，倒是后知后觉，游了半天还以为这是某个城镇呢。

眼前的兴隆村，有着统一的灰瓦白墙，一排排楼房似温柔细腻的姑娘般林立在秦岭山脚下，水泥铺就的街道在水汽的浸润之下更显纯净，沿街而开的是各种农家乐或卖特产的店铺。屋前屋后种植着诉说着春意的鲜花，流淌着滋养鲜花生长的溪水，从山中搬下来的兴隆村的农人们，显然换了一种活法。无论是干净整洁的房屋，还是方便快捷的交通，无疑，都与曾经在山中的生活有着天壤之别。

如若不是在水墨画一般的兴隆村住了一晚上，在鸟儿鸣叫的清晨起身爬上了山，一番蜿蜒曲折之后来到了山中的旧村庄，恐无法知晓，村民们如今的生活是多么惬意悠然！

那个穿着运动鞋，在前面领路的驻村书记，离开省城来到这个山里的小村庄已近三年时间。他每日爬到山上去视察，知晓这上山的路有多少个弯，知晓这路旁有多少棵红豆杉，更知晓这山中哪儿有养蜂人遗留下的蜂巢，哪儿常有一只羚牛出没。

他伸出一只手，指着远方的油菜地为我们介绍着。盘山公路上偶尔走过一个村民，他们热情地招呼他，跟他聊着家常，跟碰到同村的邻居无异。那个在山中剩余的破旧土屋的房檐上养蜂的农人，骑着摩托车，远远见了我们，便咧开嘴笑着，待走近了，又和他天南海北地聊了起来。他们知道他是书记吗？我在内心默默疑惑着，怎么会有和全村人都熟络的书记？

这个关中汉子，起初来到这片秦岭深处的村庄时，这个村庄已被隔绝在山中太久。尽管他们可能已经有了电视，能收听到山外的讯息；有了盘山公路，能骑着自家的摩托车到很远的县城去购置生活用品。但那山中的屋子总是漏水，那地里的庄稼总是被野猪啃食，那房前屋后的鸡、鸭、猪、羊也总是只能够自家的吃喝儿。此外，他们已被烟筒熏黑的房间无不充斥着脏乱和贫穷的影子，他们厨房的大锅里除了土豆就是红薯，他们屋前用几根木头悬在空中做成的茅厕，传出阵阵恶臭……

这个秦岭山中的小村庄，年轻人都外出打工了，留下的，只有老弱病残和一些幼小的孩童。而这些孩童，终有一天要背着他们沉重的书包，不断地翻山越岭，去往学校。怎么办呢？唯有让他们从山中这儿一处、那儿一座的蜗居中搬离，为他们建造一座新的村庄。他想，并且这么做了。

兴隆村于是从山中分散得无法绘制地图的样貌，变成了如今山脚下的一幅水墨画。它柔软细腻，它整洁安逸。相较起来，关中的村庄倒像是个粗壮的汉子，而兴隆，则是一个温润的女子，一个在秦岭脚下读着诗书，拨弄琴弦，使人爱慕的女子。

而那山中的旧村落，如今，竹林幽幽，芳草萋萋，蜂蝶飞舞，流水潺潺。无论是树下的粉色长椅，还是随风摇曳的秋千，抑或是那水面上的木桥，都向我们昭示着，如今，这里俨然成了一片湿地公园，一个涤荡心灵的地方。

秦岭中的山村，有了新的面貌，那旧山村，亦成了一道美丽的风景。

第二辑

长安巧匠

斫 琴

天有时，地有气，材有美，工有巧，合此四者，然后可以为良。

——《考工记》

木

那些五彩斑斓的宝石，在玻璃瓶中暗自发光，它们怎么也想不到，自己会为一架琴献祭，而这，是斫琴师的秘密。

我仔细观察过斫琴师的手，亦柔亦刚，亦粗亦细。你说它秀气吧，它能锯木锉琴，刮灰刷漆。你说它粗糙吧，他提笔落款，在琴面绘图时又俨然一副温柔的书生样。所以这双手，既是匠人的，又是文人的。这人也是，既有匠人的执着，又有文人的洒脱。这洒脱最先体现在喝酒上，所以他总在找寻酒友。每斫完一架好琴，酒局就开始了，似是将琴作为孩子，为它的出生摆个宴席，我便也喝过那唐代名琴"九霄环佩"的满月酒,当然,这是后话。

他这亦匠亦文倒也印证了历代斫琴师亦是文人琴家之说,先爱上抚琴,再致力于做出心意相通之琴。而古琴向来为文人抒发心绪之乐,或写心表志,或抒怀自娱,只在自己。那么一架好琴,便是内心万千思绪寄托之音,故有言"善弹者善斫"。

斫琴师许工,擅抚琴,懂篆刻,习书画,精木工,会漆艺,有幸相识几年,此前只见琴闻音,今夏,终有幸目睹其斫琴。

哪怕是烈日炎炎,万物叫苦,身子疲累,依然不抵心中热忱,欣然前往,终在一老旧小区的地下室,见到正在斫琴的他。彼时的他,正凝神为一新做成的琴落款,手中的毛笔轻轻抚过琴底,留下"太古神品"几个极佳的小楷和在一旁盯着他的手的我的啧啧赞叹。这一双匠人和文人的手,指甲修剪得平整干净,手心或许也有些老茧,从手背看去,却总令人想起古代君子。奇怪的是,我并不知晓君子的手应该是什么样子,但那一刻,能联想到的,却只有这"君子"二字。正想着,目光移动到他身后几架尚未完成的琴,这些琴乖巧、安静地置于一处,似等待家人为其穿衣系带的孩童,而他,在这热闹喧哗的炎炎夏日,长衣长裤,安静地居于地下室,与琴为伍,与制琴的材料和工具为伍。

我方知晓,这斫一架好琴,亦得习得一手好字,能在琴上作画、琴底篆刻,精细的木工和漆艺功底自不必说。斫琴师许工,最初便是木匠。于他而言,琴的形状要比一个板凳简单得多,可它的选材又比板凳复杂得多。

《诗经·鄘风·定之方中》载:"树之榛栗,椅桐梓漆,爰伐琴瑟。"可见春秋先民即已取梓桐为材以斫琴。尤其桐,自古便为主要制琴之木,只是斫琴对木之年岁尚有要求,以百年以上老旧房梁为佳,一则多年木性尽失,木中所含胶质少,音色松透,共鸣良好;二则木质稳定不易变形。许工斫琴,便时常找寻老旧房梁,他说没有一根合格的木头能从斫琴师手上安全地离开,于是深山、河谷、老村庄、古墓、庙堂、旧房屋,到处留下他们寻觅的身影。为得到一根撞钟的旧木,他能陪老和尚聊三天三夜佛法,终使得出家人割爱赠木以报知音。这不,某年听说某地拆迁,拆出一堆古旧杉木,他抑制不住激动之心,多次赶赴建筑工地,硬是想尽各种办法将那些旧木收拢过来,而后坐在拉木的三轮车前,汗水涔涔,笑意盈盈。那个晚上,想来又是几壶酒下肚,之后便陆续得出好琴几架。应着他的话,杉是比桐更好的材料。而自古文人斫琴,单找寻木料,就传出无数佳话。

如赫赫有名之东汉蔡邕的焦尾琴,即是他在吴地时,偶然见一人烧火做饭,听到火中木材发出清脆爆裂之音,知是良材,遂将这烧火之桐木抢救出来,果然见一斫琴好木,所制之琴音色不凡,只是因这琴尾部还带有焦痕,故有"焦尾琴"之称。而唐代斫琴名家四川雷氏中最有名的雷威，据传就常趁风雪或雷雨交加之时，不避艰险，深入山林，辨听风吹树木之音，从而选取斫琴良材。另有五代吴越忠懿王嗜琴，曾遣使以廉访为名，实为物色良琴。而使者至天台山寺庙后，夜间听到屋外瀑布轰鸣之音，仿佛近在帘外，晨起观察，才知瀑下淙石处正对一屋柱，且柱子向阳，便暗暗思索，若其是桐木，必是一斫琴好木，遂以刀削之，果桐也。于是从寺庙僧人处换之，取阳面之材，又放取一年后，终斫制成"洗凡""清绝"两琴，皆为旷世之宝。

如此可见，要斫一架好琴，必先选取好的材料。唐代雷氏斫琴不拘泥于桐木，而是喜用杉木，因觉桐木易变形，杉木则能保存千年之久。也是因此，斫琴师许工斫一架好琴，必花费心思寻一好的杉木。他将那些辛苦得来的上好杉木木料，放置在另一做木工活的房间，在这间房内，他只是木匠。于是那些刀斧、锯子、钳子、起子、手工刨、卡尺、墨斗……似孩童收藏的珍爱玩具般整齐地排布在其中一面墙上，另外两面墙上，则挂满了做好的各式各样的琴，这些琴如月子会所里婴儿房中一排排躺着的婴儿般，样貌特征各有不同，但都令人怜爱、欢喜、赞不绝口。那架他引以为傲的唐代名琴"九霄环佩"就藏在其中，虽与其他兄弟姐妹同处一室，但终归有一种绝尘却又华贵的气质，使得人的双眼不知不觉移到它的身上，赫然定住。于是他将这架琴取下来，似将自己最优秀的孩子抱在怀里与客人展示般,解说着这架琴的珍贵之处。而平日里,他就是在这里,沉默着,与这些制琴的工具相伴,斫出一架架好琴。

于他而言,斫一架琴最简单的恰是定式和造型。那年轻时的木匠底子到底不是白练的,任其伏羲式也好,神农式也罢,又或是仲尼式、蕉叶式、落霞式……十多种造型都不在话下。那琴头、琴颈、琴肩、琴腰、琴尾、琴足似塑造美人般,在他那双亦匠亦文的手中慢慢显现。而其后的槽腹工序亦是他所擅长的,这么多年,他已完全掌握这些木料的习性,如何将一架琴的音色发挥到最好,全在于这掏共鸣箱的槽腹作业。即便如此,对于此项工序,他似乎也如胸有成竹的文同一般,早已掌握在心。

许工斫琴,胜在细节。在用生漆和绳子将琴的面板和底板胶合捆扎待其完全黏合,琴形初具后,将岳山、冠角、承露、轸池、龙龈等配件黏合得严丝合缝,寻不到一点做工痕迹,又在其后不断修整,使得边角光滑圆润,指尖划过,竟如同触在玉上一般。我遂想起幼年时父亲做木工活也是这般。父亲是镇上出了名的木匠,人人夸他活做得细。他的眼中,不容许任何柜子、门、桌椅等留有缝隙,细致之外还讲究美观……思绪转换间,眼前这斫琴师仿佛变成了父亲的身影,而我,就像幼年时叽叽喳喳在他身旁一边歌唱一边帮他拉墨斗的线时一般。那些岁月,大约也只有家中老房子里那几棵年岁大的树能记得了。我一边看许工斫琴，一边回想旧时的乡村生活，或许做过木匠的人才能如此细心，又或许，他们只是性格上略有相似。做活细了，生活中自然就细了，一些需要得过且过大大咧咧处理之事，他们便显得计较起来，我不知许工是否会如此，父亲这一生，倒是有太过执拗计较的特性，也因而吃亏许多。许工在给古琴上漆时，即便已化身漆匠，也依然保留这份细致，不留任何边角，落款绘图时，又恰是文人风骨，没有一样无功底，没有一样不精细。故而他的琴，无论木工、漆艺、画工、字迹，皆是上品。

漆

大漆之美，坚牢于质，光彩于文。他说一架琴之所以费时，全在漆艺。于是，他把工作的房间挪到那个存放着五彩斑斓宝石的屋子。在这间房内，他变成了漆匠。要完成靠漆、裱布、刮灰胎、上漆等一系列工序。而这些，恰是斫琴中最有趣又最磨性子的步骤。

我便看到他用橘子油稀释了生漆，像育婴师为新出生的婴儿按摩一般，用发刷轻轻抚过琴面。这发刷或以某个年轻女子美丽的秀发为材料，许还带着她的轻柔妩媚，这橘子油散发出令人心脾荡漾的清香，它们由遥远的国度，翻山越岭，来为一架琴献身。这稀释了的生漆渗透进琴面，像变戏法一般，使琴面由土黄色渐渐变至深红色直至黑色，有如穿上一层护甲，自此再也不怕阴冷潮湿，再也不会轻易开裂。这便是漆的魅力。中国生漆在数千年斫琴的施材配料中起着十分重要的作用，这种漆树分泌的天然津液阴干后的韧性、弹性、坚硬程度，使得战国至唐宋元明清的传世古琴，经千年数人手指抚弄仍完好无损。

所谓"百里千刀一斤漆"，这看似简单的斫琴，如今细究起来，所需的每一物却都难得。尤其生漆。每年割采时节，漆农们穿梭于秦岭，似猴子般爬上漆树，将漆刀割入树身，漆树流下血泪，落入漆桶之中，并暗暗发出诅咒，于是漆农浑身瘙痒难耐，长满漆疮。世人将这称之为漆咬人。斫琴师许工深知这点，但初做琴时，他却尤为自信，以为就自己这粗糙的身子，定不会对这自然孕育的神奇之物有所反应，所以并不做任何防护，却不料接触后亦是全身溃烂瘙痒无比，至此愈发敬畏这生漆，下次再作业时，必安安稳稳戴上手套，虔诚对待。

我在这间漆艺工作室摆放着的一架架等待华丽变身的古琴中看到一架裹了布，刚刚刮过灰胎的琴，初看那颜色质地，以为是一陈年老木，殊不知，它只是被苎麻包裹着，刮了一层灰胎而已。这裱布看似不起眼，却是古琴传世的关键，唐代斫琴师便用这么薄薄一层裱布，使得古琴千年不开裂。而至于灰胎，我起初茫茫然并不知为何物，于是许工将那鹿角霜拿出，如教授学生的先生，为我答疑解惑，言语间，有分享的喜悦，虽然那双眼藏在厚厚的镜片之下，我总看不到神态，但嘴角的笑和温柔的言语，将欢喜与自豪尽显。

我方知，鹿角霜有这般神奇。鹿生在山林，鹿角如何竟为斫琴所用？准确地说是鹿角熬制鹿角胶后剩余的骨渣，虽也知晓它是味中药，如放在以前，万不会将这二者联系起来。许工把鹿角霜磨成不同粗细的粉末，将大漆慢慢倒入其中，不断搅动，大漆于是又如变戏法般从乳白色变至褐红色，直至成为黑色。这鹿角霜要按照由粗到细的顺序，分三遍与大漆调和，刮于裹了苎麻的琴上，每一遍都要待其干了后用砂纸磨平，再去刮下一道稍细些的灰，以填补上一遍留下的空隙。如此，三遍之后，将其打磨至琴面光洁，无沙音。那白色的鹿角霜研磨成的粉末，按粗细不同装在不同的器皿中，许工将其一一打开，让我分辨，我却只为古代匠人的一番玲珑之心所倾倒。殊不知，他接下来要展示的八宝灰才最为精妙。

我于是看到了那些五彩斑斓的宝石。它们呈破碎状，聚集一处，安静地躺在各自所属的玻璃器皿中。因是玻璃，故而从外面更能看出它们颜色的鲜艳。这些珊瑚、朱砂、雄黄、玛瑙、绿松石、珍珠等碎石，原本处在山间水旁，被人采掘或制成了首饰供富贵之人穿戴，谁能料想，它们竟也到了斫琴师的工作台上，成为八宝灰，为一架好琴献祭。它们使得琴面有如繁星，白日里在阳光下流光溢彩，夜里在月光下闪耀辉映。如此，它们倒也能随着这琴，流传千年，不知不觉间，为无数文人所轻抚赞叹。而这八宝灰胎出现于北宋晚期，其独有的金石之韵为文人琴家所珍视。只是这各色宝石材料昂贵稀有，故八宝灰古琴多为帝王将相、达官贵人收藏，仅有少量流于民间，现今存世的也为数不多，尤为珍贵。如今，过了千年，倒是能为斫琴师所用，说到底是时代给予的福气。彼时，将这装着各色宝石的玻璃器皿一一展示于我的许工，与地下室亮着的灯光融为一体，浑身闪耀着匠人的魅力。于他而言，那些在山林吸收百年灵气，又在房屋顶端历经多年风吹日晒的旧木，那些曾于山间水旁享受自由的宝石，如今，都找到了最好的归宿，化身一架琴，长久存世。

　　那些刮完灰胎的琴要阴干一段时间，装上琴徽，上漆、打磨、推光后安装雁足，即可安弦试弹。古人装琴徽多用金、玉，许工则用贝壳。一颗一颗，镶嵌黏合，竟不知要说是它的眼睛还是嘴巴了，单从视觉上，只感相得益彰。而琴弦，古代唯有蚕丝，如今则用钢丝，着实结实许多。

　　他将一架未上弦的琴，固定在一安装了琴弦的木质工具上，喊来儿子试音。刚刚成年的男孩儿，弹琴已至一定境界，许工笑语，这一点他自叹不如。这是传承，也是许工的欣慰之处。少年长相秀气，净手焚香后端坐于琴前，于琴弦的勾挑中微微颔首沉思，指尖于是传出一曲沁人心脾之乐，回荡在夏日安静清凉的地下室中，太古阁又出一件珍品。

史

一切技艺皆有传承，斫琴亦是。像这"太古"二字，即来源于唐代雷氏所斫名琴"九霄环佩"上的古人题字，他对复原这样一架琴的喜悦从不掩饰，甚至直接摘取"太古"作为斋号，每每与人讲起此琴，整个眉宇间满是柔情和宠溺，令人想起"顾盼生辉"这样的词，与此同时，嘴角也不经意间上扬，平日里严肃的匠人面貌于是舒展开来，那一刻，他只是慈父。遂想起那日为琴设宴时的欢乐之态，与新晋父亲展示自己刚出生的儿子无异。漫漫斫琴史，或许终因这复原的九霄环佩，有了他的一席之地。只是对于斫琴技艺的起始，后世之人皆茫然，许工亦是。

地下室传来阵阵凉意，我裹了裹特意穿上的外衣，这些没有窗的房子，一间套一间，隐在繁华小区的地下。地上是烈日炙烤的城市烟火，地下是安静清冷的精神家园，我不禁想起《神雕侠侣》中小龙女居住的古墓，想来便是这般，幽暗、寂寥，仿佛早已远离了城市。这里，会让人短暂忘掉时空，更容易与那些斫琴的先辈心生感应。

　　他有时会喃喃自语。忙碌几个小时后，卸下疲惫，泡一壶清茶，焚一根熏香，手指轻轻抚过那些琴弦，化身文人，弹一曲《酒狂》，喃喃自语着，呈痴狂状。一旁的书本翻开着，那些古人斫琴的事迹一个字一个字从书中跳出来，在琴弦上舞蹈。一架好琴，足以唤起那些沉睡千年的斫琴师。他们有时也从书本中走出来，静静地看着许工斫琴，所以他说，总似有人在耳畔低语，指引他更加精良地做工。这些人中，或有神农氏，或有尧帝，或有颛顼，或有唐人雷威。那些传说或真或假，却早已深入许工之心。

　　昔有神农氏"削桐为琴，绳丝为弦"，创造最初的琴。又有"伏羲见凤集于桐，乃象其形削桐，制以为琴"之说。《太平御览》引《通礼篡》云："尧使无勾作琴五弦。"《礼记·乐记》则载："昔者，舜作五弦之琴，以歌南风。"种种传言，扑朔迷离，所以历代斫琴师并不计较究竟是哪位先祖创造了琴，只知它古老厚重，先人智慧妙不可言。故而许工斫琴，总要备一碗酒，敬这些先人，也敬自己。待琴斫好，又似还愿一般，酣畅淋漓再喝一场，为那些旧木，为那些漆，为那些宝石，为那些匠人……

　　他终日研究那些古代名琴，将其复原，看似只是照着样貌斫出一架古琴，却将那段历史也牵动起来，将历代斫琴师的一生也牵动起来。古人斫琴，先秦时构造简单，汉代逐渐定型，唐达到空前，宋则出现官办斫琴局，并统一形制。1978年湖北随县曾侯乙墓出土的战国初期十弦琴和1973年湖南长沙马王堆出土的黑漆七弦琴，琴身由独木斫成，构造简单，琴面尚无徽位，且面板与底板分开浮搁，通过此两架现存最早的古琴实物，可以看出先秦琴之形制尚在发展。

而蔡邕的焦尾琴，恰印证了东汉斫琴技艺的进步，此琴据说传至六朝时还在使用，且后世爱琴之人，竞相仿制，琴之精妙可见一斑。汉魏之际，斫琴师开始为琴面安装标志音位的琴徽，共鸣箱也愈发完整。东晋画家顾恺之曾作绢本设色画《斫琴图》，图中之人或挖刨琴板，或上弦听音，或制作部件，或旁观指挥……写实而生动地将古代文人制琴之状现于眼前。画中之人，皆长眉修目、面容方整、表情肃穆、气度文雅，尽显古代君子风范。而画之细致，琴面、琴底清楚分明，龙池、凤沼亦可显现，也因而为后世之人制琴起到范本作用。

如此，加上唐之国力强盛，文人墨客更加追逐精神之乐。故唐代之琴，在数量与质量上达到空前。一些斫琴名家，亦开始问世，其中尤以四川雷氏居首。《琴书大全》曾载，隋文帝的儿子杨秀封为蜀王后，曾"造琴千面，散在人间"。至此蜀地斫琴名家辈出，或可与此有一定关系。单雷氏一门，名家众多，所制之琴，人称"雷公琴"，有"唐琴第一推雷公，蜀中九雷独称雄"之说。到了宋时，苏轼对雷氏琴也情有独钟,以"家藏雷氏琴"而怡然自得,为求雷琴之精妙,甚至曾破琴视之。其在《杂书琴事十首·家藏雷琴赠陈季常》中写道:"余家有琴,其面皆作蛇蚹纹……其岳不容指,而弦不㪇。此最琴之妙,而雷琴独然。求其法不可得,乃破其所藏雷琴求之。其声出于两池间,其背微隆,若薤叶然。声欲出而隘,徘徊不去,乃有余韵,此最不传之妙。"雷氏琴的火热如同现今名牌一般,惹得文人雅士、官宦子弟争相收藏,到了宋时,甚至生出不少伪造唐代雷琴之人,看来造假之事,亦有史可寻。而蜀中九雷中,要数雷威成就最大,雷威制琴除却选材时传出一段段佳话之外,所斫之琴,亦流芳百世,尤其"春雷"为传世古琴之最。而如今收藏于故宫博物院的"九霄环佩",亦是雷威所作,其号称传世七弦琴中最古最佳。所以许工对那架倾注心血复原之琴,如此珍视,实在也是因它太过宝贵。

木匠以鲁班为始祖,造纸之人则供奉蔡伦,许工虽未言明,但看他讲述雷威于风雨交加之夜,只身前往山林,听风吹雨淋树木之音选取良材的故事时那神态,方知雷威在他心中有如鱼玄机于我,总有些特殊情愫。雷威之后,宋明时期有不少帝王、亲王以文人姿态出现,对斫琴之事产生浓厚兴趣。于是宋太宗赵光义推出九弦琴,宋高宗赵构推出盾形琴,一些斫琴专著也随之诞生。《琴苑要录》就收有"斫匠秘诀"和"琴书、制造"部分,并将碧落子所作的《斫琴法》收录其中。到了明时，斫琴名家众多，《陶庵梦忆》就曾夸赞号称吴中绝技之一的斫琴师张敬修，言说他的斫琴技艺上下百年无敌手。斫琴技艺至此断代，直至民国，才复出现。

许工幼年时，生活在河北一小县城，受父辈影响，对木器产生浓厚兴趣，他好奇一棵树何以变成家中的桌椅，好奇一块木何以化身母亲的梳妆匣。当同龄少年沉浸于爬树、摘果、游戏之乐时，他在研究家中木门为何能开合，如何能用木头做成一把枪。人说兴趣是最好的老师，在这个老师指引下，成年后的他，终成了一位木匠。

木匠许工天生就该是匠人。各种技艺如书法、绘画、篆刻，皆自学成才，又天生有某种文艺气息，那个年代，也曾留长头发，弹一手好吉他，写一手好文章。直至某次去人家进入网吧，在浏览贴吧时看到"斫琴"二字，顿觉眼前一亮，似是某种记忆被唤醒。从此将自己关入家中开始倒腾，许久之后，终制成一架琴，忆起来竟也二十年了。或许他前世，就与琴有着说不清道不明的缘，此生才能一眼认定，坚毅相守。这是他的斫琴史，在这斫琴技艺的传承史中犹如雨点汇入汪洋，虽渺小，虽短暂，但于他而言，做一个匠人，守一颗匠心，只管眼前心爱之物，哪顾得身后之名。这琴长久留存，"太古阁"和"许春光"就长久留存，至百年、千年。人们总能在一架好琴底部，看到那样的落款，猜想着曾经的匠人，就如同如今的他，守着那架"九霄环佩"，研究其上的落款与题字一般。

九霄环佩

泠然希太古——诗梦斋珍藏。

这是藏于故宫博物院的唐代名琴"九霄环佩"琴背一侧所刻之字，并附有"诗梦斋"印一方。其中"泠然"二字常被用来形容琴音清越，也是因此，许工将斋号改为"太古"，并将"泠然"二字留于儿子，且早早制好印章，待其成长，以继承衣钵。

他将那张复原的琴翻转，带着某种神秘的笑，让我辨认其上的字：

超迹苍霄，逍遥太极——庭坚

霭霭春风细，琅琅环佩音。垂帘新燕语，苍海老龙吟——苏轼记

我随之激动地叫喊，原来是他们，此琴之分量，在我心中大增。原他们都曾被这唐代雷氏所斫名琴"九霄环佩"俘获，题跋留念。如此，这琴便带着他们的气息留存了下来，这便是物之欣慰，人之悲哀。匆忙一生，到底不能如这

些物件，能长久于这世界。但物件却总归承载着人的记忆和那题字时留在其上的温度。王羲之《兰亭集序》中说："后之视今，亦犹今之视昔……虽世殊事异，所以兴怀，其致一也。"苏轼与黄庭坚曾对着这架琴感慨斫琴人之盛名，清人叶诗梦又何尝不是对着它感慨苏黄之旧梦？而如今，我们亦是对着它，慨叹这些早已逝去的古人和他们当日藏琴之喜。

见我盯着这琴背惊叹，许工更是欣喜，直接将琴抱于屋外桌上，任我观察。我方仔细辨认琴背上的其他篆书及印章，早前只被苏轼与黄庭坚的题字吸引，倒没仔细看其他印记。许工复原这"九霄环佩"时，不仅是琴，其上的文字也是临摹得丝毫不差。琴背池上方刻有篆书"九霄环佩"四字，下方则刻"包含"大印一方。凤沼上方留有"三唐琴榭"椭圆印，下方则为"楚园藏琴"印一方。腹内左侧刻寸许楷书款"开元癸丑三年斫"七字。其中"诗梦斋"为清末北京著名古琴家叶赫那拉佛尼音布（叶诗梦）的别号。"三唐琴榭"和"楚园"均为清末收藏家刘世珩的别号。许工斫"九霄环佩"，原模原样将这些印章刻上，这是他对那些藏琴名士的崇敬，他永远保留着自己那股子细致的匠心，若非没有像原琴一般以玉为雁足，恐真能达以假乱真之效。也难怪，那日宴饮，他豪情万丈，一杯杯酒下肚后，又将众人邀请至所居之地，赏琴品茶。众人便纷纷围绕着这架放置于琴桌上的珍贵之物，拿出手机一顿拍摄，它则似王子一般，高贵安静地盯着这些如痴如醉之人,惊叹主人何以这般激动。要说起来,当日的我,对这"九霄环佩"无甚了解,只当是吃了一顿宴席,昏昏然跟着众人在夜里走过坑坑洼洼的小路,来到一城中村的院子,又茫然挤进一间屋子,跟众人一道对着琴桌上所放之琴触摸拍照,却并不知其有何来历。今日才真真是识得它的珍贵之处。

原本"九霄"与"环佩"为道教常见意象,有出尘绝世之意。其中"九霄"常用来指代仙界,"环佩"或可认为是古人佩于腰上的玉饰,其相碰时能发出悦耳的叮当之声。"九霄环佩"之名与这琴之精良做工堪称绝配!此琴为伏羲氏,为唐琴一种,由盛唐斫琴名家雷氏家族中最有名望的雷威所斫。后历千年,经数人,终到了故宫博物院,成为传世珍品,价值一度高达四亿人民币,号称世界最贵之乐器。其贵,贵在年岁,贵在斫琴师与诸多收藏者之盛名,贵在斫琴技艺之精妙。此琴之斫制,匠心独运,制作精良,梧桐为面,梓木为底,通体髹紫漆,纯鹿角灰胎。龙池、凤沼均作扁圆形,以蚌为徽,红木做轸,雁足为白玉,岳尾则为紫檀。只是年岁久远,毕竟存世千年,历经岁月磨洗,使得琴面多处以跌漆修补过,但也因此有了别样风采。

但琴终归是乐器,哪怕只是文人与自己,与天地,与鬼神交流的载体,抒发心绪之物,也须得耳听其声,后将心中所感与之交融、缠绕,终达成共鸣。否则,何以有高山、流水之音？何以有伯牙子期之交？所以"九霄环佩"之贵，更在于其声温劲松透，尽善尽美，可说"奇、古、透、润、静、圆、匀、清、芳"九德兼备，终使得大文豪苏轼沉醉，赞其如和煦的细细春风，如仙女身上响起的琅琅环佩之音，如春燕在耳边温软的呢喃之声，如海中老龙的悲怆低吟。也因而历来为众琴家仰慕，收藏者名家如云，流传有序，被视为"鼎鼎唐物"和"仙品"。

难怪许工会如此珍视此琴，为使其与原琴相近，连琴面之漆的修补痕迹也绘了出来。"九霄环佩"历经千年尚能奏响，许工之匠心，更是看着此架复原之琴，眼神坚毅，表情肃穆，一字一句，夸下海口，保它一辈子都不会裂。这言语，透着匠人对自己手艺的自信，透着匠人的一番大志。于他而言，做琴亦如做人。他的心思全在一架琴中，所以他弹《潇湘水云》，苍凉旷远，孤独激昂，以此曲试音，微闭双眼，人琴合一，以验琴音。那一刻，他将内心一切都交予手中之琴，当万千情绪从指尖传出，当心中跌宕现于琴音，种种记忆涌上心头，酸、甜、苦、辣，汗水与愁苦一一呈现。琴终于成了他的知音，他也从此找到了斫琴的意义。一架好琴是与斫琴师心意相通的，它由斫琴师的汗水浇灌而成，终带着他的风骨。如此，斫琴师斫琴，也在雕琢自己的人生，容不得半点瑕疵，半点应付，半点偷工减料。否则，琴会裂，名会毁，匠无信。

而此架复原之琴山口圆润，边角如玉，轻轻触摸，便如同抚上少女玉肌，拨动其弦，琴声更是在这地下室荡开来，回旋着，进入耳畔，人便也飘飘然，醉了。良久，心绪仍停留在这架名琴之上，唐人雷威斫琴的身影遂浮现眼前，苏轼、黄庭坚、叶诗梦都随着此琴，留下抹不去的印记。那么许工所斫这"九霄环佩"又将何去何从，百年千年之后，它是否会留存今日触摸它的这几人的气息？

　　从地下室走出来，仿佛历经一场时光穿梭之旅，这夏日骄阳倒成了重回现实的开关，炙烤在楼房和路面上，热气腾升，将人包裹着，人便如同大梦初醒一般，将那些古人古物隐在心底，只巴巴地跑去商店，买一根冰棍，心满意足地朝一处饭庄走去。一场酒局又将在城市的某一角落开始，这次，为的是斫琴师的故事，为的是匠人的初心。想来千年之前的雷威，每斫出一架好琴，也必会与好友共聚山间茅屋，酌酒一壶，抚琴一曲。许工斫琴之孤独与深情，或许在这豪饮之中得到释放。今日的他，是木匠，是漆匠，是文人，是墨客，是琴家……种种身份，只在那颗匠心，只在炽热之爱。

瓦 当

他坐在那里,银白色的山羊胡垂在桌上,这胡子吸干了原本要供给颅顶的营养,于是颅顶寸草不生,甚至磨得发出点点亮光。而他一袭黑色布衣,手持瓦当,似旧时私塾手拿戒尺摇头晃脑的教书先生,似清末皇宫里走出来的老学究。

我与瓦当算是有些浅缘的,倒不是因为生长之地常见,或者曾经拥有过那么几块秦汉的瓦当。而是几年前相识一致力于收藏字画与古玩的好友,在他的培养之下,经手售卖过一些。加之一朋友喜好这个,于是又帮他在别处寻过一些。每每都是我去拿了,小心翼翼地用报纸包好,给他带回去,再小心翼翼地交到他手上。那时我看瓦当如此珍贵,甚至生出了回老家时,在废弃的老旧村庄的屋顶找寻一番它的身影的心思来,终究也只是想想,没有付诸行动,也知晓,那终将是徒劳罢了。

但瓦当自此在我心中，便有了一个特殊的位置。我将它的价值铭记于心，并普及给我的父母、我的姥姥姥爷，为的就是万一有一天他们在村庄的深处，在破旧的老屋，碰到这么一块瓦当，能立即将它小心收起，不管是作茶桌上的装饰，还是博古架上的摆设，亦是交给喜爱收藏它的朋友，都比它被岁月和黄土掩埋封印，被村人用锄头敲碎，被小孩儿拿着砸核桃要好得多。

这样的事终究没有发生，那样的好物总归是被前些年做这一行的人给搜寻完了，农村，哪怕是我们古周原，也再找不到一块瓦当。我却在这样的时候碰到了那个布衣银须的老人，他像是从史书中走出来的学究，只一眼，我立即想起溥仪在《我的前半生》中所写的自己的先生陈宝琛，又想起了大书法家于右任先生。一样象征着儒雅与智慧的长长的银白的山羊胡，一样剃得光光的头，一样的中式布衣，不同的是偶尔戴着眼镜，似乎更多了些文雅，多了些谦和。

起先是时时看他在抖音中泼墨挥毫的身影，后来看他在那扇铁门内制作瓦当的样子。那扇铁门内是长安印社的所在，位于长安区水寨村，和我居住的小区距离不远。起初知晓他在这里时，还曾因离得近而暗自欣喜过。

他就是在这里，以八十岁之躯，日日与那些泥土石膏为伴，传承先人的技艺，制作出精美绝伦的瓦当。看他的样貌，似乎是从那些古老的瓦当中走来的，被时间遗忘在了历史长河中的瓦当匠人。似乎,他已在这扇铁门后,与这些瓦当为伴了千年。但他其实又是一个与时俱进的老人,除了复制出土的珍品瓦当,将拓片作为礼品外,他还为瓦当设计出了反映当下社会热点的新内容。北京奥运会期间,他为曾举办过奥运会的国家都设计了瓦当,并印成了册子,此外,他还将二十四字的社会主义核心价值观制作成瓦当,同时为长安区设计了"绿""富""美"三种瓦当。这些新瓦当的拓片装裱后悬挂起来,令人赏心悦目。

而这门技艺,似乎从一开始就注定要被他所传承。我总相信人是有法相的,人的容貌总诠释着他做的事情。所以从一开始,看到他的相片,就似乎洞悉了他的人生,洞悉了他的性格。果然,温和儒雅,有禅的感觉。八十岁的他已经和瓦当打了半辈子交道,作为传统瓦当制作技艺的市级非物质文化遗产传承人,他一出生,就在为这门手艺做着准备了,一出生,就落在了家中有砖瓦厂的人家。

一个冬日的午后,难得的暖日当空,我吃罢饭,慵懒地移着步,不知不觉就到了那扇红色的大铁门前。这个村庄在几月前的夏日遭遇过一场洪水,村庄里的屋子上尚能看出浸泡的痕迹。也是因此,这扇与村庄相通的门暂时封闭着,绕了一圈,从另一侧进入那个清幽的小院,便似进入一个厚重古朴的老宅。院内的落叶清扫了一半,一些植被黄了叶子,唯有那一丛丛竹子和那一尊石羊依旧充满生机。老远就看到了院内一屋中那仙风道骨的身影。和想象中一样,老先生随和儒雅,有淡淡的禅意。我们在屋内的暖炉前坐了,端一杯茶,与先生闲聊。他正吃着在电饼铛中烤热了的几个包子,银白色的胡须顺从地垂在下巴处,模样略显清瘦,但精神抖擞,皮肤白皙,边吃,边跟我们讲述他的过去。

我的目光早已被屋内博古架上的摆设和墙壁上悬挂的各类瓦当拓片所吸引,书画案上是刚写完墨迹未干的字,屋内还有老先生刻的两方石碑,据说是某年作为给外国宾客的礼物所刻,其余的尚在碑林博物馆。

老人八十年的人生于我而言甚是厚重,但我想,他大约也是喜欢后辈们来的。独居于此,有人到访,聊聊天,也觉欢喜。更不用说我这后辈,是怀着对手艺的尊崇之心而来。他亦觉得,传承有望。一个下午,我似翻阅一本线装古籍般,翻阅着他的故事。

他生来就与泥土、砖瓦和石块有缘。在那个久远的年代,祖父经营着一个做古建砖瓦活儿的砖瓦厂,如今兴教寺的庙宇上,尚能看到那个砖瓦厂烧制出来的瓦当。加之将他带大的外祖母,亦是一个手艺人,在他年幼丧母之后,带着他,做些窗花,扎些灯笼到集上去卖。就这样,他在有砖瓦厂的祖父和手艺人外祖母的耳濡目染之下,开始对工艺美术有了兴趣,而这,也无形中为他以后制作瓦当,奠定了基础。

聪慧的人，似乎在任何方面都能信手拈来，尤其是学习。十九岁那年，老先生一举考上了北大，成了天之骄子。可世事无常，最终，他却因家庭成分的缘故阻断了求学之路。时值三年困难时期刚过，为了能有一口饭吃，他跟随父亲回到了自己的老家胡家寨村。那时，祖父的砖瓦厂已归村里的生产队所有。为了生存，老先生和自己的父亲将这里当成了唯一的出路，那两孔祖父年轻时建造的窑，那些祖父留下来的瓦当书籍和图片，在那一刻震撼了他年轻的心。许是怀着传承守护之意，许是缅怀，他自此开始与这砖瓦窑、与这瓦块为伴的日子。

"要取少陵塬上的红土，"他说，一口地道的关中话，"红土细腻，密度大，不易变形。"于是取土、和泥、烧制、搬运、摆放……转眼即是十五年。那十五年，是他与泥瓦培养感情的十五年。十五年可以长大一个孩子，更不用说日复一日重复做着的同一件事，早已浸入骨髓之中。他在这砖瓦厂寻到了祖父的身影，感受到了祖父的指引，亦找到了自己的毕生之乐。

那时，他干活之余所有的乐趣均来自雨天停工时，拿着泥块回家捏人，或者钻研篆刻，而后尝试着刻瓦当。正是这一日日的钻研，使得他将篆刻发展成了一门技艺，从而在已有了两个孩子之后，为了生计，走上街头，摆起了篆刻印章的摊位。就这么摇身一变，从砖瓦厂的工匠，成了篆刻印章的艺术家，这不是一蹴而就的，对，这绝不是一蹴而就的。那十五年就是积淀，是变身前的准备。自此他的摊位跟前，开始聚集一波又一波需要刻印章的路人，这些人中有需要为生产资料盖章的农人，有需要为艺术品盖章的书画家，有喜欢篆刻和文物的收藏家。这些文人雅士们将他视为同类，从此，他开始收集更多的瓦当资料，除篆刻和瓦当制作外，又涉猎石刻、文物修复、仿古工艺品等领域，直待2000年成立了长安印社，真正成了那些文人雅士们的同类，一位艺术家。

当初为了生计无奈摆摊刻章的手艺，如今，已成了高贵的艺术。而瓦当制作，亦因历史悠久和独特的传承技艺，成了非物质文化遗产。瓦当原本是秦汉时期大型建筑上的重要装饰构件，俗称"瓦当头"，始于西周，延续至明清，目前考古发现最早的瓦当出土于岐山周原遗址。但要说瓦当技艺的真正发展和丰富，还是要属秦汉时期。秦汉瓦当是中国古代瓦当艺术的珍品，当然，这些珍品多出土于陕西关中。秦代瓦当千姿百态的造型，装饰性较之前更强，纹饰设计精心，文字布局精巧，在圆形或半圆形的画面之中，动物形象自然活泼，文字疏密得当。汉代是瓦当工艺的鼎盛时期，做工更精细，并出现多个小篆字体的瓦当。排列组织和谐匀称，布局讲究，显示出汉代质朴浑厚的艺术风格。造型有青龙、白虎、朱雀、玄武以及多样的动物和植物纹样。这一时期另一个特点是文字瓦当以"千秋万岁""长生无极""长乐未央"等祈福吉语为主。文字瓦当的字数从一个到十余字都有，比较常见的是四字瓦当。汉代瓦当的艺术观赏性已可与精致的印章相媲美。而这些陶质筒瓦顶端的部分，在那个年代，并不是为了让我们收藏或者研究它的价值。它出现在皇宫等大型建筑物的屋顶，是为了保护屋顶橡头不受风雨侵蚀。源于古代匠人们对美的追求，他们制作出各种精美的瓦当来美化装饰这建筑，这些瓦当又好像用它们的身姿向我们介绍反映着那个时代，"长生无极""长乐未央"，向我们诉说历史，为我们留守记忆。

秦汉瓦当珍贵的研究价值与审美价值历来为金石家、学者与收藏家们所重视，人们对秦汉瓦当钟情已久，清乾隆年间市价就达到了高峰。如今再看瓦当，它集绘画、工艺和雕刻等技艺于一体，既有艺术价值又有历史意义。我们从那些瓦当中可以看到中国汉字的演变过程，亦能感受到不同时期的历史风貌，而刘德源老先生正在做的事，就是让这种珍贵的艺术品得以传承。

我在冬日难得的暖阳天，跟随他推开那扇瓦当制作工作室的门，像推开一段尘封已久的记忆，更像走入某一段历史。那些制作瓦当的场景开始在我的眼前浮现。起先是费时五天制作模具，他用石膏细致又沉着地描画出瓦当图案，雕刻出瓦当模具，如此样貌让我想起"胸有成竹"的文同。他说以前，这些模具都是木质的，必须将字和花纹反刻于上，如此，压上去再剥离出来的瓦当泥坯才是正的。如今的石膏材质因为可以反复翻模，所以能够直接刻下正的文字图案，再用它翻出的反向模具即可。他穿着黑布衣，戴着老花镜，银白的胡须似养的宠物，是他忠实的伴侣。在他制作模具时，静静地待着，绝不会胡乱打结，绝不会随风摆动。模具制作好之后便要开始和泥，花费一两天的时间。他指着后面的少陵塬说："要先从那里取来红土，再经晒土、筛土、泡土、脚踩、成块备用等步骤，接下来再进行压模。"

将和好的泥反复摔打以增加其密度，而后将其一点点压入模具内，压好之后脱模，剥离出来后，再进行修补，随后拿去晾干。而这晾干也有技巧，不能暴晒，所以制作瓦当，一般都不会在夏天。关键的第四步烧制环节，要把干燥的瓦当坯装入窑内，用木材或麦秸秆烧制。别小看这小小的烧制，燃料不同，烧制出来的瓦当也不同。麦秸秆烧出来的瓦当呈蓝绿色，相对来说价值更上乘一些。关于烧窑还有两句口诀，当刘德源老先生将"冬烧梨花夏烧铁，二八月烧的胭脂色"的口诀，微笑着、慢慢地，用一口关中方言从嘴里说出来时，他的头不由自主地晃了晃，他的山羊胡也跟着慢慢地晃动了几下，我便不禁又将他与过去的那些老儒生联系了起来，似乎他现在这副样貌，穿越回清朝，落入某个私塾当个先生也是毫无违和感的。

瓦当的图案设计优美，有云头纹、动物纹、文字纹等。文字纹一般为"福禄寿"等吉祥内容。纹饰和画面写意相融，图案构思巧妙，在对称中求变化，均衡自然，富有生气，因而成为精美的艺术品。而长安因是十三朝古都，无形中也使得这里发现的瓦当的形态、内容以及数量最为丰富，无论是皇宫，还是文武大臣的府衙，都遗存下来诸多纹饰内容不一的瓦当。除了复制这些瓦当外，刘德源老先生觉得应该与时俱进，用瓦当和拓片的形式来反映并传播当下的时代精神，这门技艺才可以更好地传承下去。所以他开始尝试用瓦当的形式，填充新时代的内容，使得这些瓦当，带有时代的烙印和特色。他将给长安区烧制的一面刻着"万邦咸宁"，一面刻着"长安康阜"的瓦当拿出来让我看了，那块瓦当躺在专门为它制作的精美盒子中，那般高雅厚重，那般静谧骄傲。与此同时，他又将与墙上挂的拓片四条屏一样的礼盒拿出来，让我欣赏。对瓦当的喜爱早已让我对眼前之物爱不释手，这些四条屏挂轴采用独特的装裱技术，想来稍有文雅之心的人，定会为之倾倒。老先生的墙壁上还挂着很多拓片，有以长安八景作为内容的，有为学校定制的以校训为内容的，有以律法为内容的……于老人而言，这才叫传承。他说："不是收藏，任何喜爱收藏之人，都不知自己的后代是否会将他们的藏品视为粪土随意遗弃，所以瓦当的传承绝不是收藏。"我也终于明白，用瓦当的形式，表现新时代，表现当下社会的价值观，这才叫传承。并且可以一直传承下去。这些具有特色的瓦当和拓片，除了能作为艺术品摆在茶桌上，挂在墙上外，亦能在历史中流传下去，作为此时此刻的印证。

几百年，甚至几千年后，这些刻有社会主义核心价值观的瓦当，被后人捧在手里钻研着。如同我们钻研着"长生无极"瓦当一般，回想着那个盛世。而刘德源老人，守着水寨村的这个院子，这个大铁门，除了烧制瓦当外，亦写字、画画、种菜，将生活过得诗意而古朴，仿佛千百年来，他一直在这儿，被时间遗忘在了历史的缝隙之中。

纸　缘

曾在榆林佳县一小乡村碰到一农人，只匆匆一面，没有多少交流，没有留下联系方式，却对他说过的一句话记忆深刻。

那时，我们在佳县采风，夜里脱离团队溜出来，到乡下黄河边的一户人家，那户人家的主人和同行的好友曾一起共过事，退休了来黄河边的老家居住。他用新宰杀的羊和美酒招待我们。陕北人一贯是善于吃羊的，所以他们将这羊的不同部位煎炸煮炒成不同的菜，惹得我们直流口水。就这，主人似乎觉得还不够热情，于是找来两个同村能喝酒的人陪我们，记得一个是村里的富商，另一个便是那个让我一直记忆深刻的，在村庄里造纸的人。我如今依然记得的，是他的那句"蔡伦咋造纸我就咋造"。

原本是想随他去看一看的。那句话的分量太重，当然，也只是于我而言，并不能激起旁边几位好友的兴趣。所以，我自然没有足够充分的理由，独自在夜里，麻烦人家专门带我去瞧上一瞧他所说的那造纸之术，以满足我那好奇之心。况且，我跟着团队出来，第二日便须按照规定行程赶路，不能擅自离队，故那次只得带着遗憾离去。至此，却一直念着他的那句话，以至如今虽早已记不清那人的样貌，却依然记得他的那句"蔡伦咋造纸我就咋造"。

电视剧《长安十二时辰》中，对古法造纸术有所还原，也为观众较为详细地展示了一张纸的由来。"水塘里泡一百天的新竹，杀青以后送到这儿，再用石灰水煮上八个昼夜，然后取出来漂洗，这样反复多次。经过二十天左右的工夫，这粗料方可用。把这竹子捣成细泥，只取纤维，过长过短过粗过细都不行。摇动竹帘上的纤维，料少，薄不堪用；太多，厚而无当，浪费。取下，晾晒成形。"而前几年对工匠精神的关注曾催生一波有关传统老手艺的综艺节目，类似《我在故宫修文物》《了不起的匠人》等。而一部明星体验古老技艺的大型公益纪录片《百心百匠》的开篇就来到了西安，演员李亚鹏和资深媒体人孙冕，即到周至起良村和长安北张村，随匠人探访了古法造纸技艺的传承踪迹。北张村的楮皮纸制作技艺和起良村的造纸技艺分别被列为国家级"非遗"和陕西省"非遗"的造纸术，随电视片的播出展露在观众面前，张逢学和刘晓东两位传承人，也开始被人们所熟识。

节目中，李亚鹏和孙冕先来到周至起良村，在这里，省级非遗传承人刘晓东老人负责经营着一家造纸坊，这间造纸坊所造的便是传说中的"蔡侯纸"。我想，这也许与当日我在佳县碰到的那个人，用的是同样的技艺。这间造纸坊供奉着蔡伦像，据说这样的供奉在这个村庄的每户人家曾经都有。

而我，也在这个冬天的某个空闲之日，禁不住内心长久涌起的好奇之意，驱车来到了起良村。这偶然的出行竟意外遇上难得的暖阳天，于是那个老人，第一次出现在我的眼中，就像影视作品中所有关中农村的老者一样，悠闲惬意地坐在院内向阳台阶上的一把木头椅子中。他对我的到访是早已获悉了的，或许只是意外别人口中介绍的作家，竟如此年幼，一个黄毛丫头，这样的丫头在传承千年的造纸技艺面前，本身就是粗浅的。在他面前，亦不敢过多言语。但他依然是笑着，似这冬日的暖阳般接待了我。慈祥温和的面容，岁月的痕迹似乎在他脸上刻画得稍显轻柔，或许这皱纹只是被那眼中的智慧暂时压制，所以，我感受到的是一位和善、高傲的智者的风度，他始终用温和的微笑和缓缓的语气，讲述着这造纸技艺的前世今生。

这个村庄在历史上就因造纸而闻名天下，他们的造纸渊源能够追溯到汉代。西汉时，这里即是皇家造纸坊所在地，到了东汉，经蔡伦改进造纸术后，纸的质量得到提高并被普遍使用，因而后人将这种改进过的纸称为"蔡侯纸"。位于秦岭脚下的起良村，完整保留了蔡伦造纸术的全部工艺，成为闻名遐迩的造纸故里。两晋时期，造纸工艺由宫廷传到民间，起良村造纸达到兴盛。隋唐时，楮纸开始被大量生产及应用，起良蔡侯纸迎来发展的良机，后在明朝经万历皇帝批准，"免弃粮赋，专营造纸"。到了清代，因白马河河水泛滥，起良村搬迁至如今所在地，村庄中人依旧以造纸为业。直到1984年前后，工业造纸的兴起带来冲击，加上手工造纸原料采集困难，这个村庄造纸的作坊纷纷转型。也正因此，造纸手艺几近失传。

眼前的老人曾经是一位教师，他自幼就跟随家人在造纸坊劳作，对蔡侯纸的制造技艺了如指掌。许是一种情怀吧，他在退休之后将这项技艺重新捡拾、发扬，成立了这个我今日拜访的"蔡侯纸文化苑"。朱红色的大门上，贾平凹先生题写的几个字在阳光下熠熠生辉，院内蔡伦的雕像令人肃然起敬，一同感慨的还有那晾晒着的楮皮。

据说蔡侯纸千年不腐的关键，即是完全使用天然原料，而红楮皮是此技艺最好的原料，做出的楮皮纸，纸张纤维长，质量纯净，木素含量低，成纸强度好，极耐老化。唯一令人难过的是，在这间造纸坊里劳作着的、掌握古法技艺的匠人，皆是八十多岁的老人，这种传统技艺的断代，不觉让人心痛！

据古籍《天工开物》载，古法造纸大致要经过蒸皮、踏碓、切番、打浆、抄纸等三十六道主工序，七十二道小工序。眼前的老人，谈到兴致处，会将他那双匠人的手抬起，在空中比画，向我讲述一些造纸的细节。后来，他问起我的家乡，也是因此，我们的交流有了转折。

他对扶风竟如此看重，以至后来笑着说："因为你是扶风的，我才跟你多讲。"这么多年，我虽一直为自己出生周原而欣慰，但却第一次有了自豪之感。他似乎认定扶风人就注重文化，言谈之中透露出在扶风有那么一两个知己，或许也是因此，让他对我的家乡有了好感。以物及人，对我，也拉近了些距离。随后的交流中，他就更加热情了，并且决定起身带我去看那些正在进行着的工序。

我像一个闯入新世界的婴孩，好奇地看着周围的一切，这里的匠人不多，都认真从容地忙碌在各自负责的工序上。有年轻的男子正在抄纸，旁边放着打好的浆，他熟练地将干楸木制作的抄纸架子扣好，放入池中，来回搅动，而后打开架子，取出其内实心竹做的抄纸帘子，揭下湿纸，摞在一起。他身后的屋内有两个妇人，正将他抄出来的纸，一张一张撕下来，铺在房中立着的水蒸气烤板上去烤。老人说，原本这纸是要放在太阳底下去晾晒的，只是这样的晾晒太过费时，于是他出了这个主意，节省了许多时间。她们旁边，已摞好一堆烤干的纸，屋外还有一些他发明的熊猫粪纸和加了艾叶的纸。这样的纸，似乎更加珍贵。当然，我亦在随后，看到了那些楮树皮成堆地摞在屋内一角，旁边有蒸笼，屋外则有踏碓、切番之处。我在屋外见到两个正在捡皮的男子，他们的工作是最烦琐的，须一点点用手摘除树皮中残留的黑斑。他们戴着帽子，在冬日的阳光下，一点点拨动着那些被浸泡、蒸煮过的树皮，将残留的黑斑一一摘掉，为的是将来造出的纸能够更加洁白光滑。这看似是一道无聊烦琐的工序，在造纸中却尤为重要。看着他们，我突然心生出写部长篇小说的想法来，遂将这想法告于刘晓东老人，他于是更加欣喜，告诉这些劳作着的匠人们，我将把他们写入小说。他们都露出朴实的笑容，这笑容令我欣慰，却也不踏实。我怕我瞬间涌现的想法，给了他们希望，最终，却不能实现。那么此刻他们给我的笑容，我便枉受了。

　　他说，如要写小说，可多来，常来，他将介绍我见两位八十多岁的匠人。我想，应该就是我在纪录片中看到的那两位老者，所以当他讲述时，我的脑海中已经浮现他们的样貌。他随后又去接待了远道而来的投资商，我则在村支书的陪伴下参观了蔡侯纸博物馆。这里面陈列的，是此地自古造纸的印记，以及一些制造工序的呈现。从最初砍来楮树后的剥皮，到泡水，再到灰水浸泡、蒸皮、踩皮、捡皮、伐皮、踏碓、切番、舂捣、洗涤、打浆、抄纸、压纸、晒纸、揭纸都一一用图文呈现。"在咱这代人手中把老祖先的手艺失传了，咱对不起先人"，这是刘晓东老人的心声，也是他重新抄起这门手艺，建立这蔡侯纸文化苑的缘由，亦是我心心念念，专程寻来的缘由。

冬日的暖阳与老人的笑容相得益彰，也使得我抛却初见的拘谨，逐渐开怀。我后来看到我们交谈时的影像——那是同行的好友偷偷抓拍的，照片中的我，笑得很开心，同这位老者，似是旧相识。而其实，我们只是在做某种传承，他将毕生经历和那传承千年的记忆毫无保留地讲述于我，我用快速运转的大脑和手中的笔储存这些记忆，并献上一颗真挚又尊崇的心，这颗心，才是对他最大的安慰。因他知道，我是年轻人，年轻人喜爱了这项技艺，它就能传承，如此简单。

回程时，又去金盆水库边游览了一阵，那里的山和水，令人震撼欢喜，甚至在车未停稳时，即已按捺不住地呼喊，一边惊叹如此之美，一边慌忙摸着手机，似未见过世面的孩童，终于在车停稳之后，实现了将这美景收入手机，也细细观赏的愿望。在这里，山水交融成一幅诗意盎然的写意画，我也迷醉了起来，为这风景，为这充实的一天，为这一天中目睹的传承千年的记忆和那些传承技艺的匠人。

阎良核雕

春日的阳光透过玻璃窗落在她的工作台上,那些大大小小用于雕琢的刀具略显零落地摆放其上,一些未刻完的桃核,哦,或许它们已经不能再被称为桃核,在锉刀刻下的那一刻,它们已经注定要成为一件艺术品。这些未完成的艺术品,正等着在主人的精雕细琢之下完美地变身,而后享受世人的啧啧赞叹,那是它们最荣光的时刻,也是它们的主人,最幸福的时刻。那个戴眼镜的女人,纤细的手指捏起锥刀灵活地舞动着,每一刀落下都那般有力度。这力度只在刀尖,只在指尖,因而你在她身边去看,那动作却是轻巧的,轻巧得甚至有些美丽呢!

这工作台她已用了多年,黑色的台面布满斑驳沧桑的泥土样疤痕,一块红色的补丁倒为它添了些色彩,不用说,那盏深绿色的台灯也已年岁久远,那样式,现在市场上恐怕是寻不到了。那些精美绝伦的核雕作品,就诞生在这张工作台上,诞生在过去几十年的岁月中。我能想象那些清晨或夜晚，她推开阳台的门，在晨风或晚月的伴随之下，坐于窗前，悉心雕琢的身影。那身影，是孤寂的，是清冷的，是坚毅的。而陪伴她的，只有那样一张年老的、满是褶皱的工作台。

她的身后那扇门内，是她的栖居之所，那些床和柜子又似乎将她拉回了闹市。一面是古老厚重的技艺，一面是便捷通俗的现代化生活。而我，立于这间房内，那摆满精雕细琢的珍贵作品之前，久久不能平复那样一颗沉醉激动的心，思绪却早已回到少时课堂上的书本之中。只记得当初习明代魏学洢《核舟记》，知晓有一"奇巧人曰王叔远，能以径寸之木，为宫室、器皿、人物，以至鸟兽、木石，罔不因势象形，各具情态"，又曾赠作者以桃核雕刻成的小船，所刻乃苏轼乘船游赤壁的景象。至于这船刻得如何精美细致，如何栩栩如生，已无法用一两句话语简短描述，大概中学的语文课本都是选过此文的，人们对于其精妙大都记忆于心。

却没想到，这一奇人绝技，在阎良竟得以传承。这样的匠人匠心，这样堪称绝美的技艺，终究是要被我们这些庸常之人所膜拜的。明代奇人王叔远已经随时间和历史而去，我们只能在故纸中去想象他的奇和他高超的技艺。所幸，这样一次关于"非遗"文化的探寻让我无意间接触到了阎良核雕，接触到了她，至此眼前一亮，得以见到古人书中所言那震撼人心的技艺。

时节正值上巳，想来恰是当年的王羲之与诸多文人会于会稽山阴写就《兰亭集序》之际，这样的季节最是草长莺飞、生机盎然，也最是心情愉悦，适宜赏春会友。于是，伴着随处盛开的樱花、盘旋而过的飞机、散发着诱人香味的甜瓜，来到阎良。在那个充满烟火气的市区中，那座充斥着现代化气息的楼房里，找寻到了那位与周遭环境格格不入的传统手艺守护者赵惠萍。眼前的她温文尔雅，端庄柔和得似古代画中女子。谁能想这样一位手指纤柔细长的中年女子，指尖竟能有如此之力，那些锉刀、锥刀、扶钻以及我叫不上来名字的大小一二十把刀具，在她的手里飞舞，于是，《核舟记》中描绘之物重现眼前。那个有着环环相扣的锁链、能打开的门窗、门窗内端坐的小人，及那些清晰可见的其他八九位乘船人、精巧的屋顶、旁边还不忘刻上字的作品《状元船》就这样在这个暮春的午后，闯入我的视线，令我感慨惊叹半天，久久不能移开双目。

我们就这样在她屋内一摆放着各种精巧作品的展柜前细细观赏着，正是那时，阳光恰透过玻璃窗落在她阳台的工作台上。她打开工作台旁边的柜子，那几袋从山里找寻来的桃核展现在我们眼前。它们似刚出生的婴儿，等待着母亲为其绣制漂亮的外衣，而后，风姿多彩地迎接新的生活。而屋内的展柜里陈列的，便是它们已华丽变身的"兄长们"。除了《状元船》之外，这些精美绝伦的核雕作品，还有《十马战车》《异国风情》《渔家乐》《断桥》《团结》《守株待兔》《卖柴奉母》，以及描绘陕西十大怪民俗的《姑娘不对外》《房子半边盖》《辣子是道菜》《帕帕头上戴》《锅盔像锅盖》《面条像裤带》《砖头枕起来》等等。这些形态各异、栩栩如生的作品，皆淋漓尽致地将其所蕴含的内容形象生动地展示了出来。

《十马战车》，无论是那雄赳赳、气昂昂，呈奔腾之势的十匹战马，还是刻着"帅"字的战车，无疑给人威震四方之感；《异国风情》，更是连马车内外国人的面目特征都清晰可见；由一群小蚂蚁聚集在一起的《团结》，则让人在惊叹的同时获得一种向上的力量……这些生动形象的艺术品，被我捧在手中细细观赏，半晌不舍放下。而最令人震撼的，是它们身后墙壁上所挂核雕作品《长安八景》的照片。其精巧秀美之程度，惟妙惟肖之生动，足以使人沉醉其中。遗憾的是，这些作品都曾在创作的过程中被不同时间、不同的人所收藏，恐怕此生也难汇聚在一起。

而这《长安八景》即出自核雕技艺北派代表赵惠萍之父赵秉科老先生之手，我此次寻访本是为着有"桃核赵"之称的赵秉科老先生而来，却因先生年事已高，于老家养病而未曾相见，不能不说是遗憾。好在先生的女儿，十多岁便随父学这手艺，如今也早已成为享誉一方的工艺美术师，其所刻作品陈列眼前，无一不让人惊叹。我们尚能从她的口中去了解其父的传奇一生。

先生字伯峰，号秉三，是阎良核雕技艺的省级"非遗"传承人。先生1943年生于西安一艺术世家，十六岁时有幸于西安新风工艺美术厂跟随孙光明先生学习核雕与漆器制作技艺。而他的老师孙光明先生据说曾师从一位民间艺人，此民间艺人或生活于清末民初，无意间从山东人那里学来这核雕技艺，后经琢磨历练，形成独特的风格，亦成了阎良核雕这一脉的鼻祖。此脉若按地域及特点来说，当然属于北派核雕。其雕刻材料以桃核为主，题材多为马车、舟船、人物、动物、民俗等，所呈现出的作品通常豪放大气，古韵古香，如我眼前这些精美绝伦之物一般。而南派核雕以浙江舟山一代橄榄壳为主，题材多为舟、船、人物、花鸟，特点亦如同南方景物与人一般细腻婉约，惟妙惟肖。要说这两派的区别，可能就在于橄榄壳表面光滑，便于创造，心中所想皆可绘制其上。而桃核表面沟壑纵横，故而要因势象形。先看其表面纹路，再去思索其适合什么样的造型，而后画样于其上，这才开始雕刻。如此，可见魏学洢《核舟记》中所载的奇人王叔远之核雕技艺，当属北派。

而桃核在我国民间传言中，本就有祥瑞辟邪之意，古人一直认为桃木能够驱虫避灾，因而早在几千年前我们的祖先就用桃木刻制各种图腾，以供人们佩戴。桃核作为桃木的一种，贴身佩戴时间久了还会变得光润漂亮，因而自古以来就备受人们珍爱。江苏无锡曾出土过一串元代核珠,而明代更是核雕技艺的鼎盛时期。魏学洢的《核舟记》在当时即已引起轰动,将核雕技艺推向极致,使得妇孺皆知,更是成为皇室和达官贵戚的珍爱之物。据说当时皇宫有专门刻桃核的能工巧匠,为这些贵人们刻制其喜爱的核雕作品。而天启皇帝朱由校甚至成了一个核雕迷,时常亲自操刀体验核雕之乐,且技艺不同寻常,如此可见核雕技艺在当时之兴盛。这种艺术品在清代更是价值不菲,以至后来传到国外,还曾斩获大奖。只是到了工业飞速发展的今天,当传统手艺一次次被机械所冲击和替代,我们似乎再难看到这种于指尖精雕细琢的手工艺品,我想,这也是我来寻访的缘由,也是我看到这些作品后在惊异之余还有隐隐担忧的原因。

眼前的赵惠萍已然五十多岁,她的父亲赵秉科老人,虽然还时常强撑着八十岁之躯去雕刻一些作品,但他毕竟是老了。他的手艺,被自己的女儿所传承。这么多年,赵惠萍坐在那张略显苍老的工作台前,一刀一刀,将父亲的心血守护发扬。她的那些作品终是获得了一个又一个奖项,各种荣誉纷至沓来的同时,她亦开始担忧:一切手艺均需要传承,可核雕,又有多少年轻人愿意去学呢?"桃核赵"的传说终有一天会成为历史,赵秉科老先生会像明人王叔远一样,成为文字中记载的故事。只有这手艺,只有这一件件令人惊叹的作品,可以在悉心守护下流传。

当春日的阳光温暖地照射在我们身上时，我突然备感幸运。幸运的是，在这个午后，我还能看到这样一位手艺人，还能看到她还原书中所载的技艺。可我们的后代，是否还会有这样的机遇，还是他们只能望着书本去想象那精美绝伦的核雕作品？

"先选料，画样，浅刻成型，再局部细刻，精制加工，打磨抛光。刻的过程中以圆雕、浮雕为主，还有深雕、毛雕、内雕等多种雕法，这些雕法，表现在具体的操作上，便成了剜、刻、拨、挑、刮、削等动作……"赵惠萍一边讲述，一边拿起工作台上未完成的作品跟我们解释着。她那双纤细的手，不断地在那些剜刀、刻刀、削刀、刮刀等刀具间游走，离得近了，才发现这手其实并不像远观那般柔嫩。也对，要不怎么能在这桃核上刻出那样细致精巧的造型呢！所谓"三分刻，七分工"，这亦是她的父亲赵秉科老先生时常挂在嘴边的一句话，当然，这么多年来，他们也在一刀一刀中践行着此话。而我，沉醉在这一刀一刀所呈现出的美中，久久不能移目。

就在这时，赵惠萍许是被我这般热情所触，她打开展柜，拿出两块刻好的带有红绳的"鱼"样核雕吊坠赠予我和友人。这块核雕此后便取代了我脖子上的玉坠，它已开始变得柔润。我时常想象它的前身，究竟是长在哪个山头的桃树所结，又被哪家的小孩吃了果肉，经谁人的手售卖到了这里，又在艺术家的雕琢之下挂在了我的脖子上。世间的缘大抵如此，环环相扣，错一步，它都不会变成我脖颈上这生动美丽的"鱼"。

这一场春日探寻，终究是圆了梦，却也开始了另一段故事。短短几日，当我将精美的核雕作品《状元船》展示于网络上时，我开始收到诸多询问核雕技艺的消息。我想，这大概也是我所期盼的吧，愿它们离开这些展柜，如同春日黄鹂与漫天柳絮般惊艳四方。

锦灰堆

锦喻美艳,灰为残破,融合成堆,锦灰堆。

锦灰堆与杜若一般,皆是一眼就喜欢上的。人常说"一见钟情",许是对某个少女的声音、容颜,或者说只是听到名字,就心头为之一颤。我对锦灰堆和杜若即这种感觉,一听到名字就爱了,一看到图片便如痴如醉。

初识,是因为长安城的一场文艺圈的沙龙。我虽未参加这沙龙,却从朋友圈中看到了相关的报道。一切缘分似乎都是在有意无意间产生的,正如我与锦灰堆。我只是在一个平常的午后,若平常一般刷着朋友圈时,悄然间打开了那条链接,"锦灰堆"三个字遂映入眼帘,自此,不再相忘。

那场沙龙是陕西的一位创作锦灰堆的女画家举办的。我在看到这三个字后,便开始在网络上搜集和阅览有关它的图片及资料,仅是一眼,喜爱之情便难以言表。于是通过一画界乡友,联系到了这位女士,却因种种原因,未能得见。

此后多日,锦灰堆时常在我心中。犹如一件精美的外衣，合身却无缘相购；犹如一顿鲜香的美食，到了嘴边却有事需要离席，这就心心念念了起来。

但凡心有所系，必时常牵挂惦念，如同对美人一般，总想要知晓她的动向。我对锦灰堆，恰似男人对心爱的女子一般，念念不忘。于是，稍有空闲，就搜索视频和图片来看，也是因此，让我遇着了锦灰堆的传人耿学知先生。

人说，世上之事，最怕有心，我想，我即是那个有心之人。在遇到耿学知先生之前，对于锦灰堆，已然知晓一二。它又名"八破图"，是中国传统艺术珍品之一，以画得残破的杂物，来堆积排布于纸上，重现一种特别的美。起初，它其实只是画家成画后对剩余笔墨的几笔游戏，通常是对书房一角的随意勾勒，翻开的字帖、废弃的画稿、参差的秃笔、虫蛀的古书、瓦当或青铜器的拓片等，层层叠叠地挤入画纸，一如美好与残缺堆砌一处，自然洒脱，相映成趣，亦有凌乱与残缺的混搭之美。看上去倒像是字纸篓打翻了，所以它又名"打翻字纸篓"。故有言曰："世间弃物，余所不弃，笔之于图，消引日月。"

而关于锦灰堆的起源，倒还颇有些戏剧性。

据说是元代画家钱选，在一次醉酒后兴起，将当天散落在饭桌上的剩菜残羹，如蟹脚、蚌壳、莲房、鸡翎、鱼刺等，信手绘制成一幅横卷，竟惹得众人连连叫好，他遂挥笔题款"锦灰堆"。这可能是锦灰堆最早的历史记载，而到了明代，它则时常出现在鼻烟壶上，非常真实地再现了古代文人雅士书房所常见的杂物，这些杂物件件呈现破碎、撕裂、火烧、玷污、破旧不堪的形状，将它们融合一处，层层相叠，现于鼻烟壶上，反而予人清雅美丽、耐人寻味的感觉，因此备受文人雅士的青睐。到了清朝时，锦灰堆这种画法便更加盛行了，它已然从画纸上跃到了瓷器上，并且随着大量陶瓷的出口，在日本、新加坡及东南亚都留下踪迹。

遇到耿学知先生之前，我虽是对这种将零乱残缺的物件清雅地堆积一处的画作尤为喜爱，但也深知，锦灰堆的创作，非一般画家可为。因它展示的常常是文人的书案，那么这书案上的信札、印章、瓦当、茶壶、字帖等物件便都需要被重现，这就要求绘画者多才多艺。需得善写楷、草、隶、篆以及能模仿各家字体，此外还要善画花鸟鱼虫、山水人物，并熟知各种碑拓、青铜器造型，亦能篆刻各种印章。也就是须十八般武艺样样精通，才敢去尝试这锦灰堆。

绘画者一般先在画纸上框定轮廓，形状不拘，然后设计摹画若干重叠交错的小事物。诸如旧书的残页、碑文的拓片、发黄的报纸，甚至门券邮票等等，将它们巧妙地叠加一处，形成破烂的面貌，活像灰堆里拾出来的，这也就是锦灰堆的精妙之处。而其布局，看似杂乱无章，实则井然有序，有中国画的疏密聚散、浓淡干湿，更要相互映衬才能件件逼真，因此十分费工夫。一般完成一幅作品需两三个月，复杂的作品甚至要花一年时间。正是因为它制作难度之大，耗时之长，胜任者极少，所以才濒临失传。

而耿学知先生，之所以能胜任锦灰堆的创作，源于他的祖上本就是锦灰堆的画师。他的父亲耿玉洲老先生是锦灰堆的第三代传人，也因此，他十六岁时，即开始跟随父亲学习国画和书法，为将来创作锦灰堆打下基础。到了2004年，作为第四代传人的他，正式开始锦灰堆的创作。

起初，我是从网络中收集锦灰堆的资料时知晓他的，身在山东淄博的他，如今，已经成了锦灰堆的代表人物。而锦灰堆作为省级非物质文化遗产，目前在中国书画界几成绝唱，鲜少有人能有创作它的功夫。如此，我便日日想要去淄博拜访耿先生，亲眼看一下他创作锦灰堆时的状态，并于他所在的周村好好地转悠一番。据他所说，他在创作时，画面上的地契、当票等老物件，都是他从周村买来实物，认真研究后，才加以绘制的。我们常说某人书法技艺高超，待看了他创作的锦灰堆，一幅画中，不仅有七八种字体，且有古代的印刷作品，古人的题字，甚至于有正字亦得有反字。因为这些物品本就是杂乱地铺在文人的桌面上的，那么自然而然就形态各异了。

我看着视频中的中年男子，戴着眼镜，憨厚地笑着，用一口家乡话向人们解说着锦灰堆的历史价值。那是一个山东大汉的形象，同时又带着些斯文儒雅的感觉，当他进入绘画状态时，便立马冷峻了起来。看着他用笔墨一点一点画出火烧的感觉，来区分层次，又认认真真地在作品上的信札中写出一个个字符，将信件内容重现。这不是一件易事，假使一件锦灰堆作品的完成需要几个月时间，那么倘若他在作品中的碑帖或者信札上写错一个字，这幅作品自然也就废了，或许，这也便是锦灰堆创作的难点之一。

他说完成一幅作品，落上款盖上章之后，那种满满的成就感，似乎使他忘却了周遭的一切，只是愣愣地、喜悦地盯着作品，傻傻地笑着……那种感觉，我是能够体会的。人只有对自己下了功夫，并且尤为心爱之物，才会有如此之心吧。看着那些游客摸着锦灰堆博物馆的作品，感慨着以为那上面残缺的小物件是一一贴上去的，我不禁更加赞叹这种艺术形式了。

好在，机缘巧合，终于让我在微博中碰到了耿学知先生，并取得了联系。他跟我想象中的一般，温文尔雅，礼貌和善。我们留了微信，自此，我便常常能够隔着手机屏幕看到他创作的状态。

于他而言，锦灰堆的绘画方法是世界的，而不是自己所有。他曾经应邀去哈佛做过讲座，并参加过美国的锦灰堆画展，与此同时，还带着自己的作品远赴塞尔维亚开办画展。这些成就，不仅是属于他自己的，更是属于我们中国的。

就这样，我日日盯着他的微信和抖音观看那些视频和图片，想要去淄博的心就更强烈了。尤其当我看到，他买了窑炉，开始尝试烧制锦灰堆瓷器之时，便更加想要一睹其风采了。这其中当然还暗含着一点点私心，我向来是不愿意开口向艺术家索要作品的，因为觉得他们在创作时付出了心血，怎可轻易开口去将那珍品据为己有，但对于锦灰堆，我却是迫切地想要拥有一幅作品，抑或是一件瓷器。

我想，许是太过于喜爱了，只是，这样想要亲眼看见的想法，计划了许久，却终是被突如其来的事情所扰，而不能成行。如今，终于云开月明，随着事情的解决，也该起身去为了心爱之物而远赴周村了。

所谓"颠倒横斜任意铺，半页仍存半页无。莫道几幅残缺处，描来不易得相符"。这样一个将文人书房一角随意摆放的旧物件，经排布后，清雅、古朴地展现于画纸上，来呈现一种乱中有章、层峦叠嶂的艺术形态，不得不让人为此沉醉呀！

锦灰堆，果然，如其名一般，清雅绝伦，让人爱不自已。

高陵洞箫

我曾经沉迷过各种乐器，起先是埙，待掌握了指法，能断断续续吹几首曲子后又将目光对准了古琴，很快上了手，弹会了一曲《半山听雨》。随后又开始迷上了尺八，日日将那曲子重复着听，却始终没能下功夫去学，实在也是因为尺八太贵，而我的工作室只有友人赠的埙和古琴。那昂贵的尺八无人送我，自己也舍不得花钱去买，于是对于尺八，便只停留在能吹响上。但即使如此，我也曾骄傲过好长一阵子，因为我学尺八的友人说，他光是吹响尺八，就用了一月时间。台湾音乐人蔡鸿文先生也说，"尺八不像钢琴等乐器，不是立马就能让它发出声音的"。因此我曾经认为自己与这乐器有缘，又因为觉得它太过高远，是心性至高的人才能够掌控的，所以不想亵渎，便只日日听那曲子，也觉得只是听尺八曲，就已经比别人高远许多了。而对于箫，我身边亦是有一人擅长的，只是我无缘听他吹奏，他和我吹埙的闺蜜似乎是知己，两个人总有说不完的话，我也因此见过他一两次。但他的吹奏，我至今尚没有欣赏到。

但却有一次在友人的工作室看到一支长箫，甚至也将它拿起来想要试着发出音来，却终是因为它太过于长，而我的胳膊太过于短，不能得心应手地操作，便放弃了。直至后来听说了"高陵洞箫"，知道了已经逝去的胡道满老先生和如今的洞箫传人胡永汉老先生，才觉得我对于那乐器也同样是亵渎了的。

起先是一次无意间听到了胡道满老先生曾为毛主席演奏过的《苦中乐》，因录制较早的缘故，只有音频而无影像，所以更能集中精神用耳去听，用心去感。那充满了秦声秦韵的曲子于是在耳边荡开来，我一下子就被这种独特的演奏方式所吸引。据说他能用箫模仿人的笑声、哭声和飞禽走兽的鸣叫等许多声音，达到以假乱真的程度，并且他的箫声还曾让狼着迷。而我们通常所说的高陵洞箫，其实应该叫作"胡道满箫"。

可胡道满老人已经去世四十余年，他所成就的传奇，如今在其侄儿胡永汉和孙子胡天民身上得到了传承。他独创的"双音代唱"和"喉音"两种吹奏技法不仅丰富了中华音乐文化宝库，亦使得"高陵洞箫"成为国家级非物质文化遗产。据说"双音代唱"吹奏法是把秦腔唱法的彩腔唱声和箫吹奏运气巧妙融合在一起，然后注入箫管，而发出的音乐效果，使洞箫低沉的声音突然放大，让听者产生错觉，如唢呐浑厚响亮，形成多支洞箫合奏的音效；又恰似梆笛声和板胡声一样豪迈粗犷，具有强烈的穿透震撼力。而喉音就是在吹箫的同时，喉咙同时发声，"吼"唱一个旋律，与箫声形成和声，给人一种边吹边唱的感觉，显得格外雄厚有力。

1914年，十五岁的胡道满，正是以他独创的这种吹奏方法，在泾阳塔顶，以一曲《绣荷包》和《苦中乐》吸引了周围的游人。后来的他，经常以这样一副形象出现在人们的视野中：为了更好地运用气息，他常常蹲在井边，对着井口吹奏，听其回音，反复改进。甚至有一次秋夜，当他津津有味地品箫时，竟然有一只老狼不知不觉地卧在离他不远处，也在聚精会神地听着。至此，胡道满的箫声吸引了狼的故事传遍了三秦大地。渭南、临潼、长安、高陵、泾阳和三原等地，慕名者络绎不绝。而他在《苦中乐》《大金钱套柳生芽》和自创的《孔子哭颜回》等曲牌中运用到喉音、滑音、打音、气颤音、叠音、双音代唱等技法，增强了洞箫的表现力，丰富了洞箫文化的内容，使得胡道满这个名字在省城西安赫赫有名，也使得洞箫艺术发扬光大，与此同时，随着高陵洞箫技艺的传扬，地处关中腹地的高陵渭河以南的耿镇村也被人们所熟识。

如今，胡道满先生的侄子胡永汉已经成了国家级非物质文化遗产的传承人。这位老先生从十四岁开始随伯父学习洞箫演奏，熟练掌握了洞箫的吹奏技巧，尤其是高陵洞箫所特有的双音代唱、上腭音等几种特殊技巧。其演奏的箫声低沉、舒缓、苍凉、缠绵，并兼具洪亮、明快、豪迈、雄浑，形成了自己独特的演奏风格。

而我曾不止一次在抖音等网络平台中看到过胡永汉老先生的演奏，甚至于向在高陵的文友要了胡老先生的联系方式，驱车前往耿镇街道拜访老先生，为的就是亲耳听一听老先生的吹奏。老先生似古代的隐士，虽从样貌上看不出仙风道骨，但一支长箫在手，轻轻地搭在嘴边吹奏的那刻起，他的眼神便笃定起来，专注而深情，他的身上便散发出一种自信的魅力。这自信来自他对这乐器的掌控，似乎擅长乐器的人，拿起自己手中乐器的那一刻，都会突然生出这种自信和魅力。所以我曾经说过吹埙的那个闺蜜，平日里看似是男子性格，一拿起埙，便浑身散发魅力，似乎与这埙融为一体，却也有能够掌控它，让它为自己所用，吹出美妙乐曲的自信。

胡永汉老人给我的感觉即是如此，哪怕他周围的环境嘈杂，抑或破旧，又或是只在一片荒山杂草之中，穿普通的休闲装，宽松的裤子，头顶的毛发已然稀疏，没有特意为自己做一身演奏的服装，没有英俊的面容，但却吸引着他身旁的那一堆外国人，拿起手机、相机等一切能摄像之物，边欣赏，边拍摄，边发出赞叹。而胡永汉老人，早已沉浸在自己的世界，并不为这周围的热忱所动，一曲终了，轻轻放下洞箫，不说一句话，目视前方。这举动中，有秦人的憨厚，有艺术家的内敛。

他似乎总是那样沉稳、安静的样子。我看到过他在一中式装修的屋子，被众人围绕着吹奏高陵洞箫代表曲目《麻鞋底》的视频。当主人报完幕之后，他沉着冷静地拿起洞箫开始演奏，中间没有任何寒暄的动作，没有笑，没有点头，没有说一句话，只是眼神笃定，目视前方。我突然想起尺八演奏者佐藤康夫，他曾说一音成佛，说许多尺八演奏者其实都是在对着自己的袖口吹。那么胡永汉老人，其实是对着自己的箫在吹，还是只吹给自己的心灵听。我不知晓，但我又看过另一个视频，依旧是他，只是换了环境，没有了中式豪华装修的房间，只一间农村的破旧土坯房，他穿着拖鞋，坐在一木质的板凳上，依旧是那样一副表情，沉着冷静，目视前方。于是我明白，他吹洞箫，便只仅仅是吹洞箫。用这洞箫，传播秦声秦韵；用这洞箫，诉说内心的故事；用这洞箫，缅怀自己的伯父胡道满老先生。而这些情感都是与外界环境无关的，因此无论在哪里，只要有箫，他便能沉浸在自己的世界中。

如今，为了传承这项文化遗产，高陵特成立了洞箫民乐协会，以培养更多的年轻人来学习洞箫技艺。胡永汉老先生也曾在省上的广播电台表演吹奏，进入音乐学院举办讲座，以及深入中小学为青少年教授吹箫等方式来招收学徒。但看似简单的洞箫,吹奏起来又谈何容易?要想学好,更是需要极高的天赋、悟性及持续不断的努力。所以虽然胡永汉老人热情又欣喜地接待一批批慕名而来学艺的人,免费为他们提供洞箫,且不求任何回报,但最后,却鲜少有人能够坚持下去。这或许是所有传统艺术所面临的共同困境。

我原以为,尺八是较箫更高深的乐器,因为它苍凉辽阔、空灵悠远的声音,因为它的断代。如今方知,每一种乐器背后都有一段动人的故事,每一种乐器都不平凡,每一种乐器都值得被好好对待。所以每每在自媒体平台看到一些艺人吹奏乐器的视频时,总要停下划动手机的手指,静静地欣赏,观其沉迷其中的神态,听其唇齿间随着气息的吐纳而传出的美妙曲调。如此,倒真是要感谢现在的自媒体平台了。以前总觉这些个平台咋咋呼呼、庸俗不堪,一堆人整日捧着个手机,对着抖音中的视频傻呵呵地乐,一度不能接受这种貌似浅薄的娱乐方式。待偶然间看到越来越多的农村老人,越来越多的传统手艺人,甚至越来越多的文化学者入驻其中时,才知是我误会了这平台。原来,万事万物都可在其上展示,无论阳春白雪还是下里巴人,只在于你内心的追求。于是,我便也在这平台中时常看到胡天民老人演奏的身影。

冬日里,阳光慵懒地洒在街道的雕塑上,那铁铸成的麒麟张着嘴巴,一只前蹄做跃起状,而胡天民老人穿着褐色的大棉袄,深蓝色的裤子,戴一顶黑色礼帽,神情严肃地坐于这麒麟雕像的底座上入神地吹着他的洞箫。随着他手指的跳跃，气息的涌动，一首醉人的曲子遂荡入人的心田。他时而将头微微前倾，时而晃晃脑袋，但脸上的神情却始终没有变过，一种笃定的、气定神闲的感觉，让人不得不陷入对他的仰视中去。这位高陵洞箫的市级"非遗"传承人——胡道满老人的孙子，正不遗余力地将自己祖父坚守一生的技艺传承着。这种对箫的热爱或是天赋，我们很容易将其理解为遗传，民间有言"老子英雄儿好汉，他大（爸）卖葱儿卖蒜"，又有俗语曰"龙生龙，凤生凤，老鼠的儿子会打洞"，可见人总归是带着遗传信息出生的，而胡永汉与胡天民两位洞箫技艺的传承人，自幼伴着箫音成长，也终将带着极高的天赋，将这独具一格的洞箫技艺传承下去。

唐三彩

这些颜色鲜艳的骏马、果盘、花瓶、丰腴妖娆的仕女、驮着乐队或是胡人的骆驼……从某种意义上来说，无不形象生动地向我们昭示着那个盛世，它们身上，或多或少，都有那个王朝的影子，那个开放、包容、鼎盛的唐王朝。

一切古代遗留之物都是一把钥匙，一把打开历史大门、偷窥风起云涌的钥匙。何况，这是西安，曾经的唐都，在这里遇到唐三彩，似乎更靠近那个王朝的核心。而这项技艺，在这里得以传承，也似乎更有意义。因而，那些诉说着历史的鲜艳之物，终是在西安东郊某处城中村内，吸引了我的眼，我的心，使得我为之惊叹了。那是一个唐三彩烧制技艺传习基地，朱红色的大铁门缓缓推开后，便进入丰富多彩的唐三彩世界。那些颜色绚丽的唐仕女、双峰骆驼、奔驰的骏马、兵马俑等于是映入眼帘，让人不觉以为穿越了时空，来到了大唐皇宫的甄官署。

原本对唐三彩其实并无多少特殊情感，只是本着一切手工技艺都值得推崇，一切匠人都值得尊敬，而它们又恰与那个传奇盛世相关的初心，来到了这红色的大铁门前，闯入了那个唐三彩世界，却不小心震撼了眼球。人说世间之美，或悦耳动听之音，或鲜香扑鼻之味，或丝滑柔顺之触感，而最令人喜爱的，莫不是震撼眼球之景物了！眼睛，总是最先接受美的，于是这绚丽的色彩，这多姿的样貌，使其不舍移开，接着便沉溺其中了。

唐三彩，以前只在历史教科书和博物馆，又或是喜爱收藏的朋友处见过它的身影，未曾料想有日能目睹它的原始制作。唐代成熟的陶瓷技术和盛极一时的厚葬之风曾促成了这种低温釉陶器的诞生。一千三百多年前，它于我们的长安城出现，后传至东都洛阳。而今，历经千年，这种烧制技艺仍旧局限于西安和洛阳两地。在西安周边出土的众多唐代墓葬中，唐三彩作为一种较高等级的陪葬品时有发现。20世纪初，不断出土的精美唐三彩一度受到全世界的广泛关注，而西安作为唐代的都城，其唐三彩作品具有较强的代表性。

起初未接触时，我以为名为唐三彩，或许便意味着只有三种色彩。后来才知不然，这种陶器其实将黄、绿、蓝、赭、黑、白等基本釉色同时交错使用，因而色彩相当丰富。只不过因为它是以黄、绿、白三色为主，所以人们习惯上称其为"唐三彩"。但现今之人虽对它了解甚多，知晓其在唐朝盛行，其在史籍中却是鲜少记载的，正是因此，它曾被人们遗忘了一千多年。直至1928年，修筑陇海铁路时，在洛阳邙山毁坏了一批唐代墓葬，发现了数量众多的唐三彩随葬品，这才引起学者们的高度重视。那些出土的三彩马、仕女、乐伎俑、枕头，背着丝绸驮着乐队仰首嘶鸣的三彩骆驼，身穿窄袖衫、头戴翻檐帽的胡人……一一出现在人们眼前，一同出现的，还有当年丝绸之路的盛况。此后，这项技艺重现于世，进而享誉中外。随之在洛阳和西安诞生唐三彩复制和仿制工艺，如今，这项技艺也已有百年的历史了。

眼前的这个传习所的主人，生活在西安灞桥区唐家寨村的李建鹏，即此项技艺的传承人之一。正所谓"术业有专攻"，他这一生，都在专注地做这一件事，而他的妻子，亦跟他一起，每日徜徉在这些唐三彩中间。说起来，这唐三彩还是他俩的媒人。作为唐三彩"非遗"项目传承人，三十年前，正值青春的李建鹏即在长安县（今西安市长安区）文物管理处跟随王奇老先生学习唐三彩制作，后来他又跟随王老先生的儿子王宏师傅学烧制技艺。这期间还曾有一段刻骨铭心的故事，差点让李建鹏与这项技艺告别。唐三彩的烧制是最关键的，尽管他已经学会了制作技艺，但在最初接触烧制时，还是有那么一次，因为没掌握好火候，火烧得太大，将窑烧爆了，一窑将要诞生的唐三彩顿时全军覆没，而那个年代，这一窑装进去，就是价值好几千的材料。这使得李建鹏内疚不已，甚至一度想要放弃学习，得亏有王宏师傅的包容，以及对他不断的鼓励，才使得李建鹏有了坚持下去的勇气。这一坚持就是三十年，一坚持，这项技艺就有了传承，也遇到了良缘。

他的爱人与他是一起学习唐三彩技艺时相识的，朝夕相处之下有了不一样的情愫，这种情感无疑是令众人欣羡的，这世间，志同道合的感情始终太少。如今，他二人为了将这项技艺继续传承下去，便在这村庄办了唐三彩烧制技艺的传习所，一面继续烧制唐三彩，一面让更多的年轻人来了解和体验这项技艺。

这些年，他曾多次为陕西历史博物馆、西安碑林博物馆、西安博物院制作文物复制品，以作展示和礼品，并且还为故宫博物院制作过唐三彩仕女俑的文物复制品。他烧制的高两米的唐三彩马，一度成为唐三彩的代表作品。当然，他的那些《富贵马》系列，更是让人们称颂。

而今，于李建鹏夫妇而言，这项制作技艺早已熟谙于心。从起初对泥料进行淘洗、过滤、浸泡、揉搓，使得陶泥干净，均匀，软硬适中；到将这些陶泥按坯成型或注浆成型；再到修型、粘接、拼装、细部修正，以及入窑素烧，施釉，进行第二次釉烧。他们每日重复着这样的制作环节。其中第一道工序，即所谓塑形或雕塑，最为重要。在烧制唐三彩马之前，须得先雕出一个马，而后将它分解，翻出不同部位的石膏模具。一匹小马可能就需要六七个模具，而模具越多，工艺就越复杂，也越费时。

在传习所的一间制作室里，我无意间看到桌子上砖头厚的模具凹下去形成半匹马的形状，另一边的匠人则正在将准备好的陶土塞进磨具，挤压之后，两块粘在一起，就形成空心的泥马身子。这是制作唐三彩的第二道工序，即模具制泥坯。不同部位结合在一起打磨好接缝处之后，便要根据泥坯大小进行第三步的晾晒。待其阴干之后，就要开始第一次的烧制了。

每一个唐三彩都须经过两次烧制。第一次是将素坯入窑，用上千摄氏度的高温将其烧成白陶，而后用多种矿物原料作为釉料着色剂，给白陶上釉；再次入窑，烧制八百摄氏度左右时取出，再对成品的脸部上釉。在另一间上釉的制作室内，我看到许多整齐排列着等待上色的马俑和人俑，旁边一盆盆以红丹、石英为底，加上不同色料调制成的黄红釉色将要为它们绘制出鲜艳多彩的服装。唐三彩最神奇的或许便是这一步，别看这些釉色颜色相同，烧制出来后却各不相同。因为在第二次烧制的过程中，釉的流淌迸发导致纹路不同，挂彩幅度不同，烧制出来的唐三彩便也无一相同。而正因这釉色自然流动，烧制前上釉时，须得空开头脸部位，否则这彩釉便会流花。故而所有唐三彩的脸部是人工画眉、染发、点唇的。这样的步骤似乎也有个专业的术语，叫作"开脸"。开完脸的唐三彩才算完整。

虽说这些工序完整复现于我们眼前，但这手艺却不是那么容易掌握的。唐三彩的烧制技艺，就在匠人的双手之间，他们日日与这些泥坯彩釉为伴，每烧制出一批精美的唐三彩，便觉成就满满。据说在如今的国际市场上，唐三彩已成为极其珍贵的艺术品，曾在八十多个国家和地区举办的国际旅游会议上被评为优秀旅游产品，同时被誉为"东方艺术瑰宝"。

而唐三彩的大马、骆驼等也曾作为国礼，赠送给五十多个国家的元首和政府首脑。只是因其最早、最多出土于洛阳，亦有"洛阳唐三彩"之称，但我们西安作为唐代古都，也是唐三彩诞生的地方，对于这项技艺，自然有传承之责。显然，李建鹏夫妇对这项技艺，早已不是传承人的责任那么单一。三十年朝夕相伴，其中情感自不必说，故而他建造这传习所，更是对自己心爱之技艺，对夫妻俩的结缘信物深深的珍爱之体现。当然他也在不断尝试用这古老的工艺做新的东西，对于其未来的发展，李建鹏与其他古老技艺的传承人一样，充满着担忧。他怕现在的年轻人，没人喜欢这样又累又脏的手艺；怕唐三彩技艺后继无人，怕老祖宗的东西慢慢地失传。于是，这个有着朱红色大铁门的传习所落成，我也有幸能在这里亲赴一场唐三彩的盛宴。看着它们一点一点，由泥土变成珍宝。

秦镇木杆秤

一扇红色的木门，缓缓打开后，映入眼帘的是那些制作好的木杆秤。它们似兵士一般，排布在那里，等待着被挑选，带走。

或许因为我父亲是木匠的缘故，自幼，便看到他在院子里，与木头为伍。那些木头，被他在一种带有齿轮的巨大机器上切成木板，用墨斗和铅笔留下印记，然后用锯锯成想要的长短。我有时会帮他拉墨斗的线，有时会帮他扯锯，至于后来这些木头如何变成窗户、衣柜、门或者沙发，我便不知晓了。我原来是没有将父亲归入我想要写的这些匠人之列的，好像因为我自幼熟识他的工作，所以并没有觉得他的那个手艺其实也是美妙的。直待我如今看到这些木杆秤，看到制秤匠人用一种工具慢慢打磨着那秤杆，用小刀在上面刻下度量，再用一种带有钻头的工具钻上小孔时，我想起了我的父亲，原来他们做的事情是那般相像。我从未考虑过我的父亲如果计算不好尺寸，他做的门窗可能会安不到框里，他做的柜子可能会留有缝隙，就像这一把木杆秤，如果差之毫厘，将如何谬以千里。

木杆秤是我从小就熟识之物，但我至今也没弄明白它上面的那些秤星要如何去看，如今，我更是迷惑，制作这秤的匠人，究竟是如何划分点缀它的。

他说，他是1992年开始跟随父亲学习木杆秤制作的，而他们家，从光绪年间就已经有了这门手艺，并以此为生活的来源。只是如今，他这个杨氏木杆秤的第四代传人却也要靠打工去维持生计了，这木杆秤的制作，只能当成是传承和喜爱了。

那些木杆秤上，点缀着"秦镇杨氏"这样的字眼，如若不是听他说，我不会去想，它们曾经也只是一棵树。他说做木杆秤选料特别讲究，过去是用杏木、核桃木、楠木，如今却是要用高档的紫檀和黑檀。这样的木料定制回来后，需要先在家里阴干一年左右，而后将这些木料解成木条，经过刨圆、打磨、包铜皮、镶提纽、上秤钩，做成一个半成品。最后再经过校秤、标画刻度、钻秤花、定秤星、抛光、打磨等十四道工序后，这杆秤才能够完成。而这样的制作，往往要持续八个小时，当一杆秤终于完成的时候，人也已经累得直不起腰，浑身麻木了。在这期间，忘记吃饭，竟已成了常态。如此想来，这些匠人们在做一件工艺品时，比我们写作，所要投入的精力其实更多，精神也要更加集中。

失之毫厘，谬以千里。在秦镇，炎热的夏日晌午，我和母亲推开了那扇门，正好看到他弯着腰在一个高脚凳上做秤的身影。旁边一张极具年代感的桌子则闯入视线——它是那般苍老，灰褐色的身子，早已辨不清原本的颜色，只有那满身的裂痕，那桌腿上绑着的用以固定的绳子，向人们诉说着它的历史。杨卫斌说，这张已有一百多年历史的桌子，正是他们祖孙几代传承木杆秤制作技艺的印证。他的祖父、他的父亲以前就是在这张桌子上，对那些刨圆的木条敲敲打打，包上铜皮、镶上提纽、钻上秤花……直待它变成一杆精美的秤。而一个制作木杆秤的匠人，同时要兼具木匠、钣金工、铁匠等几种手艺。只是，这样的秤，如今终是渐渐淡出人们的视野了。

尽管如此，杨卫斌却是一直记得父亲"做人要像秤，做事要公平；做人做事，心中始终要装着一杆秤"的话。他的人生，就像这杆秤一般，正直、清晰、干净利落、公平正义。正是因为父亲将一辈子的心血都放在了这木杆秤的制作上，所以，他才想要好好地保护和传承这门手艺，不致让它失传。那间红色漆门的屋子外写着"秤铺"二字，门内陈列的就是那些他精心制作的秤。有时亦会有人向他们提出做八两秤、九两秤这样的要求，在杨卫斌的记忆中，父亲总是会生气地拒绝这样的生意。在他的心中，制秤早已与做人融为一体了。而这间房内的墙壁上一张1983年户县（今西安市鄠邑区）标准计量管理所颁发的彰示其"质量可靠、计量准确"的奖状，则昭示着他父亲做人做秤的标准。另一侧的墙壁上挂着的一幅海报上，有一外国女士在杨卫斌的指导下体验木杆秤称量东西的照片，照片底下则展示了杨卫斌制作的木杆秤称人的画面。他焊接了一个铁架子，将一杆秤的两头悬挂其上，秤钩处挂一秋千样能坐人的板子，这样人坐在其上时，便可以拨动上面那杆秤的秤锤来称取人的重量。这样别出心裁的设计，倒是给人以新奇之感。只是如今，电子秤愈发替代了木杆秤，有些技艺，生活中逐渐用不到罢了。

犹记我幼年时，家中称量任何东西还都是用木杆秤，爷爷的屋内有一柄小小的类似中药房中常见的那种秤。而父亲经常使用的，则是一杆粗壮许多的秤。那时，无论是夏日用麦子换取西瓜，还是秋日播撒小麦种子，父亲总要先在家中称好所需的麦粒。买回来的西瓜，亦是要装在袋子里，挂上秤钩，再称量一下的。如今，我家里的电子秤也已添置了多年，我和母亲每次回家后第一件事便是站在上面称一下体重，这似乎是为我们提供了便利。每年收获了麦子卖的时候，一袋袋放上去，将重量用笔记下来，或者将苹果卖给客商之时，亦是一箱箱放上去，将那些数字记录在本子上。所以，我们其实早已处在时代的发展中，遗忘了木杆秤，像遗忘了煤油灯、遗忘了收音机、遗忘了手电筒一般。只是如今，眼前的匠人，又让我觉出了它的不平凡，觉出了它的伟大。

尤其是母亲，这些秤无疑勾起了她许多回忆。加之她对秤较我要熟悉很多，所以，一进来，聊了几句之后，母亲便拿起一杆秤，称起东西来。她一边称一边给我解说着，后来告知我，秤上那两个提纽，提其中一个时是从一斤开始数；而提另一个时，则直接从前一个的最大重量开始数。原本看到外国人尝试用木杆秤称重量时，我即已想到，这种我国独有的技艺体现了先人何等的智慧，如今看母亲这般演示，便更加被老祖宗的聪明才智所折服了。

不过据说这秤，还是两千多年前，春秋时期楚人范蠡为了公平交易而发明的。相传，范蠡在经商时发现人们在市场买卖东西时都是用眼估堆，很难做到公平交易，便有了创造测定货物重量的工具的想法。某日，范蠡在经商回家的路上，偶然看见一农夫从井中汲水，方法极为巧妙，只见他在井边竖一高高的木桩，再将一横木绑在木桩顶端，横木的一头吊木桶，另一头系上石块，此上彼下，轻便省力。范蠡顿受启发，急忙回家根据其原理制作起来。他用一根细而直的木棍，钻上一个小孔，并在小孔上系上麻绳，作为抓手；细木的一头拴上吊盘，用以装盛货物，一头系一鹅卵石作为砣；鹅卵石移动得离绳越远，能吊起的货物就越多。于是他想：一头挂多少货物，另一头鹅卵石要移动多远才能保持平衡，必须在细木上刻出标记才行。但用什么东西作标记好呢？范蠡苦苦思索了几个月，仍不得要领。一天夜里，他外出小解之时，抬头间恰看见了天上的星宿，于是突发奇想，决定用南斗六星和北斗七星作标记，一颗星代表一两重，十三颗星代表一斤。从此，市场上便有了统一计量的工具——秤。

不过时间一长，范蠡又发现，一些心术不正的商人，卖东西时缺斤少两，克扣百姓。于是他思索着如何能把秤改进一下，杜绝奸商们的恶行。终于，他想出了改白木刻黑星为红木嵌金属星形，并在南斗六星和北斗七星之外，再加上福、禄、寿三星，以十六两为一斤。目的是告诫同行：作为商人，须光明正大，不能去赚黑心钱。并言说："经商者若欺人一两，则会失去福气和幸福；欺人二两，则后人永远得不了俸禄（做不了官）；欺人三两，则会折损阳寿。"

就这样，秤这种计量工具诞生并且一代一代流传，沿袭了两千多年，直至今天。也是因此，杨卫斌才想要将这门手艺传承下去。为了这个想法，他也曾免费招收学徒，可这样的招牌挂了几年，终是徒劳。也是，在快节奏的当下社会，一切都被电子设备所代替，又有谁能够静下心来，去学习一门卖不出去产品又用不上的手艺。连杨卫斌自己，也被生活逼得低下了头，找了个厂上起了班，只是依然不曾放弃这秤的制作。我不禁对此陷入感伤，如若有天，这项技艺彻底失传，世上再无木杆秤，再无父亲那样手工制作家具的匠人，那么一切事物都将变得没有温度。一切事物，都将无法应对动荡。

事实上,我父亲的那门手艺也确实面临着失传,如今,除了部分农村家庭会叫父亲那样的手艺人去装修房间,制作一件一件的家具。就连我自己的书桌、书柜、床、博古架等物,也都买的是只需回来组装的成品。

所以事实上,我的父亲与杨卫斌一样,都曾放弃自己的手艺。他也曾南下或者北上去打工,走到广大的农民工行列中去,但是从心底里,他还是将自己当成匠人的。他有这份可怜的自尊,他虽在工地打着工,但却从不认为自己是农民工。或许只因他那个年代,木匠是最受人尊重的匠人。只记得老一辈人说,那时农村,其他匠人是不住家的,只有木匠,除了要拿着礼品去请外,还要七碟子八碗好吃喝供着。待做完了活,又要将工钱、礼品端到谢匠的饭桌上来。所以父亲受惯了优待,又从未出过远门,一下子要与农民工们一起住在嘈杂脏乱的多人宿舍,他始终不能习惯。细想起来,这也是匠人的悲哀。

父亲做木工活,如同斫琴师做琴、木杆秤的匠人做秤一样,手艺精湛。我幼年时,他曾用木头给我做过双层的文具盒,给弟弟做过木马和枪等物,皆不输买来之品。只是我那时尚小不太懂事,竟不愿意拿那文具盒去学校,以至它后来被表姐要走了。杨卫斌说,他现在做木杆秤也有了一些改变,更加地趋于精细,趋于工艺品。所以他将木杆秤的材料换成了檀木,将其上的不锈钢皮改成了铜皮,又在上面加了一些吉祥的语言和图案，同时为秤做了支架，使得它可以成为一件摆在家里的工艺品。当然，他所制作的二十四节气秤，在去年获了奖，这一点他在提起时，也是欣慰不已。那些做好的礼品秤，在精美的支架上摆放着，它们与城里的宠物狗一般，早已失去了最初的效用，而是作为一个工艺品、一个收藏品、一个宝贝，为人们所拥有。

作为省级非物质文化遗产秦镇木杆秤的传承人，杨卫斌有着自己的使命和担当，同时又有着自己的无奈和苦恼。这根既巧妙又轻便的神奇木杆，早在秦朝度量衡统一标准之时，就开始在民间使用，自古便作为商品流通的度量工具，为人们交易货物提供依据。这小小的一杆秤，称的是斤两，量的却是良心。而如今，在伴随人们两千余年后，它终是渐渐被人们所遗忘，沦为房间内摆设的工艺品。杨卫斌说，以前生意好的时候，店铺里还要雇人，如今，即使他整日大开着门，除了我们这样专门为这技艺寻来的人，恐怕也无几人会踏入这做木杆秤的店铺了。这木杆秤再也不是人们日常交易时的不可或缺之物，可制作它的技艺却那般珍贵，如若失传，又是那般令人心痛！

看着母亲像个孩子一般拿着秤称量各种东西，我不禁陷入一种无名的担忧之中，将来，我的孩子，是否还会有这样的乐趣？是否还能知道这木杆秤的存在？当初这家家户户都有的物品，这称取粮食瓜菜的物品，如今，终是渐渐淡出人们的视线了。

桑家龙灯

似乎是长大之后，对喧闹的东西再也提不起兴趣，总是一味地静，一味地待在城市的某个角落，将自己封闭着。每日从一个地方到另一个地方，重复安静枯涩的生活。偶尔被街上的花红柳绿所吸引，被那些欢快跳舞的路人所吸引，才知，一切都如常，只是心态变了。再无缘体会幼时赶集过会的欢乐，再无缘对元宵节"社火"上街的热闹感兴趣。

突然想起鲁迅先生的《五猖会》来，那样对一场赛会的盼望，大抵也只有幼时才有了。而《浮生六记》中，芸娘在夜晚女扮男装跟随沈复外出想要一瞧的，究竟是怎样的灯会，除了好奇外，对这灯会本身，怕也并无多少兴趣了。

然而幼时的春节和元宵节，却也实在是被那些舞龙舞狮的队伍吸引着的。那时，尚无丰富多彩的网络世界可接触，手机更是遥不可及的奢侈品，家家户户一台黑白电视，已足以让一家子满足。故而那时的节日，较之现在，倒显得仪式感更足，更加庄重，也更加有趣。如今不知是怎么了，连春节也变得淡然无趣了。记得幼时，有次村里舞狮，锣鼓喧天，鞭炮阵阵，那狮子于家家户户转上一圈，舞上一番，似乎便能将来年的不好之运全都震跑，所以大家满心期待，尽是欢喜，尽是热闹。不过说起舞龙，就见得少了，似乎只有县城的元宵节才有过这样的盛事，我也只是有幸瞧见过那么一回，这记忆却模糊错乱，分不清年月、情形了。

舞龙显然在高陵地区比较常见，甚至已成为此地的代表。据说每年到了春节和二月初二，高陵地区的文化活动中必不可少的便是舞龙。如今的年味虽然是愈发淡了，但也正因如此，舞龙便显得尤为重要了起来，似乎也成了节日里唯一的热闹。高陵地区所舞动的是桑家龙灯，其每节龙身都有燃亮的蜡烛，使其浑身通明，因而也被称为"明龙"。此龙灯由龙头、龙身、龙尾组成，用十三节拐子撑起来。龙头用竹篾绑成框架，再用麻纸糊于表面，龙角用木头雕成，龙眼则是两盏碗口大的红灯，龙头和龙嘴较大也是其特点之一。为了防止它用力摆耍时脱节，制作龙灯的匠人们又用大绳从龙头到龙尾将其连接起来。而其表演的方式由明末从黄陵地区引进，有打四门、龙绕树、龙打滚、卷油心、龙脱壳、龙点头等表演流程。每次舞龙时，锣鼓、秧歌等轮番上演，撑牌灯的、提蜡烛的、打杂的会聚一起，凑成一个不下五十人的浩浩荡荡的队伍。只见得那一条条通体明亮、气势磅礴的龙灯，配着鼓乐，时而左右穿梭，时而飞舞跳跃，时而缠绕交会，恰似一条条彩龙盘旋空中，欢腾玩耍。聚集在周围的观众，不仅是眼和耳受这舞龙之震撼，连心也随着那激昂的鼓点、那舞动的长龙一起跳跃了起来。几乎是下一秒，那锣便越击越紧，那鼓又越敲越密，那龙也越舞越险，一阵阵喝彩声伴随鼓乐爆发在长街，使得这节日，终于有了些热闹的氛围。这热闹，想来，似乎多是桑家村人的功劳，他们祖祖辈辈，不仅会舞龙，制作龙灯亦是其传承久远的手艺。

只不过于我们这些外行人而言，更多看到的是舞龙的热闹，而这热闹的呈现背后，有多少匠人的汗水，便没有那么多人关注了。比如桑家村人在节日期间呈现出来的舞龙之壮观背后，便是他们制作龙灯的辛劳。制作龙灯的工序着实烦琐，据说这一条龙灯的扎制通常需要花费两个月左右的时间。从挑选上好的竹子作为原材料开始，每一步都极为细致精巧。选竹子亦不是马虎之事，所选之竹要有一定的软度，使得龙骨能够扎起来，而符合这样条件的竹子，极为难找，往往一片竹林，匠人们在其间兜兜转转一日，最后可能只选出两根竹子来。

要么说竹子为世人所爱呢！苏东坡曾言"宁可食无肉，不可居无竹"，挺拔修长、傲雪凌霜的竹子，不仅有极高的观赏价值，又有虚怀若谷、刚正不阿的君子气节。同时亦可用它做成尺八、桌椅、器皿等物，如今知晓它亦是做龙灯的主要材料，便更加要对其赞叹欣赏了。选好的竹子，要被扎成龙架，而龙架通常由龙头扎起，这也是匠人们的基本功。匠人们往往要凭借着经验来调整尺寸大小，如若误差太大，便须得作废，从头再来。而这样的反复，在开始做龙架时是常事。将做好的龙架用铁丝固定住后，匠人们便要在龙架外面糊上纸片用以做龙的"皮肤"，待糊好之后，就要开始在这皮肤上绘出纹理来。他们用调好色彩的颜料，分别浅涂和深涂两次，待其有了轮廓，再为这龙贴上象征着祥云的金色装饰片，而后耐心地等待颜料凝固冷却。冷却之后的龙头、龙身、龙尾成为一体，一条完整的龙灯便在春节或者二月二时出现在耍龙灯的艺人手中，成了高陵街道最美妙的一道风景，也成了我们这些观众眼中最神奇、最精彩的表演。这些龙灯，色彩艳丽，形象逼真，舞龙人穿或黄或红的衣服，前后相随，用手中的木拐子将其撑起来，在空中翱翔飞舞，使得它尽显威仪之气。

这制作龙灯的手艺，与瓦当、核雕、造纸、斫琴等技艺一般，都是在历史的长河中留传下来的。做龙灯的匠人，亦是历经时光穿梭，一代代守护传承，一代代演绎精彩纷呈，为高陵地区的百姓送去热闹与欢喜。而关于桑家龙灯的起源，《高陵县地名志》曾有记载。原来明末，桑姓即在崇皇寺南建村，以姓氏称村名为"桑家"。而桑家人自己传言，其先祖本是兴平桑镇人，迁此地后，户族很快兴旺强大起来，后为了活跃农耕生活，庆祝丰收和节日，故从黄陵引进了龙灯,从此将其发扬,竟成了桑家村的招牌技艺。这招牌技艺渐渐传至周边,每年耍龙灯时,慕名而至的游人将村里围得水泄不通,整个桑家村锣鼓喧天,热闹非凡,喜气洋洋。那时,村里的人便像我儿时记忆中家乡舞狮子那般,家家户户于门前摆放点心等物,待龙灯于哪家门口经过舞动时,主人家便在鼓乐之下为这龙灯披红挂彩,并奉上红包以讨个吉祥彩头。如此,无论是耍龙的艺人,还是龙灯经过之处的百姓,都在节日的喧闹氛围之中,更加热闹开心。

这样的技艺,在如今的"非遗"中似乎独树一帜,其他传统手艺总是孤独冷寂的,所以那些匠人们,安静古朴得似被时光遗忘了。他们不会走上街头与众人一起分享这制作出来的物品,他们的技艺多在展柜中体现,所以他们与自身所传承的技艺一般,亦是孤独冷寂的。桑家龙灯却不同,无论是制作出来的龙灯,还是这舞龙表演,皆是在一片喧嚣与热闹之中展现,融入万千百姓之中,受人们喜爱。如此想来,这桑家龙灯技艺的传承人,倒是多了些欢快,多了些与人分享、送人吉祥的乐趣。不过这桑家龙灯虽传承久远,但在"文革"期间,也曾短暂消逝过一段时间,直至20世纪80年代后才复出现。奇怪的是,桑家龙灯主要分布在桑家七队,但却是被七队唯一的一王姓家族传承发扬,使得其在高陵乃至关中名声飞扬。如今,桑家舞龙非物质文化遗产已在王家传承至第四代。随着现代化社会的发展,人们的娱乐项目越来越多，久而久之，节日的氛围也越来越淡。这种情况下，桑家舞龙就显得尤为重要起来。

或许，只有这样的技艺，才能给我们带来视觉和感官上的冲击，在这个现代的城市，找到一些旧时的味道，找到一些节日的喜气。音乐响起来，锣鼓与鞭炮齐鸣，龙灯与龙灯缠绕舞动，穿着黄色或红色服饰的舞龙人，举着灵动威武的长龙，一代又一代，为我们呈现着节日的盛宴。

第三辑

长安风物

故土之下

安　陵

唯有尺八，能与他交流。

我很想在这绿林环绕、草色碧青之地吹一曲《虚铎》，以唤醒他的记忆，感知他的气息。一代帝王，竟做得令平民疼惜，哪怕过了两千年，提起他，也还是唏嘘一叹，不觉做了那为古人担忧之人。于是我想，尺八或是唯一能与他沟通之物。在日本，觉心大师就曾用尺八为死去的人超度，也为新生儿祝福，他们认为尺八是连接两个世界的桥梁，而尺八是从中国传过去的，古人即也如此认为了，不妨一试。我站在那覆斗形的帝陵前，一座椭圆的青山矗立在我的眼前，而我，即在它脚下一凉亭内的碑前，这么缥缈地幻想着，幻想着能用尺八，与他心生感应。

一切诚心皆能打动世人。在此之前，我并不知晓安陵是被上了锁围挡起来的，就那么一腔热血，跟着导航寻刘盈而来，却被那栅栏挡在了外面。眼看着安陵近在咫尺，但无法靠近，于是望眼欲穿般扒在栅栏的缝隙处观望。终于，我觉得不能白来一趟，汉惠帝刘盈之陵，定要一见。也得亏门外安陵的标志处留了一串电话号码，鼓起勇气拨通，说明来意，一番交流，竟使得工作人员午休时间冒着似火骄阳赶至门口为我开锁。所以我说，一切诚心皆能打动世人。都说陕西的黄土埋皇帝，有丰功伟绩的皇帝尚且研究不过来，谁会去对一个羸弱又早逝的皇帝感兴趣？偏我不喜热闹，疼惜那些在古代封建王朝拥有至高无上地位，却悲苦一生，连死后都落寞得无人问津的帝王，所以我会来到刘盈的安陵，去往刘弗陵的平陵，却不会花工夫，给人潮拥挤的茂陵增添无谓的一笔。我对汉惠帝刘盈这个不被重视的皇帝，安陵这个不被重视的帝陵之诚心，使得他们感动，愿意敞开这扇门，让我走近。

不得不说安陵较之霸陵要好许多，这个刘邦与吕后的嫡子，虽然没有汉文帝的功绩，他的陵墓却在汉帝陵中极为突出，安陵陵园的面积，与当时长安城的宏大规模遥相呼应。即使过了两千余年，他的陵墓依旧清晰可见，他的陵园依旧绿树环绕，花草飘香，且有一专门而建的亭，内设一碑，将他的一生书写。较之掩映在山林中扑朔迷离的霸陵，汉惠帝刘盈在这里，尚能感受到些许人间烟火。

一路随工作人员，沿陵园中间宽阔的水泥路往前而去，正前方即是安放石碑的凉亭和刘盈的陵墓，道路两侧被围栏挡住的，是一片茂密的松树林。待走近后，看到陵墓周围又被一些柏树环绕着，凉亭外还有几棵石榴树，虽然中秋已过，但这树上还挂着些许幼小的石榴。亭内安放的，即那方绘着汉惠帝刘盈像和刻有简介的石碑，石碑为2002年清明时所立，细算下来，也已近二十年，看起来倒还新。凉亭后一被草木掩映着的土丘，即汉惠帝刘盈的陵墓。我无法穿过那层层草木和泥土，去透视帝陵内的景象，那泥土下的地宫是否还在，地宫内的世界是否依旧繁华，一代帝王刘盈的尸骨又是否还有一丝痕迹，或是已幻化成了这些草木的养料，一切都未可知。

当然，我总是愿意相信，他还在那里安睡着，甚至能听到我的脚步，能听到我为他而来。安陵的西边，坐落着孝惠张皇后墓；陵东则为陪葬墓区，安葬着赵王如意和鲁元公主等皇亲贵戚；陵北即曾经的安陵邑。要说被这么多人陪伴着，惠帝刘盈该是能在死后感受到一些温暖了，可不知为什么，一想到他安睡在这里，便觉落寞，如他凄凉的一生。

十五岁即登上至高无上的皇位，却是如履薄冰，战战兢兢，这个一生羸弱善良的皇帝，并没有因皇位获得片刻快乐。只有他的陵墓，那般恢宏。如今的安陵以北约六百米处，尚能从地表看到陵邑的北墙、西墙、东墙的部分遗迹。若是从空中俯瞰，似乎隐约中又能觉出这城墙形状与汉长安城极为相似。众知，汉初国力羸弱，须休养生息，长乐、未央两宫以及长陵的修建已令国库吃紧，刘邦无力再为长安城修建城墙，所以将这项重任担在了继位者刘盈的肩上。刘盈继位后，长安城的修建工程正式启动，光是三次征发服役，就达十几万人，这才在公元前190年开始新建曲折如南斗之星的南墙，以及曲折如北斗之星的北墙。这些城墙，全部用黄土夯筑而成，墙外设有城壕等多层防御体系。城墙围起来的长安城周长呈二万五千七百米，城内面积达三十六平方公里，是同时期罗马城的四倍，明清时期北京城的五倍。刘盈用四年时间完成了刘邦的遗愿，那么将他自己的安陵邑城墙形状建造得与长安城相似，也不足为奇。毕竟，每个帝王都想将自己生前的辉煌，带入死后的世界。尽管，刘盈的辉煌，显得那般无力，那般薄弱。

他还是将父亲刘邦与大汉的前程看得极重要，安陵的名称即刘盈对自己皇帝生涯的期许，长安，长安，长治久安。他将自己的陵墓与父亲的长陵相呼应，唤作安陵，凑成一个"长安"，却未料，自己的一生，并不能"长安"。汉长安城的伟大，原本可以奠定刘盈的历史地位，然而史书中却评价他懦弱昏庸，"日欲为淫乐，不听政"。到底是不听政，还是无法听政，这个可怜的皇帝，一生都活在自己母亲的阴影之下，唯有现在躺在这里，才被我们以皇帝的身份所缅怀。

提起刘盈，永远绕不开那个强势的吕后。自继位起，朝政大事，内决于吕后，外决于萧何，刘盈这个本就文弱的孩子，只能拱手听命。何况，那是一个强势狠辣的母亲。那个时候，他或许对权力还无多少欲望，唯一想要做的，只是保护自己的弟弟。可即便如此，被自己接到寝殿同吃同睡的赵王如意，还是没能逃脱吕后的魔爪，在他舍不得叫醒如意陪自己去打猎的那个清晨，被吕后毒害。

我能想象刘盈的悲痛与无奈。在母亲的高压之下，敢怒而不敢言，这份痛苦，只能藏在心里，连眼神，除了怯懦和恐惧外，都不敢流露出恨意。何况，另一件惨绝人寰的事情，还要将他痛击。那个被砍掉四肢，剜去双眼，割掉舌头，熏哑喉咙，刺聋耳朵，遗弃在厕所半死不活的赵王如意之母，刘邦最宠爱的戚夫人，就这么赫然出现在他的眼前。而他的母亲，正得意于自己的杰作，并骄傲嘲讽地将眼前这半死不活之人称之为"人彘"。刘盈的内心崩塌了，恐惧犹如一张黑色的巨网将他包裹，渐渐地，愈裹愈紧。恶魔般的吕后，用非人的手段，使得她的儿子内心崩溃，他无助、绝望地在这个皇宫内，身边簇拥千人，却无一人可以依靠，无一人可以信任，连恐惧，都无从提起。

"日欲为淫乐，不听政。"如何听？如何敢违逆吕后丁点儿？更何况，他原本只是个温厚善良、文弱胆小的孩子。仅这一场惊吓，就使得他大病一年有余，或许唯一能让吕后放松警惕的便是自己的淫乐生活，所以他沉沦，自暴自弃，这也使得他的身体每况愈下。这个原本心怀抱负的少年天子，就这么将自己的身体断送在日益增长的恐惧之心与声色淫乐的宣泄之中。公元前188年，他终是在继位七年之后，以二十三岁的年轻之躯，驾崩在汉皇宫中，埋葬于眼前的安陵。

两千多年后，我才来到这里，唯一想做的，就是用尺八奏起一曲《虚铎》，唤来与他片刻的感应与交流。此时此刻，他就安睡在我眼前的陵墓之下，这里，刚下过一场大雨，泥土中有草木清新的气息，亦有隐隐传出的，古老厚重的历史气息。

刘盈死后，吕后似乎想要对这个儿子进行补偿，又或许，只是为了使自己的心灵没有歉疚，向来薄情寡义的她，将关东五千户倡优乐人迁徙到安陵邑陪伴生前酷爱音乐歌舞的儿子，此举或是对儿子的宠爱，或是排遣自己内心的惆怅，或是，只想让儿子在另一个世界多一些快乐。安陵邑住了许多倡优乐人，亦留下了许多艺人守陵的典故。如今，无论是这些乐人，还是迁入安陵邑的关东豪族，都早已消逝在了历史当中，化作这安陵周围的一抔泥土，随汉惠帝刘盈，到了另一个平凡却快乐的世界。

刘盈死后，谥号孝惠，如果说"孝"只是为了遵从西汉皇帝的谥号传承，那么象征着仁慈柔和、慈恩爱民的

"惠"，便是吕后对他的补偿。这个儿子，先离她而去，让她可以继续那掌握朝政之路，继续那手握重权之梦。可这一切都被上天看在眼里，就在刘盈伴着那些随葬的陶俑沉入永不醒来的梦境时，吕氏一族也逐渐被铲除，到头来，大汉的皇位还是留在刘氏的手中。吕后再怎么算计，也不能料想到，会让代王刘恒和他的母亲薄姬捡了便宜。这世间，又有什么东西能够是永恒的呢？

可怜的汉惠帝刘盈与和他同样可怜的外甥女张嫣，一个是封建王朝至高无上的皇帝，一个是一人之下、万人之上的皇后。除却这光鲜亮丽的外衣，这看似高不可及的虚名，他们本身却是那般悲苦。一个在凶残的母亲的高压之下懦弱地苟延残喘，一个在年仅十一岁时就被迫嫁予自己的舅舅，从而苦守一生活寡，至死都是女儿身。这两个人，都被吕后害了一生，如今，静静地躺在咸阳城东十八公里处的白庙村南边的空地上。周围尽是古柏与松树，绿草与鲜花，偶尔有鸟儿虫儿欢唱，有蝶儿蛾儿飞舞。或许死对刘盈来说是种解脱，他可以去见自己的弟弟如意，陪他再过一次平常人家没有纷争的童年。而我，却始终疼惜着这样一位皇帝。在茂陵与阳陵人山人海之时，安陵、霸陵、平陵却如此落寞。都是帝王，有的辉煌一生，死后几千年还能整日出现在影视作品中；有的困惑一生，死后也落寞孤寂，唯有眼前的工作人员，因为守护着他们，从而也心疼着他们。

她说:"从来没有人写安陵。"

她说:"长陵那儿人多。"

她说:"谢谢你写我们安陵。"

那个美丽的,在正午时分给我打开安陵的栅栏门,带我走入陵园的工作人员是欣喜的。我们聊着刘盈,聊着张嫣,惋惜着,不觉陷入对古人的担忧之中。便在那时,我想,倘若带有尺八,在这陵前,吹奏一曲,该是多好。

霸 陵[①]

没被开发,便不被打扰。

车上正单曲循环着陈泯西的《千年祭》,悠远悲凉的乐曲令我沉浸在久远的年代无法回神。我刚从那荒凉、安静之处离开,带着蚊子吸食鲜血过后留下的一个个红肿的包,带着惋惜。汉文帝刘恒,多么震慑人心的名字,如今,为何寻不到丝毫威严之气?除了那青山、林木、杂草、残碑、蝉鸣与我孤寂的身影,别无其他。我似乎是有些失望了,一代帝王,此刻正安睡在我眼前山中的某个被树木掩映的地方,可除却天子之光环,他的肉身与寻常百姓无异,那般单薄,那般无力。抵抗不住岁月,奈何不了黄土,一日日与这山融

[①] 本文写于2020年,2021年经考古学家认定江村大墓为汉文帝霸陵准确位置。

为一体。于是我想，我也只能这么想："没被开发，便不被打扰。"

该庆幸吗？这片天子安眠之地没有被聒噪的游人日日踩踏，没有人将果皮扔在他的陵寝之外，没有人走着路还要随时吐一口痰在他身侧。这里被数不清的草木环绕，哪怕是靠近，都要担心脚下是否有蛇虫鼠蚁。我只是想看一下那几方碑，那几方不知为何人所立的碑，便要钻进栅栏，被树枝划伤，被蚊虫叮咬。有人说，那些蚊虫其实是在用它们独有的方式驱赶我，它们忠心耿耿地为帝王守陵，看到闯入之人，便发起进攻，因而我的腿上，短短几分钟，就落了这许多的包，奇痒难耐，只得赶紧离去。我惊喜于这样的解释，仿佛这一趟，终究与他有了交流，有了联系。

那几方碑，当然也曾短暂地现入我的眼前，令我心头一颤。"汉文帝霸陵"那几个字，和那碑下刻有龙纹的石台，终究是有些威严之气的。虽然它们周围长满了果木和杂草，看着沧桑、落寞，但我来时一路打听着，周围的百姓，对汉文帝霸陵的所在，还是熟记于心的。哪怕是目不识丁的老奶奶，也能准确地将手指向那座树木成林的青山。说起来有趣，我们顺着标志而来，却在霸陵所在的毛西村陷入迷茫，而后将车驶入一陵园，原以为到了目的地，结果被告知那处陵园是售卖的。只能自嘲着离开，也才得以明白为何那陵园的保安要用异样的目光看向我们。所以说还得靠周围的百姓，后来，也是在连问了几人之后，才到了那荒山脚下。在此之前，我已去过了平陵，它立在冬日低矮的麦田中间，呈光秃秃的山包样貌，与皇后上官氏墓相伴，一眼能看到所在，那般突兀，那般落寞，那般"特立独行"，以至于我多年之后想起来，还能感受到荒凉的气息。那时我读网文《云中歌》，陷入对刘弗陵的喜爱之中，于是与同学在冬日乘车往平陵而去，却只见那两个光秃秃之坟冢，远远地立在麦田中央。我们爬上去走了一圈，就差将眼泪洒在那土丘之上，而后默默无语地离开，为的是一代帝王的陵墓那般萧瑟。如今到了霸陵，却只见荒山，迷茫不知所措，知晓他就在身旁，却无法清晰辨别所在，这就比当日在平陵，更加难过了。

汉文帝刘恒是否刻意远离自己的父皇，才将陵墓选在白鹿原上，为的是，离他们远一点？我不知，一代帝王的心思，岂容我一后世平民猜测。只是这霸陵，远离咸阳原帝陵带，独居长安城东的白鹿原上，西依浐河、东临灞水、北俯关中、南览秦岭，以居高之势，横亘在此。白鹿原东北角处有一突出的山岭，因形似凤凰的头部，而被当地人称之为凤凰嘴。它背靠苍凉的白鹿原，受所谓白鹿的滋养，而显现出一种不可侵犯的王者气息。这里，一直被认为是大汉王朝第三位皇帝文帝刘恒与其皇后窦氏合葬之陵园。

这位开创文景之治的帝王，在史书中的记载并不多。公元前180年，远在代国的他因宽厚仁慈成了众臣拥护的帝王人选。命运突然眷顾，本在代国谨慎小心生活的他，吕后的离世让他得以短暂地放松戒心，但对汉廷，他始终将信将疑。此前，他似乎并不以自己的皇子身份为荣，反而因皇族之间的那些争斗而心生排斥。也许是替母亲考虑，也许是自己想要远离父皇、远离吕后，让他不顾朝臣们的反对，更改祖制，另选陵墓地址。

当然，西汉帝陵的布局，深受昭穆制度的影响，一个王朝的历代君主，宗庙中必须严格排位。始祖居中，其下依次排列。父居左为昭，子居右为穆。而汉惠帝刘盈与汉文帝刘恒同为刘邦之子，刘盈的安陵已建在刘邦的长陵之右，自然没有刘恒的位置。加之刘恒的母亲薄氏，活着时受吕后打压，如今因自己继位做了太后，将来千古，自然不便葬在长陵，葬在吕后之侧。《汉书·外戚传》载："以吕后是正嫡，故不得合葬也。"所以，不如另辟陵区，将母亲安葬在自己选择的新陵区，将来千古，亦可如自幼般，相依相伴。

据说薄太后陵位于凤凰嘴西南方向，称作南陵。它西临滑水，遥望长陵，而东望儿子刘恒的霸陵。可任我如何远眺，也对眼前这连成一片的山理不清，道不明。有记载说霸陵依山凿穴为玄宫，文帝刘恒一生节俭，以极孝和重视民本而为史学家称颂，继位后即轻徭薄赋。他在位二十三年，所用车骑服御之物均无增添。如此节俭之帝王，对自己的陵墓，自然不愿铺张浪费。那么，依山凿穴，似乎最为合适。而帝王之陵本就注重防盗，如此建陵，防盗功能更甚，这也对后世帝陵依山而建产生极大影响。只是记载，终究只是故纸上的言论，没被证实。如今，日子久远，霸陵的地面建筑早已荡然无存，而由于它建造之时没有封土，加之史料较少，以至后人难以知悉其墓室的具体位置，也找不到任何当年陵园内供后人祭祀用的宫殿遗迹，便只能如同我一般，空对着这一方碑和那一片绿树林立的山感怀了。

《史记·孝文本纪》载："治霸陵皆以瓦器，不得以金银铜锡为饰，不治坟，欲为省，毋烦民。"不起封土，不扰百姓，甚至将此写入遗诏，文帝之贤，可见一斑。也正因此，竟让后人无法判断霸陵地宫所在，茫茫然对着一片山感怀。

在霸陵东南一千九百米处，是窦皇后陵，平地起冢，封土呈覆斗形。但窦皇后千古之时，已是汉武盛世，国家强盛，国库充盈，薄葬已非主流，武帝敬重祖母，为她选择众多珍宝陪葬。这些珍宝充入霸陵，才有了西晋末年霸陵遭大规模盗掘，盗贼多获珍宝之记载。那么霸陵陪葬究竟如何，无人知晓。人们皆以为，文帝刘恒，将自己安置进这半山断崖的某一处洞中，安静而眠。然而最新的考古成果却令人大吃一惊，整个凤凰山山体中，竟没有发现任何人为的洞穴，凤凰嘴及其周围，亦无任何人工修筑迹象，地表更是无丝毫陵园的痕迹。那么霸陵地宫，是否在凤凰嘴之中，两千多年来关于霸陵的记载传说又是否为真,所有关心汉朝历史、关心汉文帝刘恒的人,都对此迷惑又期待。

按汉帝陵葬制,帝陵与后陵应相距不远。所以,当考古学家们在凤凰嘴东面发现一个大规模古代陵墓的高地时,开始怀疑此处才是真正的霸陵所在。果真如此,那么霸陵便不是史书中记载的那般,"因山为藏,不复起坟,山下川流不竭绝,就其水名以为陵号"。这令考古学家们困惑不已,当然,也令站在那些碑前的我迷茫不已。蚊虫们正从草丛中拥出来,以迅雷不及掩耳之势,吸食着我的血。而我,却沉浸在对那个王朝、那段历史、那个君王的想象之中。一切开始变得扑朔迷离,人们不知道他具体的安睡之处,不知道陵墓的地宫在这山的哪个角落。但人们称颂他,赞扬他:一生以孝治国,克勤克俭,开创中国第一个盛世——文景之治。

他不是平庸的帝王,不是史书中都不曾提及的帝王,文景之治,自幼在课本中熟识,但如今,人人皆知汉阳陵规模宏大,内涵丰富。我亦曾带外地朋友徜徉在汉阳陵博物馆,被种种陪葬品所震撼。汉景帝刘启,文帝之子,他的陵墓何等风光,令世人四面八方会聚而来,惊叹感慨。而文帝,却躺在我眼前山中不为人知的角落。公元前157年,汉文帝刘恒驾崩,谥号孝文,葬入霸陵。他是从遥远的代地走向长安的天子,是经历过大喜大悲的帝王,或也因此,使得他更爱自己的子民,更孝顺从小相依为命的母亲。昔日繁华终不再,只留古冢后人瞻。两千多年了，汉文帝刘恒悄无声息，躺在白鹿原的某一处，默默守护着自己的子民。他是否看到两千多年后，有一倔强的年轻女子，驱车来到山脚，一遍遍眺望，一遍遍瞻仰。而后，进入那些长满荒草的林荫小道，钻进那绑了铁丝网的果园，触摸那立了许久的石碑。最后，被蚊子叮咬得浑身是包，只得仓促离去。

她似乎有些遗憾，有些失望，因为并不知晓，他在这茫茫青山的何处安睡，却不得不就那样离去，回到那车水马龙、灯红酒绿的都市。她的车中一直播放着那首《千年祭》，仿佛车外是一个世界；车内，又是另一个世界。

平　陵

宫阙万间都做了土。

两千余年后，我站在这曾经的万间宫阙之处，放眼望去，满目皆是灰黄一片。那两座巨大的土丘，更是突兀地立在那平地之间，萧瑟、落寞。或许，因为我来的季节不对，冬日的万物本身就是萧瑟的，所以那土丘，枯黄暗淡，毫无生机，只是在眼中，一味地大，似两座荒山，却有些威严，有些说不出来的恢宏气势。

平陵于我而言，是一直留守在记忆中的。那一年，我这个从不看网文的人，被隔壁宿舍的同学"安利"，一度沉迷在了《云中歌》之中。那是我第一次接触到刘弗陵，至此，便爱上了这个二十一岁即离世的一代天子。《云中歌》成了我多年来看过的唯一一部网文，汉昭帝刘弗陵之墓，也成了我第一个踏足的汉帝陵。

那是冬日，我和那个推荐我看小说的女孩，一起陷入《云中歌》的剧情之中，一起喜欢上了那个两千多年前的帝王，一起来到了咸阳城西六公里处平陵乡大王村东南方向那两座巨大的陵冢面前。如此说来，我对平陵的感情，和对刘弗陵的疼惜，其实更甚，即使过了多年，当日对小说的感觉早已消逝，对那男主人公的喜爱也早已淡去，但刘弗陵，还是隐隐留在心中，似青春年少时追过的星，总是特殊的存在。

那日爬上陵冢的记忆尚且清晰，那两座墓，记得是在一片麦田中间，远远望去，高高凸起在视线之中。它不像霸陵或者安陵那般，轮廓早已与周围环境融为一体，实难分辨；它立在那里，周围皆是平地，轮廓清晰，一眼可见。我们先是围着它转了一圈，继而爬了上去，在它的坟冢之上，又默默地走，默默地念叨，默默地想，那时，脚下埋葬的，似乎不是刘弗陵一人，而是整个王朝，整个昭宣中兴。

如今，人们依然能够在平陵东南的汉昭帝陵庙周围捡拾到汉代的简瓦、方格纹方砖、凤纹空心砖、长生无极瓦当等。可见平陵当时有着完备的礼制制度，而他的墓也并没有因仓促投入使用而简陋寒酸。公元前74年六月的一天，平陵工地突然陷入喧闹之中，这座规模宏大的帝陵距离完工尚且遥遥无期却要立即投入使用。一时间，长安城至平陵途中，运送渭河河沙的牛车遍地，慌忙间赶修地下墓室，一批批陪葬品也从京城长安运来，准备永远陪伴逝去的年轻皇帝。虽然他在位时大权旁落，但那些权臣，并没有让他走得凄凉，或许为了掩人耳目，他们竭尽所能地充实这座未完成的帝陵，使得它丝毫不逊色于其他帝陵。这就有了两千年后，现于我眼前的这个巨大的土丘。

在那个充满阴谋的朝局动荡的时代，在诡谲的历史传闻中，这位年轻的皇帝死于权臣之手。他短暂的人生到底经历了什么，唯有这些黄土，这埋葬他的坟冢和这地下的宫殿，懂得他的痛苦。那一年的六月，二十一岁的汉昭帝刘弗陵突然驾崩于未央宫，这让他的帝陵修建者们措手不及。谁能想到，如此年轻的皇帝，竟能殁了，在朝臣和百姓们对皇帝的死亡充满疑惑的时候，帝陵的营建开始加速进行，最终，它呈现出了宏大的规模，且拥有数量众多的随葬物品。而这一切，皆是那位一人之下、万人之上的权臣，在背后紧锣密鼓地操控着。

霍光，曾被武帝赐《周公背成王朝诸侯图》的宰辅大臣，赫赫有名的大将军霍去病同父异母的弟弟，在年仅八岁的汉昭帝登基之后，作为辅佐幼主的司马大将军，实际上执掌王朝的最高权力近二十年。而刘弗陵，在母亲钩弋夫人被赐死，父皇驾崩后，以幼小的年龄，茫然地登上那封建王朝的最高地位。人们都说刘弗陵性格懦弱，对这位权臣霍光充满畏惧，但汉武帝刘彻何许人也，史料记载，他曾评价这个儿子"壮大多知"。能得武帝如此评价，必不会是庸碌之辈，可他为何竟如此早逝，为何竟落得虚弱多病？这一切疑团，都随着他的驾崩，跟他和那些随葬品一起，埋在了眼前的坟冢之下。唯有那些黄土，覆盖着他，聆听着他。

与刘弗陵的陵冢相隔七百米对望的，是他的皇后上官氏安眠之地，两座陵冢皆位于平陵陵园之内，分别被称为"东陵"和"西陵"。陵园周围皆有夯筑垣墙，垣墙四面中部建有门阙，只是如今，除这两座土丘外，其他已寻不到痕迹。这一对两千年之前受万人景仰的夫妻，如今，就安睡在这里。我不知晓他们之间，是否还有交流，只是上官氏比刘弗陵晚逝了那么多年，从当年的皇后熬成了太皇太后。这个另一位权臣上官桀的孙女，霍光的外孙女，六岁即登临皇后之位，如今想来，竟是那般可笑。这两个看似至高无上的孩子，实际上被那一帮老奸巨猾的权臣当作争夺权力的棋子。自登上皇位起，刘弗陵一直活在霍光、上官桀、金日磾、桑弘羊等受命辅佐幼主的大臣们的阴影之下，还要看着他们争权夺利，最后，霍光终于一人独大，获得一人之下、万人之上的地位，以权倾朝野之势，成为王朝实际的统治者。而刘弗陵究竟是大智若愚想要韬光养晦等待时机，还是真的如传统史家认为的懦弱胆小，惧怕霍光，已未可知。从表面上看，那时的西汉，朝臣和谐，国力复苏，霍光对外与匈奴和亲，对内继续推行轻徭薄赋、与民休养的政策，大力发展经济，使得昭帝一朝，开始出现被史学家称为"昭宣中兴"的大好局面。而这一局面，从平陵的三座从葬坑亦能寻到些痕迹。

平陵的三座从葬坑陪葬物质丰厚，一号坑的六十匹栩栩如生的漆制木马，精美异常；二号坑坑道两侧开凿有五十四个洞室，洞内均有一高大粗壮的牛或者骆驼的兽骨；三号坑依稀可见一些木车样遗迹，形似羊拉车的样貌，又有两峰彩绘木骆驼拉车，实为吸引人。除从葬坑外，平陵东侧亦有数量众多的陪葬墓群，东北部有平陵邑，陵邑东西宽二千四百米，南北长三千一百米，四周有夯土筑造的城墙环绕，据说陵邑人口居多，后来西汉有五位丞相，东汉的许多大儒、学者皆是从这里走出去的。如此看来，平陵并没有因汉昭帝的仓促离世而简陋寒酸，而霍光对这位皇帝，似乎也是极为用心，究竟是欲盖弥彰，还是一片赤诚，如今，我们已无从考证。霍光去世后，葬在汉武帝茂陵的陪葬墓区，当时的汉宣帝赐他黄肠题凑，如此高的礼遇，似乎是认可了他对汉王朝的功绩。而汉武帝素来以能识人、善用人著称，能得他首肯，赐予陪葬待遇，足可见其对霍光之信任。如此，霍光谋害幼主之说，又似乎存有疑惑。

无论是史料，还是将我引入对刘弗陵的关注之中的小说《云中歌》，其中对于刘弗陵的死因皆是模糊的。唯一明确的，是他以二十一岁的年轻帅气之躯，离开人世，葬入我眼前这土丘之中。而我与他最靠近的一次，便是站在那坟冢上，双脚踩在那帝陵之上的黄土之时。那时，我脑中想起了张养浩的那句"宫阙万间都做了土"，而我眼前曾经的陵园、陵邑，如今，能清晰可见的，也只有眼前黄土地中间的这个凸起的土丘。

　　　　往事今生尘飞扬，
　　　　宫阙残垣在身旁，
　　　　你我相隔黄土间，
　　　　往事得失深感叹。

史料中对刘弗陵病况的记载似乎颇为繁多，不知从何时起，他从汉武帝口中的"壮大"变成了体弱多病。《汉书·外戚传》载："光欲皇后擅宠有子，帝时体不安，左右及医皆阿意，言宜禁内，虽宫人使令皆为穷绔，多其带，后宫莫有进者。"《汉书·杜同传》载："昭帝末，寝疾，征天下名医，延年典领方药。"由此可见，汉昭帝体弱多病，似乎是众所周知的事。甚至于《汉书·酷吏列传》中记载了这样一个小故事，说当时有两个商贾，私自囤积办理皇帝丧事所必需的物品，打算在昭帝驾崩后大赚一笔，结果被官吏发现，依法处置。如此看来，昭帝的病似乎早已为世人所知晓，那么他的逝世，或是病体累积之故。但也有人认为，霍光对权力的态度值得怀疑，这对君臣之间究竟有着怎样的微妙关系，也只有睡在墓中的他们自己心知肚明。

这个跟汉惠帝刘盈一样，一辈子生活在别人阴影之中的帝王，他年少登基，却大权旁落，英年早逝。或许有着他父亲的雄才大略，或许一直默默等待，等待着有一天霍光老去，还政于他。但他终是没有等到，最终在苦恼与无奈、不甘与悲愤中含恨而终。两个月后，这座为他修建的陵墓终于达到了霍光希望的样貌，他才得以安葬于此。三十多年之后，他的皇后上官氏也殁在了太皇太后的位子上，继而来到平陵，与他相守。

如今，这两座陵冢已默默相望了两千余年，平陵乡大王村的村民们习惯了这两片麦田中间的土丘，它们俨然成了一个地理标志。种植庄稼的人用它们来表述自家地的位置，它们也为种植庄稼的人守护着那片麦田。这个大汉王朝尊贵的过客，来不及留下自己的子嗣，就匆匆消逝在历史长河之中。他的人生，本应像烟花一般绚烂，但那烟花却来不及完美绽放即被淅沥落下的雨浇灭了，因而落得个连寻常百姓都不如的人生，也因此，令后世之人惋惜慨叹。

人们甚至鲜少提起他，历史总是残酷的，能被它留下的人太过稀少，所以就连那些帝王，许多也消逝在了那长河之中，有的被一笔带过，有的甚至不曾提及。汉昭帝刘弗陵的父皇——汉武帝刘彻的光环太甚，他的丰功伟绩和辉煌人生本为刘弗陵开创了一条平坦光滑的大道，然而刘弗陵却在这条路上走得束手束脚，终于，在半路离去。他的父皇长久地存在于史书、文学作品、影视剧及人们的言谈之中，他的人生却草草落幕，被诸多人遗忘。有人说，父亲太过厉害，儿子必会懦弱，如此说的人拿秦始皇和唐玄宗来做例子，竟让我无言以对。细想之下，此种说法倒都能与刘盈和刘弗陵的人生相契合。只是我，似乎总不喜欢凑热闹，被人们众星捧月般围绕着的人，自己反而觉得添不了什么花，正是在此时，偶然间的一次阅读，使我陷入对刘弗陵的好奇与疼惜中去。

　　我不知沉睡于此的他，是否能感知到曾经有两个女孩在他的身旁走过，喊喊喳喳、窃窃私语，爬上他的坟冢，望着这满目萧瑟，念叨着："宫阙万间都做了土……"

曲江流饮

我是踏着幼薇的脚步来的。

当年,新科及第的李亿就是在这里,以风流倜傥之姿,文采斐然之名,引一众少女脸红心跳,争相抛媚。

公元858年,唐宣宗大中十二年,山西才子李亿状元及第,时节正值上巳,长安城春和日丽,草长莺飞。新科及第的进士们,在发榜之后,纷纷携三五好友,换上新装,前往曲江池庆贺。

这是已然约定俗成的传统,每年的三月初三,科考放榜之后,金榜题名的进士们都会自发前往杏园曲江岸边的亭子中参加曲江大会,即所谓"杏园宴"。

李亿作为状元,这样的庆贺自然是少不了他,况且,长安城的丽人们,都已随着自己的爹爹、兄长,早早地到了这曲江,想要一睹状元郎的风采。

踏着仲春的草色,穿过一座座雕栏玉砌的亭台楼阁,李亿和几位友人终于置身于长安城南这座富丽堂皇的开放式园林之中,眼看这轩榭廊舫绿树环绕、水色明媚,几位文人不禁醉了身心,遂加快脚步,往杏园而去。

这里,早有人为他们备好了美酒佳肴,由于唐朝的兼容与开放,曲江池一带多西域胡商蕃客经营的酒肆,所以这宴会上,自然也少不了以卖酒为生的胡姬的轻歌曼舞了。这酒也便不乏什么高昌的"葡萄酒"、波斯的"龙膏酒"了。"落花踏尽游何处,笑入胡姬酒肆中",胡姬虽美,一饱眼福便好,这些才子们,在宴会中可是还有重要任务的。

每一年的杏园宴,最为重要的一项节目便是号称长安八景之一的"曲江流饮"之乐了。这天,人们最期待的便是新科状元的出场,所以李亿等人来的时候,周围的才子佳人们都将目光投向了他们。

他们也和众进士一样,将备好的美酒放至盘上,放盘于曲水中,让其随水而流。按照古人"曲水流觞"的习俗,酒杯流至谁面前谁就要执杯畅饮,并当场作诗。我们的才子李亿,在这场宴会中,是出尽了风头,每当酒杯停于他前,不过是一饮而尽的工夫,一首好诗便脱口而出,难怪长安城的丽人们要脸红心跳了。

曲江流饮之乐虽美,但天下无不散之筵席,这天,结束了庆贺之后的才子李亿,并没有回客店休息,而是与几位进士一同去了城南的崇真观,准备于观壁题诗留名。殊不知,这天,长安才女鱼幼薇也偷偷来到了崇真观,她看着这些进士们欣羡不已，于是在他们走后，不禁也踮起脚尖，题下一首七绝："云峰满目放春晴，历历银钩指下生。自恨罗衣掩诗句，举头空羡榜中名。"

不料这诗却被返回的李亿看到，自此他对这娟秀的字体和幼薇的名字，念念不忘。

幼薇自然是失落的，她空有满腹才情，却是个女儿身，枉自写得锦绣诗篇，也备受文人推崇，却与功名无缘。满腹的委屈和羡慕让她也拿起笔来，怎料这一题，就是一段千古虐恋。

今日，我踏着幼薇的脚步而来，想要去曲江池畔找寻当年曲江流饮的痕迹，却在芙蓉园外碰到了几株多年不见的合欢树。合欢，合欢，你们的祖先可曾见证了他们的故事呢？

虽说，幼薇和李亿是因为崇真观的题诗结缘，大诗人温庭筠撮合，才结成夫妻，但你又怎知，当年新科及第的进士们在杏园享受曲江流饮之乐时，幼薇就没在一旁偷偷地看着呢？

她如此才华横溢，怎能不向往跟这些进士一样，参加曲江宴会？怎能不向往，在曲水流觞中作诗一首？所以我猜，那日，她定是偷偷躲在一边看着，看着他们将盛了酒杯的盘子放到水中，看着这盘子随着这水弯弯曲曲地流动，停在了一个风流倜傥的才子跟前，他轻轻地端起酒杯一饮而尽，随口吟出一首诗来，这一刹那，幼薇也在心里默默地作了一首诗出来。

　　我在这曲江池畔转悠着，想象着当年新科进士们在这里饮酒作乐的盛况。历经千年，虽说这两畔的亭台楼阁都是重新修建的，但每看到立在水中的亭子，我分明就看到了当年的才子们聚集在这里的身影，听他们吟诵出一首又一首的诗来……

　　"春风得意马蹄疾，一日看尽长安花。"

　　一代一代的文人雅士在这曲水流觞之乐中留下诗作，直到后来，杏园宴逐渐演变为文人雅士们吟诵诗作的文坛聚会。

　　每逢佳节抑或是天朗气清之日，文人们便三五成群相邀曲江池畔，在这明媚的水色陪伴下，或抚琴，或品茗，或论道，当然，这聚会中，必不可少的一项活动，便是曲江流饮了，如此，既饮了美酒，又留下诗作，确实美哉！

　　如今的曲江池已成为人们闲暇时漫步散心之地，有少男少女在池畔的草丛中嬉戏玩乐，有中年男子带着孩子于水边喂食珍禽，有摄影爱好者一动不动地蹲守亭台中，等待抓拍美景美物……我置身于此，与游人无异，在这绿树环绕中，突然听到一首曲子，悠扬婉转，忽而如清风朗月，忽而如大唐雄风，一瞬间，又让人回到了那个繁荣的王朝，回到了曲江流饮的情境之中。

　　恍惚之中仿佛看到城里的皇室贵族、达官显贵纷纷携家眷来此游赏，樽壶酒浆，笙歌画船，宴乐于曲江水上，我不禁心生羡慕，正欲上前讨一杯酒喝，却见一男子将手机递给我，摆着手让帮其与伙伴们拍照一张，这才明白，刚才不过是随着《江上清风游》的曲子，醉了身心罢了。

于是接过手机，将他们的身影记录在这照片之中，镜头下的男男女女都笑容明媚地看着我，身后刻着"曲江池"三个大字的石头，也努力地咧开嘴巴对着我微笑。他们的身影于今时今日留在这曲江池畔，可是幼薇，倘若那个时代也有手机，曲江池畔也定会留下你才情并茂的身影吧？

幼薇，我想，既然你在后来被李亿负了后竖起一帜艳旗，终日于咸宜观和一众才子饮酒作乐，那么那于曲江池畔举行的文人间的聚会，你定也是参加了的，眼前不禁又浮现你被众多才子簇拥着饮酒作诗的场景来……如此，这曲江池的水，这曲江池畔的泥土，可曾留着你的气息呢！

幼薇，我在那草堂寺看到了井吐烟雾，在小雁塔听到了清脆的钟声，如今，我踏着你的脚步，循曲江流饮而来，除却想要探寻这长安八景之一的文人之乐，也想要寻觅大唐女诗人鱼玄机和才子李亿的点滴故事。

夜幕不知不觉垂了下来，该说再见了，我对着这曲江池轻轻一笑，打开手机，搜出这首池畔的音响中循环播放的《江上清风游》，在清雅的乐曲中缓缓离去。

幼薇，我也要去参加文人间的聚会了，步了你的后尘，以文字为生，虽无缘目睹曾经曲江流饮的盛况，但这长安城，向来不缺文人，一代一代，依旧以诗酒茶香为乐。只是，在这酒桌上，我们更多的，是玩玩飞花令、诗词接龙之类的把戏，但这迁客骚人的心情，定是与千年之前的文人雅士们无异的。

告别了曲江池，我便也赴宴而去，与众文友一起，在婉转悠扬的古琴声中，饮一杯美酒，吟一首绝句，沉醉在这酒香与诗香之中。长安城夜色如旧，曲江池绚丽如初，我也仅是过客一个。

天坛问古[1]

一

西安这座城，对于喜好历史之人，真是处处皆惊喜。随处可见的皇城宫殿遗址，随处可见的古墓，因而被网友调侃，地铁是考古队用刷子修出来的，足可见其历史遗迹之多，足可见其历史之厚重。正是因此，走过那么多地方，也曾被东南的大都市所震撼，也曾被西南小城的美景所吸引，西北的广袤、江南的柔情亦会令人唏嘘沉醉，但最后，还是会将西安当作久居之地。这座城的自然环境，许是最没有鲜明特色的。它没有草原，没有大海，没有沙漠戈壁，但它丰富的内在，却是无与伦比的；它深厚的文化和历史，是无可比拟的。也正因此，生活在这座城市的人，言谈之间，总有种发自内心的骄傲。这也许，就是所谓的文化自信。

---

[1] 此天坛为有"天下之一坛"之称的隋唐圜丘，非明清两代帝王祭天所在的北京天坛。

你能想象，每日踏临的土地，曾经都是无比辉煌的存在，每夜安睡之处，曾经亦是某个达官贵戚、历史名流的府邸。你在史书上读他的事迹，知晓他的生平，崇拜不已，殊不知，你周末游玩的地方，亦是他曾经吟诗之处。这座城周边的每一棵上千年的古树都见过帝王将相的雄姿，每一处历史遗迹都曾与他们碰触。如果你不甘于只在书本上读那些故事，不妨出门去感应。正如这隋唐圜丘，就隐于闹市，每日里行人匆匆从它身旁而过，但只需要稍微思索一下，在经过时，稍微那么一想，这个地方便不寻常了，你也便顿时激动起来了。

而我，是专门寻来的。

我在这会展中心，来来往往，也曾驻足过多次，却真的不知，这里竟隐着隋唐二十位皇帝祭天之处。哪怕我一个人，在夏日的午后，粉汗盈盈，于这隋唐长安城天坛遗址转悠半天，将所见所感拍照发于微信朋友圈时，更多的评论皆是问我此为何地。可见，多数在这西安居住之人，并不知晓这一厚重之地。亦是证明，西安遗迹太多，此天坛若放在其他城市，许成了那里的地标也未尝可知。

哪怕是仅有六百年历史的明清两代帝王祭天之处——北京天坛公园，亦成为世界文化遗产，北京标志性建筑之一。而隐藏于我们曾经的长安城正门——明德门东侧九百五十米处的这座距今一千四百余年的隋唐天坛遗址，却在西安诸多遗迹中，不能露出头角，足以见得西安这座城市，文化历史之深厚。人们早已将这些古迹当成生活中的寻常之物，才会在经过时，只匆匆一眼看一看门口那写着"天坛遗址公园"的石壁，又扭头而行。所以，当我搭乘地铁到达会展中心站，再徒步几百米走到那处遗址时，并没有见到一个一同观赏的游客。

即便如此，工作人员依旧严谨地查看着我的身份证，随后，当我收起证件，开始穿过长长的广场，往圜丘而去时，我的内心不禁闪过隋文帝、唐太宗、唐高宗、武则天、唐玄宗等二十位在此举行过祭天仪式的皇帝身影。曾经，这里文武百官云集，皇亲贵戚聚合，一代代天子在此与上天沟通、与上天交流。这里一度是国家至高无上的礼仪重地，只因在我国历史上，祀天对维护皇权统治、增加民族凝聚力、维系国泰民安有着不可替代的作用。正是因此，才足以见得这座隋唐圜丘遗址的重要性。所以，当我徘徊在这往圜丘而去的广场上，听着广场边音响中传出的乐曲时，内心早已按捺不住情绪动荡。那种情绪，可说是心潮澎湃，亦可说是激动不已。

二

离那座圜丘越近，我的心情愈是无法平静。

我是从正南边靠近它的。古人认为，南为乾位，太阳光照时间较长，属阳，所以祭天必须在帝都的南郊。因而，隋唐的圜丘，便建在了长安城郭的南边，如今的陕西师范大学南院。

静卧在我眼前的是一座高八米的圆台。圆台分四层，皆为素土夯筑，台壁和台面用黄泥抹平。此外，所有外露部分又都涂抹了一层和有谷壳、秸秆的白灰面，从而使这皇帝祭天之建筑洁白大方，更显庄严。圆台周围，向外辐射十二条上台的阶道，即所谓"十二陛"。此十二陛，大约象征着唐人心中的十二时辰，它们均匀地分布在圆坛四周，明晰可见。其面南的午陛看起来宽于其他十一陛，便是皇帝登坛的阶道。而我，是由南向北，顺时针围绕圜丘转了两圈。第一圈，是观察这十二陛以及周围所立的有关古人祭天仪式的解说文字。第二圈，则是研读圜丘外围，一些立着的指示牌上关于圜丘的介绍。众所周知，北京的天坛有三层，高五点四米，四面有台阶，如此，相较而言，西安天坛的设置更符合周礼礼制，加之其历史悠久，价值可见。

而"天子祭天"的礼仪即源于西周，只是专门建造天坛则始于西汉。当然，古时的天坛称为圜丘，明清后才渐渐以"天坛"为名。古人认为天圆地方，所以建造一圆形土丘来象征天。作为天子的皇帝，极为重视祭天这种与天交流的礼仪。每年冬至时节，即国家盛大的祭天之日。在此之前的七日，皇帝与参加祭祀的官员便要开始沐浴斋戒，洁身静心，杜绝房事。与此同时，司礼官要安排好一系列烦琐的准备工作。到了冬至之日，皇帝天不亮时便要起床，被大臣、护卫簇拥，从长安城北的寝宫沿朱雀大街往南出明德门后东拐，历经两个时辰，抵达圜丘，此所谓"銮驾出宫"。此行达万人之势，仪仗盛大，人马浩荡，颇为壮观，仅是想想，已然感受到其中氛围。

到达圜丘后，鼓乐、大臣诸人员各就各位，皇帝按照司礼大臣的指引登坛，开始进行奠玉帛等祭天环节。其实从祭天前的准备起，整个祭天礼仪大致有斋戒、陈设、省牲器、銮驾出宫、奠玉帛、进熟、銮驾回宫等环节，其中进熟时，又有赐胙、燎祭等环节。即将献给上天的肉品分赐给参祭者享用，这于当时来说，是莫大的福分与荣耀。其后，太常卿奏唱"望燎"。众祭官将进献给上天的牺牲、玉帛等，置于燔燎炉中，举火焚烧。所祭之物化为烟气，升腾至天空，以让天帝和诸神享用，从而表达人们对于上天滋润、哺育万物的感恩之情，同时祈求上天福佑，使得王朝稳固、国泰民安、百姓富足。此仪式后，鼓乐响起，皇帝下坛，銮驾回宫。

如今，置身这荒废许久的圜丘，激动之余，难免遗憾。心里想着那一千多年前大唐天子们在这里登上坛顶的壮观景象，唐太宗、武则天等二十位帝王的雄姿现于眼前，多少英雄、豪士就这么随着岁月流逝，消逝在这历史的长河中。唯有这圜丘，虽破败，虽落寞，虽荒芜，却至少还有一副千余年的残躯。厚重、古老、沧桑……令人惋惜，令人崇敬。如今，这圜丘置身于陕西师范大学南院，南侧有偌大的广场，想要前往圜丘，便须得一步一步静静地、慢慢地穿过这广场。也许这，是遗址保护的专家，想要让我们在靠近圜丘之时，放空心灵，以虔诚之心、敬仰之态仰视它，靠近它。据说唐时，以天坛为中心，方圆一百五十米范围内都不允许有任何建筑存在，故而皇帝祭天之时，站在坛顶，长安城和关中沃野便尽收眼底。而当皇帝于"昊天上帝"的牌位前奉上祭品，为国家的繁荣昌盛祈福之时，天坛的每一阶上都站着礼部的官员，且他们站立的位置都有一定的讲究。只是对此，我不大懂得，倒是听说天坛以外亦设有三道环形的矮墙，将圜丘层层围住。如此，祭天之时，除皇帝和重要大臣外，其余人是不得进入内墙的。唐以前，女性亦不能参加祭天仪式，直待唐朝，有了皇后参与祭天的首例，圜丘周围才有了女性的身影。当然，武则天在位时亦于天册万岁元年（695）和长安二年（702）前往南郊祭天，当时辉煌盛大之景象，稍加想象，脑海中便可浮现。

如今，炎炎夏日，千余年后，竟只我一人在这圜丘周围，静静地转，静静地看，静静地用手机镜头去记录。曾经百姓无缘的神圣之处，名副其实的"天下第一坛"，而今在这闹市之中、高楼大厦之侧，垂眉低首、默默伫立。旧日的辉煌不在，它只能拖着这千岁之躯去证明那些帝王的存在。而这期间，它甚至一度被荒草掩埋，不见天日。

三

1999年之前，西安城南、明德门东侧的这片土地杂草丛生，尽管早在1957年，天坛遗址就被列为陕西省文物保护单位，但隋唐圜丘依旧掩埋在杂草废墟之中千年之久。公元904年，梁太祖朱温逼迫唐昭宗迁都洛阳，并将长安城毁于一旦，伴随唐王朝多位帝王的圜丘也自此沉寂在历史长河之中。

或许只有另逢盛世，它才会重现于世。1988年陕西师范大学征用了这块遗址所在地，这许是隋唐圜丘重新展露身姿的契机。到了1999年3月，中国社科院考古研究所一研究员主持清理发掘了此天坛遗址。自此，沉寂千年的老者，从史书上走出，重现于人们眼前。此次发掘面积达四千八百平方米，清理出了残存的台壁根部，破解了唐代圜丘基本形制，虽然黄土建筑的坛体当时已然坍塌，但整体较为完整。

正是此次隋唐天坛遗址的发掘，鉴定了此天坛的地位。从时间上来说，这是中国现存最早的皇帝祭天礼仪建筑，始建于隋文帝开皇十年（590），迄今已一千四百多年。从隋初到唐末，此圜丘沿用了三百一十四年，隋唐两朝二十位皇帝在此进行过祭天仪式。从建筑形式上来看，此圜丘共四层、高八米，周围十二面有台阶，较之北京天坛共三层、高五点四米，四面台阶来说，实属"大哥"。如此，既是长者，又是强者，自然更受敬仰。"天下第一坛"这称呼，也当之无愧。

随着隋唐天坛遗址的发掘，逐渐而来的便是保护政策。1999年5月，考古研究所决定对圜丘遗址进行回填封土等待保护方案。直待2003年前后，西安文物局组织，对此遗址实施了保护工程。而今，距这次保护工程也已过去近二十年，我到达天坛遗址时，虽无游人，却见圜丘之上，几位工人正在进行修葺工作。可见，这些年，对于天坛遗址，政府也是不断保护、不断修缮的。只有如此，天坛遗址，才会长长久久地留存，被后世之人瞻仰。更重要的它是唐代祭天礼仪的实物证据，对我们研究中国礼仪制度的演变具有非凡价值。

当然，我亦希望，它能被更多之人所知晓。在蜂拥而至游览北京天坛之时，能够想到，在西安，尚有一比北京天坛早近千年的帝王祭天之处。这里是大唐盛世时，历史上那些著名君王的祭天之所。唐太宗、武则天、唐玄宗……每个都是熟悉的、令人敬畏的天子，而这里，有他们曾经的辉煌，有他们对上天的祈愿，有他们霸气威严的身影。当然，作为生活在这里的人们，更应该了解它，敬畏它，以它为荣。

游郑国渠记

> 田于何所？池阳谷口。
>
> 郑国在前，白渠起后。
>
> 举臿为云，决渠为雨。
>
> 水流灶下，鱼跃入釜。
>
> 泾水一石，其泥数斗。
>
> 且溉且粪，长我禾黍。
>
> 衣食京师，亿万之口。
>
> ——《郑白渠歌》

往郑国渠而行的路上，我的脑海中即一遍遍回响着这首曾被百姓们传唱的歌谣。眼前似乎浮现出几个古代孩童在街巷互相追逐、嬉闹的身影来，他们嘴中喊的，正是这民间传颂的词。他们或许并不知这词的真正含义，只是它传得太久，传得太远，便成了他们这些孩童的口头禅。

而今，这令关中成为沃野，再无饥年，秦国粮食充足、国家昌盛的郑国渠,许不抵它当年之荣耀与作用,也鲜少再被人于街头传颂。但它横亘在那里,以蜿蜒浑厚之姿,上千年之龄,引人入胜。于是,带着崇敬,我来了,在人潮拥挤的5月初,想要一睹它的雄壮身姿。

要说起来,其实很少在假期出游,一来平日里自由,想去的地方随时都能动身;二来不愿去挤那人潮。这一次,许是今年的雨季太长,过了春节,这雨就断断续续不见停歇,这天就阴阴沉沉不见光亮,这人也蔫了吧唧不见精神。到"五一"时,天一下子晴了,久违的太阳终于突破层层云雾亮堂堂地挂在了天边,人的心情也一下子舒朗了,原本是不在假期出游的我,也禁不住压抑许久的心,禁不住郑国渠的诱惑,萌生了去探寻的想法。于是在"五一"假期的第一天,驱车来到了泾阳,也凑了一次热闹。

在景区入口处换乘上大巴后,郑国渠之游便正式开始了,这一腔热血也跟着被点燃了。静静地将头贴在车窗上,双眼紧盯着那窗外的风景,生怕错过了一丝与历史碰触的机会。恍惚间又仿佛回到古时,这乘着的大巴车变成了奔驰的马车,人在这马车内摇摇晃晃,看周围百姓凿修郑国渠。他们身着粗布交领长衫,头巾随意挽着发髻,或背石,或凿土,日复一日,年复一年,终于将那泾水注入洛水,修成了长达一百五十余公里的郑国渠。虽说这修渠一事本源于韩国的一场消耗秦国国力的计谋,但渠成却反而使秦国成为富庶之邦。受韩国国君之命去游说秦国修渠,借以耗秦人力资财的水利专家郑国,却受到秦王政的谅解,并以他的名为这条渠命名,如此也可见我秦人之大气。虽说这车内挤挤攘攘,喧闹不止,可我的思绪却一直伴随着窗外的山水游走于历史的长河之中。大巴车沿着山路盘旋而上,忽而进入一狭长的隧道,眼前一黑,又以为这是那穿越时光的隧道,隧道这头是现今,那头就是两千多年前的秦国了。孩子们遂也跟着开心地叫喊起来,有的还搭上了话,那游戏中的人物、动漫中的仙子就成了他们口中随时可能会出现在这隧道的对象。看着他们,我倒也乐了。

如此前前后后在那泾河大峡谷间穿越了有三个隧道,又蜿蜒着向上行进了一会儿,终于来到了第一处景点。下车之后,见一瀑布挂于眼前,溅起的水花和雾气落在身上,顿觉清爽起来。瀑布名龙须、龙涎瀑,原是两级瀑布一脉而成,只见那水幕从山间岩石缝中倾泻而下,落入山底河谷,水花四溅,引得游人纷纷凑到跟前去寻求凉爽。那瀑布正前方和右侧各有一山洞,正前方的山洞内有壁画、木桥、星空、假树、水及游鱼,山洞最深处还有一发光的大地球仪,周边围了些许俊男靓女正比画着拍照。吸引我的是那墙壁上的绘画,大约是"柳毅传书""魏徵斩龙王"这样的民间故事,倒使我看得入神起来,不觉间竟和家人拉开了距离,被人潮挤在了后边,我便也无意追赶,只认真地看这墙壁上的绘画。瀑布右侧的山洞人工挖凿的痕迹明显，只有入口处设了些秋千、滑梯之类的游玩设施，再往里走，便有"施工重地，不许进入"的标语，我们于是退了回来，准备乘车前往下一站。

未料这排队之人竟如此之多，熙熙攘攘，弯曲着绕着整个景区站了一圈。那唯一的商店门口，也被挤得严严实实。排了一阵队后，我们的嗓子便冒烟一般干渴难耐，只得派出一人去商店排队购水和冰棍等物，留一人继续排队等车。大约一小时后，买水的人才流着汗黑着脸从商店挤出来，排队的人早已晒得蔫了下来，拿起水瓶，咕咚咕咚就一饮而尽。原本在景区入口处即已排了一小时的队才搭乘上大巴车到了这第一个景点，如今又在这儿排上了队，大家便纷纷抱怨着不该在假期出来，那景色的美都被排队的累消磨完了。而后强撑着困倦，又不忍就那样返程，只得在太阳底下又挪了两个多小时，这才挪到了队伍前头，直待终于乘上开往另一站的大巴时，一看时间，竟已下午七点了。

游人们许是太累了，上车后竟不想再动弹，便央求着司机师傅直接将车开到了最后一站，又恰好趁车行进时休息了一会儿，这才慢悠悠地下了车，到了那文泾湖休闲度假区。据说唐太宗曾于此修建山庄，游船欣赏泾河。眼前这幽谷深峡，一川碧水，加上那悬崖峭壁，倒真是令已略恢复体力的游客又有了劲头。孩子也欣喜地喊叫着要去乘船，我于是坐在岸边的凉亭里,说是等待他们,不过也是想要安静地遐想一会儿。

就这样在那凉亭中,看着乘快艇游走在泾河大峡谷的家人,思绪又不觉回到了过去。只见那泾河之水清澈碧绿,在夕阳下波光粼粼;那两侧的山川则绵延起伏,长满了杂草小树。忽地就想起曾经在天山游湖的景象来,那排队几小时的烦躁终于淡了许多。孩子们倒全然不顾这些琐事,只一味沉浸在坐快艇的乐趣中,风呼啸着从耳边吹过,他们不知自己和古人看的是同样的景。而那些正乘船在山间穿梭的大人们,不知道有没有人会想起郑国渠的历史,想起泾河的过去。

《史记·郑国渠》载:"韩闻秦之好兴事,欲罢之,毋令东伐,乃使水工郑国间说秦,令凿泾水自中山西邸瓠口为渠,并北山东注洛三百余里,欲以溉田。中作而觉,秦欲杀郑国。郑国曰:'始臣为间,然渠成亦秦之利也。'秦以为然,卒使就渠。渠就,用注填阏之水,溉泽卤之地四万余顷,收皆亩一钟。于是关中为沃野,无凶年。秦以富强,卒并诸侯,因命曰郑国渠。"也就是说韩国派水利专家郑国游说秦国,让秦开凿泾水,修一河渠注入洛水,用以灌溉田地,实则不过是想使秦国力疲惫,无力向东征伐韩国而已。却没想渠修成后,灌溉盐碱地四万多顷,关中田地皆成为肥沃之地,秦从此富强起来,最终倒有助于它吞并那些诸侯国。所以这世间之事，倒真是难料，谁知那祸中是否会有福，那福中又是否有祸呢？

　　我在这凉亭中任思绪随意游走着，旁边一家人忽然吸引了我的目光，他们打开带着的汉堡、薯条、炸鸡等食物，分给几个小孩子，言说是终于满足了在山顶吃肯德基的愿望。我竟也被这其乐融融之氛围惹得欣慰一笑，这里如今已感觉不到当日秦国的气息，秦始皇也不知，他统一六国之后，到了秦二世就亡国了。如今，历经无数朝代，这里已成了旅游景点，又申遗成功成为世界灌溉工程遗产，成了人们探寻历史、放松身心之地。看着吃肯德基的他们，我想，我也终于实现了我探寻郑国渠的愿望。

昆明池畔等风来

都说长安遍地是古物，处处皆历史，那郊外游玩之地，往往也是古代皇亲贵戚、文人雅士春日赏景抑或夏日纳凉之处。如昆明池，虽说开凿之初是为了让将士们练习水上作战，久而久之，也成了汉代乃至其后的游玩圣地。如今修葺一番，历史与现代相融合，又成了西安人民周末散心的一个好去处，我也在偶尔得闲时，携家带口去过那么一两次。今日为这一篇文，午饭后不顾炎热，又驱车而去，只是这一次，不再只被风光所吸引，多的是探寻与思考。

夏日的骄阳似展露自己的雄风一般，霸气威严地悬在头顶，炎热从四周包裹着侵袭而来。一下车，先被树荫下几个闲话的老人吸引了目光。他们显然是在这里干些力气活的当地村民，许是吃完午饭后，在这树荫下小憩一会儿，只是经过时，无意间听见他们嘴里谈论的却是国际形势，遂驻足听了一会儿。见一老人，头戴草帽，手拿水杯，嘴里说得头头是道，那各个国家的形势便随着他那嘴的一张一合道出来，周围几人则连连点头表示赞同。我看得有趣,不由想起汉朝时,汉武帝与众大臣一同商议西域各国或边陲之地的形势的情景来。他们开通天竺国的贸易之路,被南方的昆明国所阻隔,于是决定讨伐这昆明国。为了使将士们习惯于水战,便于元狩三年(前120)开凿了类似昆明国滇池的昆明池,并修造有阁楼的大型战船,以训练士兵的水上作战能力。两千多年以后,又逢盛世,在汉武帝当年建造的这昆明池,几位老人同样谈论着国际形势。我不觉笑了笑,一抬头,眼前正好现出那"楼船水师"的雕塑,两千年前的汉武帝,正霸气凛然地站立于一战船上,那恢宏威武的气势,瞬间令人想要往后退去。

这战船立于一人造池中,池中凸起处有水源源不断地流下来,战船底部正是落于这凸起处。船身富丽堂皇,外围有将士和战马守护,尾部有一古代高楼,楼上每层都有将士驻守,船前站立的便是霸气威严的汉武帝。这雕塑,显然真实地再现了当日"楼船水师"的气势。据说汉武帝当时开凿昆明池后,遂组建一支拥有大中小各类战船的"超级海军",这便是赫赫有名的西汉"楼船水师"。《汉书》有载:"治楼船,高十余丈,旗帜加其上,甚壮。"正是因为有了这昆明池,有了这"楼船水师",才解决了水战的阻碍。汉军征伐"西南夷"因而由被动变成了主动。元封二年(前109),武帝派将军郭昌入滇,先征服滇池东北方的几个部落,然后大兵临滇。滇人见大势已去,不得不降服于汉朝。

如今,这"楼船水师"的景象再现,大汉雄风也在这高耸入云的雕像中尽显。抬头观望,周围一切皆消失在视野中,只有汉武帝的雕像立于蓝天白云之下,高大威武,天子之气息,果然令人震撼。

从雕塑处往里走,见一些商户立于道路两侧,其中一家云汉书店,之前因一作家朋友邀约,来此参加过他的新书分享活动,稍有些印象。其他店铺,则是一些茶楼、咖啡馆,以及同盛祥、西安饭庄等老字号的分店。在这里喝了一杯冷饮稍作停歇,待身上有了凉爽之意后,又往前走去。只是看着这里的景致,不由得后悔自己没有穿汉服出来。否则,定是能拍摄一些好的照片。

这昆明池本是公元前120年,在上林苑,周、秦皇家沼池的基础上,扩建兴建而成的我国历史上第一座大型人工湖泊,后演变为游览胜地。开凿之初,池中岛上和四周岸边修建了许多离宫别馆,其雕梁画栋,金碧辉煌。池东岸设有豫章台,用以观赏昆明池水波浩渺之景,以及宫女在水中嬉戏、歌舞,水军乘楼船演练武艺之象。池中则雕有巨大石鲸,两岸刻置牛郎、织女,以象征天河。两千多年来,象征牛郎和织女的石雕隔昆明池遥遥相望,见证了它的盛衰。由于牛郎织女传说起源于此,加之当地七夕文化源远流长,因此,如今的昆明池景区在规划和建设中,大量融入了七夕与爱情主题，故称作"七夕公园"。

  昆明池七夕公园当然有诸多以"七夕"为元素的建筑，不过这园内也有许多汉代古物，罩于玻璃中，置于园区内。因此，每隔一段距离就能发现一玻璃柜，其中放置有汉代的陶马头、木翻车模型、青铜钟等物，让人游走于其间，心却时时挂念两千年前的那个王朝。我在这幻想与感应中，不知不觉间来到那七夕湖。七夕湖上建有鹊桥，鹊桥两端皆有木制长廊连接，廊上各有一凉亭，一曰"落雁"，一曰"留仙"。从长廊一端进入，便立于湖中，两边皆是一望无际的湖水，湖中有游鱼、天鹅等物，更有水草等植物清晰可见，由此也可见湖水之清澈。长廊边皆是五颜六色的花朵，踏在木质结构的长廊上，脚下发出咯吱咯吱的声音，廊上又有隐藏的音响，放着清雅的音乐。我试着用手机"摇一摇"搜索了一下，原是一首英文曲，名 *Lotus Pond*，本想着这历史底蕴深厚之地，放一英文曲岂不奇怪？但如今盛世，况这昆明池于唐朝时也是著名的游览胜地，唐王朝那般包容开放，长安城本就有各国之人往来，所以这昆明池，比我们是更早接触外来文化的了。况且这曲子清雅无比，在这宛若仙境的湖畔，听到如此轻快之曲，却也惬意。站在鹊桥一侧的长廊上远远望去，除盈盈一片清澈无边的湖水外，恰好能看到湖中那六孔石桥与另一侧的长廊，在水面泛起的烟雾中，在蓝天的映照下，诗意盎然。

沿着长廊往前走,便到了第一个凉亭"落雁"处。亭外有一对联,上联曰"坐看绮霞流绚烂",下联曰"恍闻紫塞响琵琶"。凉亭内有一些累了的游客坐在其中短暂休憩。穿过凉亭只消在长廊上走几步便到了鹊桥处,鹊桥为六孔石桥,通体呈白色,两侧雕刻有形态各异的喜鹊。踏上鹊桥,往上登时,桥高处,正好映于蓝天之下,恍惚间以为这桥就架在空中,而人正处于天宫之中,那水面泛起的雾气,正好像那天上的云雾,让人一下子就醉了。桥边的柳树在风中微微摇荡,扒在桥边往下望去,水中游鱼和水草清晰可见,不由得想起柳宗元《小石潭记》中"潭中鱼可百许头,皆若空游无所依"的景象来。

穿越石桥,又是另一段长廊,长廊中亦有一亭,曰"留仙",两侧亦有联,上联曰"羽人曳帔乘风舞",下联曰"骚客吟诗携酒来"。这不由得又令人想起古代的文人雅士来,也是这样的夏日,他们或携好友,或领家眷,乘马车摇摇晃晃至这昆明池郊游纳凉。池面波光粼粼,水天一色,池中石鲸活灵活现,牵牛与织女石像隔池而望,他们不由得感慨万千,一首诗词应运而生。唐代宋之问就有"春豫灵池会,沧波帐殿开。舟凌石鲸度,槎拂斗牛回"这样的诗句。童汉卿亦有诗《昆明池织女石》曰:"一片昆明石,千秋织女名。见人虚脉脉,临水更盈盈。"再看这七夕湖上停留着各类船只供游人乘船游湖,想来在那船上,定有微风轻抚脸庞，吹起鬓边的发丝，若穿上汉服，乘着小舟，在湖中慢慢地游荡，必是心旷神怡。

不知不觉就穿过鹊桥另一侧的长廊到了岸边，那岸边似是一小码头，聚集着各类游船，又生长着许多芦苇，芦苇丛中有鸭惬意觅食。离开七夕湖后，见一似船的建筑物立在空地，原是一购物吃饭之地。我赞叹着这样的创意，眼前不禁又浮现一组雕像。这雕像，底部似是一圆月，上有石头垒成的云，云上立的即是牵着牛的牛郎与飞舞在空中的织女。雕像底部亦在一水池中，池中有一些小喷泉，水雾缭绕，将这雕塑环抱其中，又有在天宫之感。

因着急离开，便没有仔细观察那景区内有关二十六婚的雕塑与解说，只是穿越一片休闲娱乐区，来到一处安静的树林。林内法国梧桐、白杨、松树、冬青、君子兰等植物错落有致。因没有设什么景点，所以无游人至此，倒显得安静清幽许多。除却声声鸟鸣，剩下的就只有我们脚底下隐隐约约的沙沙之音，以及那树木在微风中荡漾的欢快之音。在这林间，一时间凉快舒爽得竟有些不舍离去，于是靠着那树，拍下几张唯美的照片，而后，带着回忆，依依不舍地来到了停车场。

昆明池于汉开凿后，慢慢又兼具了旅游、蓄洪、养鱼和航运等多种功能。据史书记载，当时水面上有船楼、戈船几百艘，兵器林立，云帆蔽日。至唐开元年间，昆明池依旧烟波浩渺，成为京城长安著名的游览胜地。至晚唐后，慢慢地干涸。到如今，又被重新开发，能够有机会踏足古代文人墨客游玩之地，实在欣喜。我在这昆明池畔乘兴而游，一边想象着它当年的繁盛，一边等待那吹拂过古人的微风轻轻抚过我的脸庞，从而带来他们的气息。那微风中，似有音律，有诗词，有将士们的呼喊声，有小娘子们的欢笑。或许，它也将留存我的气息，再长长久久地传下去，直至多年以后，又轻轻地抚过另一人的脸庞。

柏灵帝灵

一

柏依山而立，帝傍柏而眠，柏灵悠悠，帝灵昭昭，柏灵帝灵，福泽万代。

帝灵在柏。我如此思索着，只因这柏实在太过厚重伟岸。黄帝手植，天下唯此一株，有这殊荣傍身，怎么着它也有俯仰天地的资本。内心便将旁边石刻上那头戴天子冠冕，身着褒衣博带，侧身回望，双手上扬，模样年轻而富有朝气的轩辕黄帝，与眼前这参天之伟、雄壮之姿的古柏融为一体。心下想着他当年，如何获得一棵树的幼苗，如何带领先民小心翼翼凿坑浇水，填土固苗；而后，欣喜地，满足地看着这棵树露出笑容。

五千年后，我站在这棵有"世界柏树之父""中华百棵名树之首"之称的黄帝手植古柏前，抬头仰望它粗壮古老、纵横交错的枝干，葱郁奇丽的样貌，第一次，感觉到和先祖有了牵染。这牵染,不是每年清明时分祭拜时的寻根问祖之情,不是手捧书卷研读历史时的激动之心,而是,我触摸的这棵树,是你曾经触摸过的,切肤之感。

来到黄陵,首先让我触动的,是一棵树。

当然,我们中国人讲门户,每个人都有自己的出生背景,树也如此。为一棵树所触动,不仅因为它生长在桥山之畔,黄陵之周,更因为它沧桑的枝干写满了中华文明的历史。似乎是观察它,就能看到过去五千年的光景。自黄帝栽种它起,一代代人从它身旁走过,有羽扇纶巾的英雄指点江山;有步履蹒跚的老者乞衣讨食;更有护陵人,起早贪黑守护黄陵,也守护古柏。可想来,这帝灵与柏灵该已融为一体了。所以我说,帝灵在柏,看柏,就是看帝。

《史记·五帝本纪》载:"黄帝者,少典之子,姓公孙,名曰轩辕。生而神灵,弱而能言,幼而徇齐,长而敦敏,成而聪明。"

黄帝原为部落首领,后败炎帝于阪泉,与九黎族首领蚩尤战于涿鹿,击杀蚩尤,又北逐荤粥,遂被各部落尊为联盟首领。因他有土德之瑞,因而号黄帝。传说黄帝时期,生机勃发,黄帝带领先民们兴农事、凿水井、造斧甑、驯牛马、制衣裳、促陶业、铸造铜器、创文字、画图像、做音乐、定律历。黄帝时代,发明创造甚多,成就辉煌宏大,使得中国跻身"世界四大文明古国"之列,而他,也被尊为中华民族的祖先。百年之后，死于荆山，葬于上郡桥山，即现今之黄陵，从而使黄陵成为后世万代上至朝野下至百姓祭祖寻根之地。

来黄陵自然是谦卑的。以浅薄渺小之姿，点燃香火，举过头顶，行鞠躬祭拜之礼，同时内心默念：愿先祖庇佑，后世吉祥。

祭拜过后，我却被这漫山的古柏所吸引。黄帝陵周围尽是参天古柏，如若是在旧时，不设标志指引，只一外地人茫然闯入，会以为进入了什么原始柏林。但见柏树成群，互相对望，郁郁葱葱，不知相伴多少年。我猜想，看着我们这些后人从树下经过，它们一定用我们听不懂的语言，也互相交流着："今天这些人，倒看着文气……咳……"

边走边用手触摸着这些古柏的身姿，都说树是有灵气的，那么我想，它是会感受到的。千百年来，世世代代的人们从这里走过，它们都看在眼里，满目温柔。带领我们的导游说，这里生长着我国最大的古柏群，算下来，该有八万三千多株，仅千年以上的就超三万株。而其中最古老的，当属轩辕黄帝亲手所植的那棵侧柏。此树高二十一米、树干下围十一米，为黄陵群柏之冠，也是我国最古老的柏树，距今已五千余年。

于是，我的全部心思都被这有着五千年树龄的黄帝手植古柏所吸引，似乎是望眼欲穿般在这柏树林搜索着它的身影,却是未见。

原以为要失望而归了,转而下坡后来到轩辕庙内,但见院内有一围栏围起来之参天巨树,树干粗壮,树枝像蛟龙盘绕在空中,叶则层层密密,繁盛无比,给人老当益壮之感。树旁立一碑亭,内嵌石碑一方,上书:"此柏高五十八市尺,下围三十一市尺,中围十九市尺,上围六市尺,为群柏之冠。相传是轩辕黄帝手植,距今约有五千余年。谚云:'七搂八拃半,疙里疙瘩不上算',即指此柏。"当下激动不已,默默注视,思绪万千,心早已被栽种此树的黄帝所牵,飞到了几千年之前。

便是在那里,想到了柏灵和帝灵的。再拿出手机拍照,却怎么也装不下它高大的身姿时,我想,它一定在笑我吧。它一定跟黄帝一起在笑我,笑我这个瘦小的丫头,竟然想用掌中之物,装下它们的身姿。

二

柏为正气、长寿之木,斗寒傲雪、坚毅挺拔。自古陵园多植柏,除却人们认为柏树可以避邪,寄托让死者"长眠不朽"的美好愿望外,还源于一民间传说。据传古有一种恶兽,名叫魍魉,喜盗食尸体和肝脏,每至深夜,就出来挖掘坟墓取食。此兽灵活,行迹迅速,神出鬼没,百姓防不胜防。但其性畏虎怕柏，所以古人为避这种恶兽，常在墓地立石虎、植柏树。这或许也是我们自幼见到柏树多在墓旁的缘由。

但柏终归是不畏严寒、正义不朽的象征，人们喜爱它。苏轼诗云"故园多珍木，翠柏如蒲苇"，又有刘向《说苑》曰"草木秋死，松柏独在"，可见其生命力。柏树之美，与松树一般"连林人不觉，独树众乃奇"。

更何况眼前的这株树，如此奇丽、厚重、珍贵而令人尊崇。难免不让人心生联想，难免不让人生怀古之幽思。于是我开始想象黄帝栽种它时的种种。

传说黄帝战胜蚩尤后，便建立了部落联盟，定居于桥山。而后发现此地居民或栖居于树，或与兽同穴，过着既原始又危险的生活。为了改变这种状况，黄帝于是和几位大臣商议，教化桥山百姓离开树枝和洞穴，在临水靠山的半坡上砍树造屋而居，又把这桥山改名为桥国。

从那以后，此地的人们不但生活方便，而且躲避了野兽的伤害，过上相对安逸的日子。可是，没过多久，这些不懂破坏森林资源会带来危害的群民们开始乱砍滥伐树木，桥山周围也因此很快便光秃秃一片了。这一切，黄帝和大臣们看在眼里，急在心里，可连他们明令禁止砍伐的珍贵树种都未能幸免于难。正在大臣们为此担忧之时，一场暴雨袭来，伴随而至的是猛兽一般的洪水。就这样，洪水肆虐，将几十个居民和黄帝得力的大臣共鼓、货狄等人卷走。黄帝因此悲痛万分。

待雨过天晴后，他便亲自带领大臣们上山查看。只见凡是树林被砍光了的山崦，别说挡不住水，连地上的草也被冲刷得一干二净。看见满山遍野皆是洪水过后留下的沟沟洼洼，黄帝当下决定带领人们保护林木资源。于是，他动之以情，晓之以理，劝导人们今后再不许乱砍树木。

因他深知，如若再这般无节制地砍伐下去，桥国将失去树林，野兽们也将无处藏身。届时，他们不仅无法取暖饮食，更会面临各种危险。于是，他动员人们随他一起上山栽树种草。

我不知那棵柏树的幼苗从何而来，又或许，他只是埋下一粒种子。这种子，许是风刮来的，许是神鸟衔来的。总之，栽树那日，黄帝亲手植下了这株柏。他身着布衣，满目柔情地看着自己的子民们跑前跑后，挖坑种树，填土浇水……露出欣慰的笑容。不几年，桥国的山山崦崦便林草茂密，一片葱绿。人们感激黄帝，因而更加爱戴他。此后，植树造林也成了中华民族的一个优良传统，世世代代一直延续至今。

看着眼前的这株巨柏，抚摸着它粗壮的树干，内心想象着那样的故事，那些种树的细节，仿佛，我便是当时先民中的一员，仿佛，我几千年前也曾在这桥山居住。抬头仰望它盘亘的树枝，在蓝天的映衬下，雄壮、威严。秋日的阳光正透过那树枝的缝隙洒在我的脸上，那般温暖，那般柔情，心中不免升腾起一种奇妙的感觉。

据说黄帝后来乘龙升天，飞经桥国上空时，徘徊不走。后特意让巨龙停下，再看一眼自己亲手栽种的那棵柏树。临行时，又随手将人们送给他的干肉块扔下来，落在此柏上。此柏树干上生长着的二十四个疙瘩，便是黄帝扔下的肉块所变。许是我太过激动，在此树前默站了许久，思绪飘荡了一阵后，恍惚间见众人已离去，便匆匆追赶。倒没怎么仔细辨认那树干上的疙瘩，只是这树的身姿，却一直在心中，久久不能抹去……

随后，又见到了另外两棵有着传奇故事的古柏——守卫在人文初祖大殿前的挂甲柏，相传因汉武帝祭祀黄帝时曾在此树悬挂铠甲而得名。树干上天然而生的钉孔状洞孔错落有致、序列奇特，每逢清明、重阳，洞孔内时常有晶莹闪亮的柏脂流出，尤为壮观，挂甲柏因此也被称为"中华奇柏"。而更令人叹为观止的是，在黄帝陵陵冢正北方向的盘龙岗上，左右两侧分别耸立着一株奇柏，树身上下，几无片叶，树干盘旋而上，直入云霄，形似兽角，看似枯朽而不死，极为神奇，又因其位置恰在陵冢背后两侧，故被称作"龙角柏"。

我本就对树有着特殊的情感。幼年时看韩剧《蓝色生死恋》，女主人公总说来世要做一棵树；少年时读三毛，亦说"如果有来生，要做一棵树，站成永恒"；如今读师友罗伟章先生的《木叶春秋》，言说"闲下无事的时候，我也会想一想来生最好变成什么。因为喜欢绿色，喜欢那种单纯简朴不事张扬的格调，我想最好还是变成一棵树吧，但我一定要做乡间的树……"而我，也曾将去世的宠物埋到一棵树下，期待来年它化为这树上的一朵花，一粒果子。我们人类似乎总喜欢将情愫寄托于树，谚语有"前人栽树，后人乘凉"之说，管子有"十年树木，百年树人"之见；鲁迅先生原名周树人，可见旧时人们将培养孩童与种树看作同理。

所以我想，要给这个世界留下些什么自己来过的印记的话，莫过于种一棵树最为直接。去年去凤翔东湖见一柳树旁立一石碑，上刻"林则徐手植柳"。西安一到秋季就吸引众人纷纷前往观看的古观音禅寺内的银杏树，传言即为唐太宗所植。他们种下一粒种子或是一株幼苗，十年、百年，甚至千年后，这些树还在替他们看着这个世界，谁又能说这些树上没有他们的记忆呢？

所以才有那么多的人来世想做一棵树吧。想想也是，树多好，像这五千年之柏，高大之姿，看世间红尘纷争不断，超然在上，神仙一般。如果有来世，我亦想做一棵树。像周公庙门前的古槐，像古观音禅寺的银杏，像这棵黄帝栽种的柏树。黄帝走时，舍不得这柏树，观望半天，留下那二十四个疙瘩。每一个定是暗含一个锦囊妙计，而这棵树定是带着黄帝的旨意，替他守护万民，替他庇佑子孙后代，承载着他最初的愿景。

三

历代守陵人，亦是守林人。

桥国的先民们在黄帝走后，一直守着这一方土地繁衍生息。他们怀念黄帝，只能将这爱化为无言的守护。守护祖陵，也守护这些先民们种下的林木。一辈辈人接过上一代手中传下来的接力棒，义无反顾、日复一日守着这个地方。朝代在变，统治者在变，他们的生活方式在变，唯一不变的，是守陵护林之心。

所以时至今日，哪怕相隔五千年，哪怕他们的后人生活在高楼林立的现代化都市，哪怕他们是生活富裕的当代百姓，从他们嘴里讲出来的，眼里呈现出来的，依旧是对黄帝的尊崇，对这片古柏群的热爱，以及作为桥国先民后人由衷的骄傲。

他们回忆着历代守陵护林的故事，眼中，满是欣慰。

翻阅《黄陵县志》，最早记载的官方护林活动可追溯到北宋仁宗年间。仁宗赵祯听祭扫黄帝陵回京的大臣汇报：桥山栽植柏树众多，成活甚少，损失太大。于是命身边大臣拟旨，指令坊州（今黄陵）县衙，委派专人看护巡守。坊州中书接旨后，不仅发动百姓整旧栽新，又从乡间抽调寇守文、王文政、杨遇等三户人家，免除其一切差役，专在桥山上日夜巡守看护柏林。为了防止他们玩忽职守，还将这三户户主的名字刻在一方碑上，真正做到了责任落实到人，这许是中华民族的第一批专业护林员。

除却官方重视外，自古许多爱国爱陵人士捐资保护和整修黄帝陵。明朝时，从甘肃迁来一户刘姓人家，落户在黄帝陵脚下的十三村，自落户起他们便世代守护黄帝陵，且有家训言：黄帝陵上的一草一木皆不可动。他们对黄帝陵的古柏有敬畏之心，无论是烧火做饭还是冬日里取暖，绝不砍伐黄帝陵上的一根树枝，真正做到了爱林爱陵。当然，他们也只是这历代守陵护林人中的一个缩影。

到了清康熙六年（1667），因"岁久祀缺，庙遂颓败"，河西副宪鲍公于是下令集材修缮，当时的太守王公见状捐俸资之。当然，自古捐资护陵之例不胜枚举。

此外，为了保护山林整洁，维护黄帝陵区的神圣性，自1980年起，黄陵当地的民众就自发迁移自家在陵区的一些散落的旧坟。众所周知，中华民族历来重视祖坟，迁坟是十分重大且艰难的决定。黄陵人民将坟墓搬迁或平除，真正是出于对黄帝陵的热爱和守护之心。当然，黄帝亦是我们中华民族、华夏子孙共同的先祖。移除了祖坟，亦是保护了"祖坟"。他们迁坟为护林这一举动，也随之载入了史册。

在黄帝陵景区内的博物馆，有这样一幅画，画题为"桥山古柏治虫记"。画中的百姓，有的肩背农药，手拿喷雾器对着一山陵周边的树木喷洒着，有的则在山陵上挖坑，旁边放着一些化肥袋子。这幅画真切地再现了1986年5月下旬，黄陵古柏遭受严重虫害后老百姓的救林活动。当时一千三百多亩柏林遭到数万条明纹侧柏松毛虫侵害，近四百亩柏林开始发黄变枯。为了救治这些柏树，黄陵县政府动员全县人民停工、停产、停课，义务上山捉虫。后经二十余天的奋战，全县共捕捉毛虫一点二三万公斤，约八百多万条，全部挖坑深埋。与此同时，古柏又受到小囊虫与天牛虫的侵害，陵园和轩辕庙内皆有柏树遭殃，濒临死亡。百姓们又纷纷上山，对山陵及周边的古柏，分别挖防虫育林坑二千余个，施肥、清除杂草灌木，确保了古柏安全和旺盛生长。

正是因为黄陵百姓历代以来对这陵墓和柏林的守护，如今，我们才能看到如此静谧、广阔、厚重、生机勃发和郁郁葱葱的古柏林。每年清明祭祖，全国各地人士及海外侨胞纷纷往黄陵而去，他们漫步在这古柏林，呼吸着这里新鲜的空气，聆听着这里鸟儿的鸣唱，抬头，赞叹着这一片神奇的柏林。他们一定像我们一样，都用手去触摸过这些树，也一定在想，这些树底下，走过一代一代多少祭祀先祖的人。我甚至仿佛看到他们将熏香浸了油烧旺后举过头顶，鞠躬行礼的样貌。我们都在感受着黄陵带给我们的精神寄托，都在体会着古柏带给我们的神奇之感，而这些，都是黄陵百姓守护而来的。

如今，黄陵县的十三万人民皆自豪地将自己称为守陵人。我们，也在与他们几天的相处中，感受到了他们对这片土地的热爱，对身为黄陵儿女的自豪。守陵护林，将是他们祖祖辈辈的信念。

柏灵悠悠，帝灵昭昭。柏灵帝灵，融为一体。守护好柏，亦是守护好先祖创下的文明。看，古柏咧开了嘴，仿佛在笑……

雁塔晨钟

这声音,响彻了近千年,不绝于耳。

有少女,对着它祈福,愿得一如意郎君,转眼,子孙绕膝,容颜迟暮;有小僧弥,对着它信誓旦旦,愿养心修德,普度众生,转眼,弟子成群,圆寂而去。一代一代,就此别过,只有它,还立在这儿,咚……咚……天籁般动人。

千年的岁月在这荐福寺留下了痕迹,古槐皱纹横生,小雁塔三合三开,只有它,托着近千岁的身躯,依旧倔强地矗立在这长安城,那清脆的声响,分明就是一位不服老的"顽童",仿佛在告知人们,看,我身体还硬朗着呢……

雁塔晨钟,若没有这钟,恐怕便没有那相得益彰的美了。八百多年来,它就是如此,心甘情愿为小雁塔配着悠扬的乐曲,与它一同,沐风雨,迎朝阳,看时代更替。

我在仰望它,如同这八百多年来每一个前来敲响它的人一样,虔诚,尊重。我知道,再过百年,它身边,依旧人烟环绕,但是,只有它知晓,今日,我曾经来过;只有它知晓，这八百多年，都有谁在它身上留下过痕迹。他们的夙愿，它都一一记着。

我也敲响它，一声清脆，二声悠扬，三声久远……在这钟声中，我仿佛看到了那些一代代走过的人们，他们穿着象征着时代的服饰，挽着特有的发髻，向这钟声许下夙愿，而这钟里，分明就有个慈祥的老者，点着头，微笑地看着人们。

作为长安八景中唯一以声为景的雁塔晨钟，自然是有它的魅力，而为这景发声的钟，更是不容小觑。自安身于小雁塔身旁之日起，它就与之相互辉映，使得这荐福寺更加的厚重庄严，悠远引人。虽然相比这唐景龙年间就建成的小雁塔，它迟来了那么久……

公元1192年，金章宗明昌三年（1192），一群工匠受武功崇教禅院主持委托会聚在今天富县的阳务村。他们赤裸着上身，露出黝黑瓷实的臂膀，准备铸造一口大铁钟。这可是他们娴熟的工艺，以泥型铸造法，埏土做外模，剖破两边形，以子口串合，翻刻书文于其上。内模缩小，空其中体，外模刻文后以牛油滑之，而后盖上，泥合而缝，遂铸成这高三点五五米，重约八千公斤，上刻"皇帝万岁，臣佐千秋，国泰民安，法轮常转"十六字的大铁钟。

这铁钟总归是与小雁塔有缘的。若非如此，它怎能在铸成许久后，就遇上渭河改道，武功崇教寺一夜被毁，它也随之流落渭河河底。那些年，它一定在等待着，如同压在五行山下的孙悟空等待唐僧一般，等待着有朝一日能够有新的归属。直待清康熙年间，一位村妇在河边浣洗捶打衣服时突然听到河底传来震鸣之声，遂报告官府，它才得以重见天日。随后，众多大汉齐心协力将它抬起来，用车载之，移入荐福寺内，为小雁塔作伴。

钟声悠扬，塔影秀丽，荐福寺重修塔寺，又偶得铁钟，一段佳话自此被人们传扬，长安城的百姓们纷纷讨论着这一美景，荐福寺一时间人来人往。

清晨，寺内僧弥敲响铁钟，清脆洪亮的钟声响彻上空，旋转着向长安城四散而去，朝阳下巍峨而秀美的小雁塔，温柔地看着这口钟，看着来来往往的百姓，仿佛，它们原本就是一体的。此后多年，这两位老者朝夕相伴，成了名副其实的忘年交，小雁塔有了这个比它年轻些的朋友，便不再孤寂，大铁钟有了小雁塔，便更加欢愉地鸣响……阳光、塔影、钟声终是交织成了这脍炙人口的绝美景观，雁塔晨钟终是以它的独特之处名列长安八景之一。

"嘈呟初破晓来霜，落月迟迟满大荒。枕上一声残梦醒，千秋胜迹总苍茫。"

雁塔晨钟之景观自此成了荐福寺的标志，不知不觉中，前来祈福的人们举袖成云……有文人雅士为赏景而来，有闺中佳人为良缘而来，有家中老妪为在外游子而来。据说，这钟声能将长安城的思念传至远方的亲人耳中。那还是清朝末年的一天，有一位妇人愁云满面而来，祈愿自己那戍守边疆多年生死未卜的丈夫能早日平安归来。得知她的心愿之后，荐福寺的方丈让她将所盼写于黄表纸上，将其作法后贴于大钟上，随后让这位妇人击钟，三日之后她的丈夫果真回到了家中。消息传开，久久未见孩子的老妪，怎能不来……就这样，一代一代的身影，在这里云集，从这里老去……

其实，雁塔晨钟之景，并非清代偶得铁钟后才有。早在唐代小雁塔建成时，为早起礼佛、译经，寺中僧尼就曾于"每日清晨击钟"，召集众僧。只是那钟，后来去了何处便不得而知了。所以小雁塔其实也一直在等待，等待着有朝一日，能再有伴侣与之携手，为人们展现这一人间美景。

如今，世界各地的游客们聚集于此，在这千年古树下，聆听着小雁塔的故事，聆听着自己亲手撞击出的清脆钟声。多少年了，这一对老朋友依旧如此祥和地看着来来往往的人。我突然想起了电影《博物馆奇妙夜》中的场景，它们是否也一样，在白天，静静地扮演着自己的角色，到了晚上，两个人便窃窃私语起来，也饮一杯豪酒，也讲几句笑话，将这千年的话题，继续说下去……

灞源小记

若非前些天酷暑难耐,加之久居城中这钢筋水泥包裹着的坚硬楼房之内,使得身体与精神双双萎靡,许不会央朋友带我到这处清凉之地,便也不会遇着这么一世外桃源。

朋友原就喜欢寻访,稍有空闲就往周边乡村去跑,久而久之,便将他当成了导游,有时又兼任地图与导航之职,总之,外出之事,寻他就好了。偏他又新得一车,这车呈淡淡的灰绿色,是多年前的原装进口沃尔沃,看起来简直如老牛般稳重、结实。朋友的兄弟离开西安之前,将这多年的伴侣留给了他,他便觉获得一宝,自己的越野车从此搁置,这辆车的出镜率则居高不下。

因而,我们是坐着这与夏日气息相近颜色的车,行驶在山间满是树木花草的道路上,又打开那车上不知多少年前的CD,听着早年已被人们熟悉的英文歌曲,在半陶醉与半期待的状态下,一路往灞源而去的。

灞源,灞河的源头,我自幼长在平原,因而对给予人们童年乐趣的山和水无多少了解,更无从谈说记忆或经历,便生出向往之情。在音乐与车行驶时带起的风声交会中一路到了青坪。一下车先惊异起来。人人都说山村清贫冷寂,我是未见过这些村庄的旧时面貌,但想来山依旧是那山,水依旧是那水,只有房子,似从画中走出来一般,一水儿的红瓦白墙,又似刚成年的姑娘,娇羞地立在山脚下,隐在葱郁的树木之间偷偷观望过路的行人。因而我一下车,眼前便只见得这一片干净秀美的诗意景象,画一样的乡村,终使人羡慕,看起来,真就比平原乡村那排布整齐的房子多了些柔情,也因而从内心就欢喜了起来。

到了青坪,便直奔朋友熟悉的农家乐而去。老板娘远远地就打着招呼,使人以为是在这山内还有亲戚。看别的从城里驱车而来的游客,也是将这院落当成了家,卸下行李之后,便拿出随身携带的茶壶,在这山间饮茶休憩,只等待那老板端出饭菜来。这菜皆是屋后菜园现摘的,这老板,也皆是村中的农人转变了身份。因而,相处起来,总还透着山里人的朴实和热情。

几个凉菜,一碗油泼面,我们在这院内的凉伞底下,吃着最正宗的农家口味,连日来的压抑和烦恼在那一刻都烟消云散了。而我原本是不怎么吃面食的,许是在城里待久了,沾染了些城里人的脾性,总嚷嚷着减肥,便将自幼吃到大的面食给冷落了。如今到了山里,似乎找回了从前的乡野气,也便不顾那油泼面会长多少肉,那锅盔夹辣子要增加多少卡路里了。

在山间,最有趣的恐怕就是捡石头了。午饭后稍作休息,便与两位友人往河道而去。这灞河源头的水,清澈香甜,最是适合泡茶,朋友便拿出随身携带的纯净水桶灌了一些,而后似发现新大陆一般朝那些河边的石头而去。蓝田本就以玉出名,在这河边自然能见到一些玉化了的石头,更有些石,上面图案别具一格,引得两位友人惊叹不已。我见他们就如那掰玉米的猴子一般,见到这个扔了那个,最后终于选出心仪的一块奇石,便将之前的一块送给了我。只是那石太沉,我抱着它在山间走,没几步,便叫苦喊累。朋友倒有趣,刚捡拾完石头,却让我们先走,他要寻一草丛,大解一番。

我们便在稍远些的地方等着他,正笑谈着他不知带纸了没,却见他慢悠悠地跟了上来,人未到便嚷起来:"幼年时,常在田里用土块擦屁股,如今再次尝试了一下,却受不了呀!"我们便哈哈大笑,笑这大画家的屁股如今被卫生纸惯得娇贵了起来,再用不得土块了,自此,这便成了一番笑谈,成了这趟灞源之行的乐趣所在。

要说朋友草丛上厕所、土块擦屁股为一趣事的话,那么之后遇到的那只金贵的宠物狗掉进茅坑,便是此番出行的第二大笑谈了。我原本就害怕那些会叫喊的狗,虽也深知它们的习性，你若怕它，它便越要冲你喊叫，可见它叫着冲过来时，还是会尖叫着跑开。一个下午遇到这狗两次，被这狗吓了两次，内心便总有些不愉快。

可谁知一会儿，它便乘着它家主人在路边烤肉之际，不知怎么地跑到了农家乐的菜园中，竟然不小心掉到茅坑里头去，成了院子里人们谈笑的对象，我听闻后，亦觉有趣。想着那刚才还顽皮地冲我吼叫的狗，如今掉在茅坑的模样，又想这狗，平日养在城里的洋房，日日在干净的木地板或地毯上玩耍，天冷了要穿漂亮的衣服，天热了要剪好看的凉爽的毛发，恐怕连泥土都很少触碰，如今倒好，在茅坑里洗刷了一番，恐怕要委屈很久呢。只是捞狗时将这茅坑搅动起来，使得空气中也弥漫一种难言的气息，于是，我们只得暂时躲避，往村庄深处而去。

我是想要看一看留在山里、没有开农家乐的那些人家的院落和生活的，恰好就在附近碰到两家，一家屋里养着许多鸡，说这鸡就是给开农家乐的人家养的。另一家的样貌，倒像我印象中的山中人家，只单单的一座房屋，似关中地区苹果园里农人看苹果的房那般，只是从屋外看去，里面黑乎乎一片。我在那屋子前面先是见到了许多似排兵布阵般摆放整齐的柴火，这柴火使人看了都不舍得取出其中一根来用，仿佛取出一根，它们的队伍就会被打乱，它们就不完整了。而这样的"艺术品"，出自一老人之手。

这是这个家唯一的主人，他忙碌在屋前屋后，栽种下向日葵、玉米和各种豆子，又饲养下鸡、兔和一只小猫。用剩下的时间来将各种木柴砍成大小粗细均匀的样貌，整齐地摆放在屋子周围，他的屋子，于是似被兵士包裹着一般，使人觉得安心。当然，有了这些柴火，他必定是安心的，冬天，他将不用发愁那大雪带来的冷寂了。我突然觉得他虽然在这山中还做着农人，但却将日子过得如诗一般，在晨风中照看玉米、甜瓜和向日葵，在晚霞里砍柴、烧火、释放袅袅炊烟。他的屋子隐在几户农家乐之间，那农家乐里终日是从长安城驱车来避暑静心的人，所以总是传出阵阵嬉笑言谈之声，而他，安静地在自己的屋前忙碌着，似过去几十年一样，坚守着一个农人的本分。日子就在这日复一日地砍柴中，在这向日葵的逐渐成熟中渐渐走远。我们也渐渐走远，只是拿出手机，拍下那样一座房屋，在向日葵和夕阳的映衬下，在士兵般排布的柴火的包裹下，朴实沧桑的房屋。

　　在山中，不知不觉便会多吃，好似平日里的自律都是假的，都是装样子给别人看的，一下子就将身材、美丽都抛到一边了，所以晚饭不免又多吃了些，我们又沿着盘山公路走上去，散步消食。夜晚的山异常静谧，那白日里被忽视了的虫鸣蛙叫便显得格外响亮，花草甚至泥土的香味也变得格外浓郁，只是忽地听见几声炮响，惹得人循着声音四处去寻觅，后来才知，那是为了赶野猪在空中用高压电做的什么设备。山中多野猪，时常糟蹋村民们种的粮食，如今农人们生活好了，物质较过去丰富了许多，加之科技的发展，总有些对付野猪的法子。况且，如今，他们在山里开农家乐，开办蘑菇基地，养家的方式也较过去丰富了许多。趁着月色，我们又驱车赶到村上的超市去买了些东西，那一早迎面遇着的青坪村便朦朦胧胧展示在眼前，人也就游弋在那月光下画一般的洋楼当中，成了画上的点缀了。如今，这里还因为李先念、汪锋等老一辈无产阶级革命家曾经战斗过而被打造成了红色旅游基地，加上当地"美丽乡村·文明家园"的建设思路，久而久之，就成了如今惬意、悠然、美丽，使人喜爱的模样。

想想十多年前，他们许还在这山间，守着那些打不了多少粮食的农田，养着那些大大小小产不了多少收益的牲畜，住着那潮湿破旧的土房，过着清贫单调的生活。如今，不仅家家户户换了新颜，随着旅游景点的开发，还带来了山外避暑的游客。而那一个个菌菇基地、西洋参种植园，也如同农家乐一般在山内涌现出来。于是，农人们在自家屋里当起了小老板，身上的衣物早已与城里人无异，手里拿的手机日日播放着短视频，楼下车库停着自家的汽车，相较起来，我们这些从城里驱车而来的人倒只是短暂休憩。虽是人在此，胸中却似藏有万千心事，那房贷、车贷的压力，那工作、生活的压力，似乎怎么卸也卸不掉，只能在这山间寻求片刻放松，在河道捡拾几块石头，在山林中呼吸几口新鲜空气，在农家乐吃些天然的蔬果。第二日，却须再次一头扎进那都市之中，扛起那生活的重负。如此，倒令我羡慕起这农家的主人来。

农家的主人倒也无多余言语，微笑着摇着蒲扇。房子是自家盖的，蔬菜是自家种的，孩子在眼前玩乐，夫妻一同经营着小院。夜里歇下来时，便真的是歇下来了。于是感慨这世道，日子富足，安逸充实，回首以往生活，竟如同做梦。十年巨变，真真切切就在眼前。夜里睡觉，梦中也发出笑声。

而我却辗转反侧，人虽在山中，看风景吃野菜的时候也是真真切切的快乐，与打糍粑的农家乐主人交谈时，也是确确实实的欢喜，可这快乐却似乎永远都只在当时，一个人静下来时，虽也带着书，但那书上的字却变成了各种生活中未解决的烦忧，于是便将那书又放下来，迷迷糊糊似睡似醒地度过了一夜。第二日晨起，重复山间饮茶、吃酒、聊天、打趣和食农家菜的乐趣，将那夜里所想之事又渐渐放下，随后一番商议之后，背起行囊，与朋友几人继续前行，一路遇美景，便停车欣赏；遇河，便捡拾石头；遇最原始朴实的农家小院，便上前观望……如此，朋友竟渐渐生出了在此租一院子的想法，几人便又畅想着如若在这山间有一小院的惬意生活，竟这么在畅想中一路到了洛源，到了草链岭，游荡一圈后,终于觉出疲倦,这才掉转车头,寻一用餐之地,又慢悠悠地踏上回城之路。这趟古滋水(灞河)的源头之行,于是成了这个夏日的一个美好回忆,成了灵魂的一次短暂休憩。便想着,明年暑热难耐时,或许这儿又会增添一些趣事吧。

泛舟咸阳湖

我与咸阳湖是老朋友了，泛舟其上却是第一次。

上大学的时候，稍有闲暇，总喜欢往咸阳湖边跑，心情好时来，心情不好时也来。在这西北内陆，能寻着这么一片一眼望不到边际的湖，实属难得。恰我偏偏喜欢水，喜欢在水边游荡，虽说那些个公园里也有湖，但去过咸阳湖的人便知，那些个小人工湖，注定是惊不起一番春心的。

咸阳湖终究不同于其他，作为黄河的支流渭河的一部分圈引而成，它自然地流淌在这儿多年。湖边的码头停泊着各式船只，总给人一种到了海边的错觉，那画舫却让人好似回到了古代的江南，仿佛那船上坐着秦淮八艳和各路才子，他们在船上弹琴画画，饮茶对诗，好不热闹！

起初，我每次来时，都只是在这岸边静静地走着。看这岸边的垂柳随风摇曳，仿佛在向我招手示意："来啦。"我点一点头，眼睛又被旁边穿着裙子挽着心爱之人的姑娘所吸引，他们显然是将这湖畔当成了约会散步之地，也对，这里确实是谈心的好去处。这么想着，眼前又突然飞过一只大鸟，正要感叹什么鸟儿如此之大，才发现原是放风筝的人紧追其后，淡淡一笑，看来春天终是来了，广场上不知不觉多了好些悠闲惬意的风筝爱好者。

记得上次来咸阳湖时，就在这岸边遇一老人，头戴一顶圆帽子，背对我们放着风筝。他的风筝在摩天轮前边悠闲地转悠着，而他呢，动作很轻，慢慢地，颇有耐心地转动着手中的线，跟看着自己的孩子似的满眼慈爱地盯着这飞上天空的风筝。只是，这风筝飞得再远，线还在自己手里，随时可以收回身边，可孩子长大后，纷纷插上翅膀飞走了，没有了线，似乎没有风筝这么好召回了。

我这么想着，从他身边经过时，停下来，静静盯着他的背影出了会儿神，又偷偷地拿出手机将这背影拍了下来，从此，与他再无交集。

上大学的时候，有次心情不好，也是来咸阳湖边转悠，遇一吹笛的男子。男子吹得陶醉，我在他边上站了半天，被那悠扬的笛音所感染，似乎又找回了生活的美好，便将那烦忧之事抛到了九霄云外，欢欢喜喜地回了学校。如今，已过去几年，再到咸阳湖时，还是会想起他的身影。

以前每次到来，我都只是在湖边看看那盛开的郁金香，顶多是在靠近岸的位置给湖里欢快游玩的鱼儿投些食。这一次，应着孩子的要求，便租了条船。是的，时隔几年，我再来时，已经是携家带口了，也该给咸阳湖这老朋友报备一下了，以后，再来看它时，我都不会孤身一人了。

我们在工作人员的指引下穿上救生衣，乘上船后，便在湖面自由游荡起来。船是电动的，不需要用桨划，只消自己掌控方向就行。一个下午，我们在这湖面上荡了几个来回。湖的北岸是渭滨公园，坐在船上，可见岸边垂柳依依，游人如织，摩天轮挂在上空，与几只飞翔的风筝交相辉映，给这春日增添了些许浪漫的氛围。唯有那秦始皇雕像，庄严肃穆地在岸边的广场盯着游人，仿佛在俯视着他的子民、他的天下。

湖的南岸则是一排住宅房，上学的时候我就羡慕住在那些楼里的人，如今，这种羡慕丝毫不减。试想一下，他们推窗就能见湖，出门就能游湖，尤其到了夏日，每夜都可在这湖边散步纳凉，好不惬意，怎能不让人欣羡呢？

只是，我却突然想起了曾经的那些人，都说咸阳古渡几千年闻名遐迩："往来名利之客，络绎不绝。沽舟泛泛，渔艇悠悠。黑鳗赤鲤，沉浮于绿水之中；白鹭青鸟，出没于烟波之上。樵士羊肠而往，牧童牛背而归。歌喧斗草，曲唱采莲。助诗家无限精神，是为一景。"此景更是位列长安八景之一，如今，这秦中第一渡口的繁盛，我是见不到了，只能通过资料去想象和感悟当时的场景。据说现在，咸阳市横跨渭河建成了一座古渡廊桥，只是，尚无缘登桥游览。此刻，我坐在船上，想象着当年咸阳古渡的盛况。船向东行时，下午的阳光正好照在船尾的水面，水面波光粼粼，如同一面平静的镜子，只是被船尾在这镜面划开了一道口子。

向西时，又恰是对着这夕阳，阳光洒落，船头依旧波光闪闪，我们迎着光眯着双眼。突然想起，去年在陕北吴堡乘船去对岸的碛口古镇时，阳光也是如此这般洒在黄河上，不可否认我特别喜欢晴天，喜欢阳光照在身上的感觉，如此，人在船里便懒洋洋的了。

我在这船上，翻出随身携带的纸和笔，记下这点点滴滴。今日我到这里，是为了这禁锢已久的脚和心灵，为了片刻放松。抬头，又看到这空中飞扬的风筝，可不是，这空中满是风筝，满是人们的憧憬。不必刻意等待，这春还是来了呀！这么想着，船便靠岸了，脱下救生衣，驱车回了西安，我想，一切阴霾终会散去，如同这天气一般，总会迎来阳光明媚的时候。

草堂烟雾

确切地说，邂逅草堂烟雾，其实是个意外。因为，它并不在我的计划之内。

却分明是被眼前这烟雾升腾的景象所吸引，乍一看，误以为跨越了尘世，来到了某个仙人的府洞，缥缈兮若仙宫之神采，缭绕兮若轻云之蔽月，猝不及防，我闯入了这座千年古刹萦绕出的神秘仙境。

这一切令人心旷神怡的感觉，皆来自草堂寺北院那口古井，长安八景之一。原如此引人入胜，盛名之下，是千百年来有幸目睹这一奇观之凡夫俗子的一颗倾倒之心。

有奇景如此，不得不驻足停歇，掏出手机，将这井吐烟雾之奇幻留存下来，同时留存的，还有对这千年古刹的崇敬⋯⋯

诚然，我本是寻访草堂寺而来，携三五好友，觅一处清静，驱车前往，只因听说这座古刹依旧保留着最原始的清雅⋯⋯

于是，带着期许，一路疾驰，就这么到了这座朱红色的大门前，赵朴初先生所书之"草堂寺"三字已令人欣喜不已，两只石狮显然是长久守护着这座古刹，自然，也是看尽了容颜衰退、时代变革。

越是迫不及待想要触摸的东西，便愈发得小心翼翼，生怕心中那股子美好瞬间被打破。很庆幸，草堂寺如所传一般清幽古朴，拥有一切古刹该有的静谧禅韵，淡然素雅。它该是为数不多的没有被商业气息熏染的古刹了。

一进寺院，只听得鸟鸣阵阵，再无杂音，眼前亦是庙宇宫殿，参天古柏，竹林悠悠，奇石溪水，碑林丛丛……细观之，古今多少事，全在碑文中。

文人墨客，携手共游，自是要稍作拜谒，而后起身，心无波澜，在这古刹踱步畅聊，享受片刻的静谧，随后，便看到了那个标志——"草堂烟雾"四个大字赫然出现在眼前。

这传唱千百年的奇观究竟是怎样一番景象，后人终究是要亲眼看看的。

顺着标志，一路到了北院，远远就见一亭台，亭内一古井，上书"烟雾井"三字。井内似有仙人居住，源源不断地腾起一股云烟，萦绕上升。山中云雾倒是时常得见，唯独这井上烟雾缭绕，且上千年如一日，不管岁月流逝，无视容颜更替，的确是第一次见。

原来，这便是清代文人朱集义诗中所写之奇观：

烟雾空蒙叠嶂生，

草堂龙象未分明。

钟声缥缈云端出，

跨鹤人来玉女迎。

他将长安八景，一一作诗，刻于石碑，留存于西安碑林，为后人观赏学习，这其中，便有对草堂烟雾的描述。足以见得，千百年来，这一奇观引得多少文人墨客的共同青睐。所以今日，我寻草堂古寺而来，直被它吸引，感其神秘，叹其美妙，不觉间，竟有些误入仙人洞府之感。再看周围，林茂竹秀，静谧古朴，时有鸟鸣伴着钟声，响于耳边，不由得陶醉其中。

这美是视觉上的冲击，虽是陶醉，却也知其形成定有缘由。

据当地人说，这古井的井壁上镶有一块石头，每有蛇卧于石上，便从井中升起一股白气，在寺庙上空缭绕盘旋。"草堂烟雾"便由此而得名。人们口口相传，却没有人在乎这条蛇的身份，或许它是误入凡间的仙子，又或是那修炼千年的白素贞，至于缘何待在此处，已无从探究。

传说虽美，却终是故事，对于文科学子而言，凡是奇观，皆要从地理学的角度去细细探寻，这一探寻，了然于心，却失了烟雾井的传奇色彩。原来这井内地热才是引起草堂烟雾奇观的真正原因。据悉,草堂寺近处有明显的地热异常,从临潼到眉县西汤浴的秦岭山前地带,存在一个地热田,开发前景十分广阔。

每年秋冬的早晨,天气寒冷,空气潮湿,井内喷出的热气一时不易散失,和空中的水汽凝聚为一体,就生成这一罕见的景象。难怪,我们是年后而来,寒气未散,恰是有幸目睹了这一景象,远远就看到井口烟雾缭绕,实在是欣喜。想到古代诸多文人墨客曾于此驻足观望,只是,留名者甚少,不觉间竟要感慨,往后多年,自有后代百世才子佳人再聚而来,再赏奇观,呜呼,我们只不过是这草堂烟雾的看客罢了……

却愿用这笔墨,将所观所感,说与众人听,草堂烟雾,烟雾绕井,妙不可言!

第四辑

长安佳话

才女幼薇

迢迢来路，命有玄机！

这是师父在幼薇进道观后，为她所赐之名。几千年后，当人们津津乐道于"鱼玄机诗文候教"此等风雅之事时，幼薇这个名，似乎早已被人们所忘记。

不，或许还有些残存的印记，长安城留下来的古树，那些屹立在各个角落上千年的古树，它们定是存留着这份记忆。那一圈一圈的年轮，记录了那么多的朝代更替、兴亡盛衰，自然也能寻得见那句"自能窥宋玉，何必恨王昌"的感慨，长安城可是也曾，因她而风风雨雨。

人们早已忘了那个纯真无邪的少女，那个十岁即名满长安城的少女，那个荆棘鸟一般为了心中所爱伤痕累累的女子，毕竟，现在的她，竖起了一帜艳旗；毕竟，今日人山人海，云集一处，是为了做个看客，看这一代才女，如何在刽子手的刀下香消玉殒……

今日的西市如此热闹，人们都听说二十多岁的鱼玄机，那个才貌双全的女道士要在今日被斩首,那一刻,她该有多怯懦,那怯懦是否全化成恨,她好似看到了温庭筠也挤在人群中。如何,舍得骂名却舍不得他?

那是她人生最后一滴泪,此前,为了这些男人,已流得太多。

十岁那年,名满长安城的幼薇,即引得花间派词人温飞卿慕名而来,他想考考这位生活在平康里这种烟花柳巷之地的稚嫩少女是否真如所传那般才华横溢。

"你就是温庭筠,我知道你。"

他怎么也不会想到,这一场相识,害了她一生。玄机如卦,原来在此,即已注定。

他以江边柳为题,她则不负所望。

翠色连荒岸,烟姿入远楼。
影铺秋水面,花落钓人头。
根老藏鱼窟,枝底系客舟。
潇潇风雨夜,惊梦复添愁。

一纸素笺,几行娟字,写成妙语佳句。温庭筠眼前一亮,长安果真是龙兴之地,竟有如此伶俐聪慧、才华满腹之女,此才可造,当即收她为徒。

事实证明,鱼幼薇确有倾世才华,也当真名垂千古,只是，与其他才女不同，她这一生，过早地负名，过早地谢幕……

长安城传出了佳话，风流才子"温钟馗"收了才女鱼幼薇为徒，教她诗书。

这本是一件幸事，可才华横溢的男女，遇到心性相投的知己，久之，定会有情愫暗暗滋生，哪管它年岁之差，哪管它美丑之别，青春懵懂的鱼幼薇，自是喜爱上了她的师傅，在朝夕相处的学习之后，在饮酒作诗的乐趣之中，在志同道合的畅聊之下。

温庭筠怎能无感，怎能无情，可他年长幼薇太多，又自知相貌丑陋，加之温夫人厉害，思来想去，终不想害了她，正于矛盾之时，恰逢官职短暂调动，他须离开长安数日。

这一去，日思夜想，幼薇方知情谊已深，于是作诗赋情，表明心迹。一首《遥寄飞卿》，将点滴情愫寄托，碍于师徒之名，情有所动的温庭筠，只能无视这份情谊。

幼薇只能默默期盼，有朝一日，温卿归来，再续前缘。可这一盼竟是几年。回到长安的温庭筠，又老了几岁，幼薇却出落得更加标志迷人。所谓窈窕淑女，君子好逑，不是圣贤，孰能无视。

那一日，长安城来了一位才子李亿，新科及第赴任，自是先要遍寻长安名景，遍访长安贤能，却恰好在崇真观中看到幼薇之题诗："云峰满目放春晴，历历银钩指下生。自恨罗衣掩诗句,举头空羡榜中名。""竟有如此女子,有机会定要一睹芳容",心下便喜爱不已,却又在此后拜访城中贤能之时于温庭筠府中看到幼薇诗作,询问之下方知二人原是师徒。

温庭筠见李亿风度翩翩,又新科及第,对幼薇颇有好感,想来二人年岁相当,于是决心撮合,成全一对璧人。

落花有意,流水无情。幼薇见温庭筠要将自己托付于李亿,即使这位李姓官人家中已有悍妻,但看他风度翩翩,才学满腹,对自己又百般呵护,一来二去,也有些心动,于是应允了这门亲事。

才貌双全,心性至高,幼薇却甘愿与人做妾,想来她对李亿也动了心。原以为这是一段天设的姻缘,却忘了李亿家中那善妒的悍妻。

幼薇自嫁入李亿家中起,便被正室裴氏视为眼中钉、肉中刺,欲除之而后快,那抽打的藤条、辱骂的言语,让这个柔弱的女子苦不堪言。有才如此,何以忍受?然而,她最不能忍受的,还是裴氏对她的咒骂,李亿丝毫不敢言语。

终于,朝廷有命,官职调动,李亿举家赴任,却唯留幼薇于长安不能相携,裴氏发话,让他休妾。软弱如他,竟允诺,一纸休书,将幼薇扫地出门。后又软语温存,表达其心爱之意,欲先安置幼薇于道观,以待他日相会。

迢迢来路,命有玄机。

咸宜观中，从没来过如此美貌之道姑，一代才女，却被休于此，师父感慨，于是赐名玄机，于此安身，自此等候……

一年，两年，三年……师父都已经故去了，李亿又置身何处？

一念痴，一念恨。她终于仰天长笑，提笔挥毫"鱼玄机诗文候教"。

长安城又传出了一段佳话，昔日盛名远播的才女，今日的咸宜观美道士一帜艳旗，于观中饮酒对诗，终日寻欢，一时间，风流才子竞相前往，旧日冷清寂静的道观，如今琴瑟之音不绝于耳，嬉笑之声回荡于空，追求鱼玄机之人，更是甚多。

其中，就有一男子，像极了李亿。初见，就已然动心。这个叫作陈韪的乐师，鱼玄机为了他，拒绝了一众才子，这其中就有权贵裴澄。她万不知，有一天，自己的命运会由他掌控。

那一日，她受邀于平日里相交之友人家中雅聚，走前叮嘱丫鬟绿翘，如有人来，可告知去向。待她回观，见绿翘神情紧张，两鬓微红，便问她可否有人来寻，绿翘答曰，陈乐师前来，她告知师父不在，乐师随即离去。

鱼玄机疑惑：陈韪往常定是会等到她回观，怎个今日会匆匆而去？再看绿翘低头不语，神色不同往日，于是逼问，有何事相瞒。

她终是识破了绿翘与陈韪的勾当,那胸前的抓痕不就是证据?此时的鱼玄机业已心力交瘁,早在很多年前,她就写过"易求无价宝,难得有心郎"的诗句,但那时的她,尚且相信"自能窥宋玉,何必恨王昌",而今,只道是男人都一样,她却没想,眼前这丫鬟,何时长成了这般狐媚样子?

她本想庇护着她,不使她步自己的后尘,恨铁不成钢,她拿起藤条抽打了几下绿翘,却没想她反唇相讥,毫无悔改之意,鱼玄机显然是被气晕了,她手中的藤条不断落下……

那一日,她被押至堂前。堂上坐的人,分明是裴澄,她怎会有活路?

长安城今日人山人海,老百姓相继来到西市,等候鱼玄机被问斩。在众人眼里,她可是风流的女道士,哪管得你才华横溢,哪管得你命运多舛……哪管得,这是否为一桩冤案。

千百年后,人们于书中读到那句"易求无价宝,难得有心郎",读到大唐才女鱼玄机的故事,这其中,有辱骂,有轻视,所有人都说她是一代名妓,只有那些古树,那些活了上千年的古树,暗暗地目睹了那一切的缠绵和复杂,并留存于自己厚重的身躯,只有它们记得那其中的纠葛。

终于,有人开始对那一桩令她二十几岁香消玉殒的案子提出质疑,有人开始研究,说那是一桩冤案,后来,叫屈者越来越多,可是幼薇,你早已摊上了这一世骂名。

  我在这长安城寻觅,想要找寻昔日咸宜观的身影,这里早已是高楼大厦、车水马龙,我再也寻不到你被爱所负后饮酒作诗的羸弱身影。

  幼薇,这一世,你为才华所累,下一世,生得寻常些,相夫教子,浆洗衣裳,切莫有满腹才情空无所依,我们女人,终会为才华所累……

  幼薇,我在这长安城读你的故事,我多想有一天,在人群中见到一个女子,她像极了你,你是否已转世,在我们身边过着寻常的日子?

桃花缘

桃花似乎与爱情有着千丝万缕的联系，但在我出生的地方处处可见太过平常，所以并不被人们所珍视。只是仔细思索时，才发觉我们其实早已将它融入惯常，如此，遇到爱情便被比作撞了桃花运，抑或是犯了桃花。这才去细究桃花的花语，从而得知它原来象征爱的俘虏。

《诗经·周南·桃夭》似乎是最耳熟能详地将桃花与婚姻联系到一起的诗。"桃之夭夭，灼灼其华。之子于归，宜其室家。桃之夭夭，有蕡其实。之子于归，宜其家室。桃之夭夭，其叶蓁蓁。之子于归，宜其家人。"如今细想桃花在春日粉白的样貌，倒真若新娘子的脸庞一般，皮肤白皙，却又泛着红晕；美丽，又似有羞怯。更像是初落成的少女，清纯中又带着些许年轻的活力，粉粉嫩嫩，惹人怜爱。难怪大诗人崔护要被那桃林深处似桃花一般的女子所吸引，一面之缘就魂牵梦绕，终于在再次寻找而不遇的情况下写下那首《题都城南庄》来。

如今的长安，每年都要举办一场声势浩大的桃花诗会，想来也是应着唐代大诗人崔护与绛娘的那一段桃花情缘。所谓："去年今日此门中，人面桃花相映红。人面不知何处去，桃花依旧笑春风。"这样的故事，毕竟发生在都城南郊，如今，那一片桃林或许还能重现旧时风光，在春日万物焕发生机之时，一切色彩开始在大地上涂抹舞动，占领着新一年属于自己的领地。于是，红的、绿的、粉的、紫的等被枯黄暗淡压抑了一个冬日的色彩，迅速地在这片土地上扎根，继而繁衍开来。

　　这样的时节，人们似乎也按捺不住，一些文艺青年开始诗兴大发，一些美女开始换上明艳动人的春装。于是，这样一场桃花诗会应运而生。诗人们会聚在桃林深处，赏花观景，美女们旗袍上了身，扭动曼妙身姿，与桃花争艳。还有那吹埙的、弹古琴的风雅之人，一同聚集在此，用口唇或者指尖传出的音律与这桃花共鸣，更与古代的文人雅士共鸣。

　　只是，这些雅，却又有些闹闹哄哄，似乎，又失去了雅离不开的静谧。想来只有桃花自己幽然地开，伴着鸟鸣、蝶飞，偶尔一人误入，捧起花枝，凑上前去，轻轻嗅着，继而沉醉，才有那清雅和文人追求的意境。

　　所以，游弋其中时，难免想要逃离，偷偷地躲出来，一个人轻轻地走，轻轻地想，想一千年前崔护与绛娘的那一段浪漫爱情故事。

众人对那首诗皆是熟悉的，只是往往不去想诗背后的故事。仿佛愈发耳熟能详之物，我们愈发容易忽视，诗也一样，太过朗朗上口，便觉得它是平常的。时常去求索那些新读到的诗词背后的传奇故事，却将自幼熟识的忘却了。

所以，我其实也是在一次和友人赏荷时，才听他讲述了那段桃花情缘，那首《题都城南庄》背后的故事。殊不知此后第二年，我们竟也渐行渐远，荷花依旧，却是物是人非。此后想起来，脑中只反复吟唱出那句"人面不知何处去，桃花依旧笑春风"。对这首诗，于是似有了新的情感。

友人讲的那段故事，自此一直萦绕在心中。唐代诗人崔护本是博陵（今河北定州）人，自幼容貌英俊，文才出众，单性情孤僻寡合，喜欢独来独往。那年来都城长安参加进士考试，却名落孙山，只得在京城暂居，等待第二年再考。其间于清明时节往都城南郊游玩，春日的长安自是美景怡人，何况郊外山清水秀，花红草绿，暖阳和风，生机盎然，不知不觉间崔护便沉醉其中，忘了时间。直待感到口渴腿乏之时，才发觉离城已远。无奈只得寻一户人家歇歇脚，讨口水喝，以便日落之前赶回城去。

他于是举目四眺，这才望见不远处的山坳上，一片桃花掩映中露出一角茅屋，于是加快脚步朝那茅屋走去。那茅屋隐在桃林之中，周围尽是粉红娇嫩又香气袭人的桃花，只在一小片空隙中有一竹篱围成的庭院，院内简朴雅洁，静若无人。崔护走上前去轻轻叩响柴门,过了一会儿,有位少女从门缝中瞧了瞧他,问道:"谁呀?"崔护报上了自己的姓名并说明了来意。那少女便进去端出一杯茶水来,打开门,让他进院坐下。她则靠着院内的小桃树静静地立在那里羞怯地观望着客人,眼里似有说不出的情谊。这时的她装扮清雅,但容貌秀丽,面颊粉红,与那身后盛开的桃花互相映衬,有种说不出来的美。这美也让恰好抬头去看少女的崔护乱了心神,他试着去搭话,她却只是笑而不语。

就这样,两个人在互相注视中结束了这第一次相见。崔护起身告辞后,少女一直送他到门口,并默默注视他离开,崔护也是不住地回望,然后怅然而归。此后一年,他在寒窗苦读准备考试之余,时常想起她娇俏可人的身影。故而在第二年考试结束之后,又循着原路奔向城南去看望记忆中的她。

郊外的景色依旧,那桃花也如去年般开得繁盛鲜艳。只是隐在桃林深处的庄园却柴门紧闭。崔护敲了很久的门,见无人应答,这才注意到柴门外原来上了锁,失望之余,他在左边的那扇门上写下一首《题都城南庄》,并留下自己的姓名,这才依依不舍地离去。

只是,人虽离去了,心却依旧放不下,而且似乎比原来更加热切地想要见到记忆中如盛开的桃花般的少女。于是过了几天后,他便又回到了这处庄园来。这一次,他欣喜地发现柴门没有上锁，却在正欲敲门之际听到院内传来隐隐的哭泣之声，这声音沧桑浑厚，似是一男子。崔护心中涌上一股不好的预感，只得用力叩响柴门。待门开时，见一老伯面容悲伤地走了出来，上上下下打量了他一番后，便开口问道："你是崔护吗？"崔护先是一愣，继而应道自己正是。未料老伯这时却抓着他，边哭边喊："是你杀了我的女儿！"这一下可把崔护惊着了，他茫然不知所措。直待那老伯又说："我女儿现已成年，知书达理，性情温婉。不知何原因，自去年清明开始，经常神情恍惚，若有所失。那天陪她出去散心，回家时，见左边门扇上有题字，她读完之后，进门便病了，如今已绝食数日，弃我而去了呀！"

老父言说自己就这么一个女儿，迟迟不嫁，便是要为她寻个可靠的君子，如今却不幸去世，说到底全怪崔护。崔护听罢老伯之言霎时犹如五雷轰顶，亦悔恨悲痛不已，于是冲进房间，这才看到死去的绛娘安然地躺在床上，俨然睡着了一般。他一把抱起绛娘，哭着喊道："我是崔护，我来了，你睁开眼睛看看呀！"如此不知喊了多久，突然感觉怀中的少女似有轻微的动静，再一看，这少女似乎是感觉到了崔护的呼唤，竟然缓缓地睁开了眼睛，虽是气若游丝，但却定定地看着崔护。崔护赶忙喊来少女的父亲，又是喂水，又是拍背，就这样，少女绛娘奇迹般复活了。她的老父亲大为惊喜，便将女儿许配给了崔护。

如此，像桃花一般的少女收获了桃花一般的浪漫爱情。这一段情缘，也被人们称为"桃花缘"。由这段故事，继而衍生出了"桃花面""桃花笑""人面桃花"等词语，更是被人们广泛地运用。

　　如今，身居长安，幸而能在每年初春领略那万亩桃花之美，亦能从那桃花诗会中欣赏优雅女子的旗袍之美。眼前是粉嫩鲜艳的桃花，耳畔是悠悠传来的乐曲，伴随着《归去来兮辞》《渔舟唱晚》《采薇》等曲目，再来上一杯桃花酒，不知不觉间便沉醉了。恍惚间，那桃林深处，似乎有一对佳人，男子长相俊秀，文质彬彬，女子娇俏可人，面若桃花……他们的故事，真真假假，传诵了上千年……

"曹大家[①]"班昭

我因为是扶风人的缘故,又加上从小走了文学这条路,因而常被周围的贤达比作班昭。心下里也知道那是抬爱,知道相比班昭我的庸常,对于这份美誉,也总是摆摆手害羞一笑,嘴里说着"不敢不敢",内心却也是十分高兴的。

这不,当我向乡贤孟建国先生讨一幅字时,这位曾经的老领导、现在的诗词学会会长大笔一挥,填了一首《临江仙·读马婷名人传记》:"渭水扬波太白俏,法门钟磬清高。一支妙笔尽妖娆。古今多少士,窈窕说雄豪。礼乐周原荼藿好,伫看文韵诗骚。三杯西凤醉思滔。扶风才女在,谁可继班昭?"我接到这幅字自是欣喜不已,装裱了挂在家中,日日看着便觉舒爽。时间长了,竟以为自己真和班昭有了联系,加之另一好友,亦是扶风有名的贤达,常在乡友聚会中,介绍我时,牵出班昭来。这让我羞愧之余,又潜移默

[①] 大家:即大姑,古代对女子的尊称。"家"通"姑"。

化地以为自己与班昭近了一步。

于是闲暇时,细细地探究起这位扶风历史上当之无愧的才女来。众所周知,我们扶风在东汉有班马耿窦四大家族之说。班昭这位军事家班超和史学家班固的妹妹自然是班家的代表人物之一。而我,却是当时叱咤风云的马氏代表伏波将军马援的后人。如此看来,同属扶风四大家族,虽我生得迟了近两千年,但想来祖上该和她家有些交情的。古时候流行大家族联姻,说不准,我们马家和她们班家的族人或后人就有姻亲之缘,如此想来,便觉和这位才女有了些许牵染。对于她,便更加好奇和崇敬,闲来读书时,也多了些关注和探寻的心思。

班昭这位东汉著名的文学奖、史学家,之所以能名垂千古,想来除了与她续写兄长班固未完成的《汉书》外,亦因她作了影响深远的《女诫》。当然,相较而言,出生儒学世家的她,要比我这普通农家儿女的家世好上千倍,但我所处这时代,又弥补了那一份差距。她是远近闻名的学者、史学家班彪之女,上有兄长班超和班固。在父辈的影响熏陶下,他们兄妹自幼识文断字,读史作文,学问广博,才华出众。十四岁那年,班昭嫁于同郡人曹世叔。却未料丈夫早逝,班昭自此清守妇规,言行举止以礼束之,时刻秉持优良的气节和品行。又因她博学高才,爱好历史,续写了哥哥班固未竟的《汉书》,而受到汉和帝的赏识和尊敬,多次召她入宫,教导皇后和贵人们,因而有了"曹大家"之称。在后来的邓太后临朝后,她还曾参与政事,足见其才华。细说起来,这位出生扶风,对东汉影响深远的才女的一生,似乎有几个故事不得不提,而这几个故事又都离不开她的两位兄长。

班家真可谓人才济济,在当时的王朝,文有班固著写《汉书》,武有班超出使西域,又有妹妹班昭秉承父兄遗志,为班家锦上添花。他们兄妹之间的感情也异常深厚,故而在兄长班超年老之时,班昭才大胆上书和帝,以求得兄长回到家乡叶落归根。当时的班超久居偏远的边塞,年纪渐长又思念故土,因而多次上书朝廷请求回乡,却一直未得到批准。妹妹班昭看在眼里,心疼哥哥年迈思乡成疾,于是给汉和帝写了一封陈情表,阐述了班超以往功绩和守卫国家的辛劳;年迈衰弱多病,倘若边塞有突发事件,恐力不从心的现状;又列举古人十五从军、六十还乡之例,请求和帝允许班超回到故土,以免为国尽忠的兄长在荒凉空旷的西域终老。这封言辞诚恳、情真意切的陈情表,使汉和帝感动得落泪,并为其文采而折服,终于同意班超回乡,继而派遣了新的西域都护接替他。这一为兄请命的事件也因而被广泛传颂,人们对这一才女的佩服从此又增添了许多。

加上班昭还续写了哥哥班固未完成的《汉书》,因而备受汉和帝看重。汉和帝永元元年(89),同为扶风人的名将窦宪因擅权被杀,班昭的哥哥班固也被牵连其中,死于狱中。由他撰写的《汉书》因而未能完成，且稿本散乱。班昭于是继父兄遗志，在藏书阁经年累月阅读了大量史籍，整理、核校父兄遗留下来的散乱篇章，并在原稿基础上补写了八表。除整理、续写《汉书》外，班昭还曾教授大儒马融等诵读《汉书》，为《汉书》的传播及普及做出了贡献。正是因此，汉和帝多次召她入宫，并让皇后和贵人们视她为老师，称为"大家"。如此，她又有了续写汉书之功绩和朝中"大家"之美名。相较而言，我一未对国做何贡献，二只一远离首都的普通百姓，不能踏进官方大门，就算踏进了，也恐怕是唯唯诺诺，那点浅薄的才华便如投入大海中的石子一般，迅速隐没，而激不起什么浪花来。这么想来，再有人以班昭来夸奖我，我恐怕要羞愧得躲藏起来了。

纵观班昭这一生，出生富贵之家，虽丈夫早逝、守寡多年，却受皇帝太后看重，也算是受尽皇恩。可她晚年时身患疾病，不知是否怕自己逝后家中适婚女子们不懂得妇女礼仪，将来言行举止影响夫家的面子，也辱没了她们班氏一族，因而著成一部《女诫》，以勉励后世女子。书成后虽是对宫内妇女的教育有所帮助，但也颇具争议。观《女诫》一书，分《卑弱》《夫妇》《敬慎》《妇行》《专心》《曲从》《和叔妹》七章。主要论述女子在夫家需要处理好的三大关系，即对丈夫的敬顺，对舅姑的曲从和对叔妹的和顺。在旧时社会，女子不大从事社会工作，故而一生以家庭为主,如此,班昭认为女子应该以柔弱为美,以恭顺谦让为德,在夫家,与公婆叔姑皆要处好关系,即谦顺忍让,宽容和睦,即便有了矛盾,也要从自身找问题。在那个男尊女卑的社会,这本《女诫》迎合了统治阶级男权至上的要求,自然是受到褒扬,男人们欣然让自己的家眷熟读,女人们或许也并无异议,即使内心偶尔委屈,恐也不会怀疑这《女诫》中所书。

直待近代女权运动兴起,这本书又被认为是封建礼教的精神枷锁。其实细看《女诫》一书,如若是放在当下,确实不大合适。《卑弱》一章有:"谦让恭敬,先人后己,有善莫名,有恶莫辞,忍辱含垢,常若畏惧,是谓卑弱下人也。晚寝早作,勿惮夙夜,执务私事,不辞剧易,所作必成,手迹整理,是谓执勤也。正色端操,以事夫主,清静自守,无好戏笑,洁齐酒食,以供祖宗,是谓继祭祀也。"《专心》一章有:"《礼》,夫有再娶之义,妇无二适之文,故曰:夫者,天也。天固不可逃,夫固不可离也。行违神祇,天则罚之;礼义有愆,夫则薄之。"别说如今的事业型女士,就是我自己读起来也庆幸没有出生在那个年代。所以说,历史的变革,时代的变迁,人们生活和思维模式的改变,已难以用当下的标准去评判旧时的社会准则。也是因此,这本《女诫》为班昭带来了一些负面的评价,但这些评价对她一生的功绩和才华的影响微乎其微。

我们能看到的，依旧是一些大家对她的称赞。南朝宋时期著名史学家、文学家范晔在《后汉书》称她："博学高才，世叔早卒，有节行法度。"清代女作家赵傅赞她："东观续史，赋颂并娴。"宋人徐钧在《曹世叔妻班昭》一诗中写道："有妇谁能似尔贤，文章操行美俱全。一编汉史何须续，女诫人间自可传。"人们关注的，多是她的才学、她为兄请命的气魄与胆识、她续写《汉书》的功绩与历史价值，而这些，即便我生在现在如此包容开放的社会环境中，也依旧不及呀！所以对于班昭，我也只有尊崇和仰望，连缅怀竟也觉没有资格了。只能暗暗庆幸自己生在周原这人杰地灵之处，也吸收了这古代贤达们留下来的灵秀之气，故而能增添一些好运罢了。

先祖伏波将军记

在我的记忆中,家中祖茔一直有一方残碑,上书"扶风龙里马氏当今生人属伏波将军马援后代;祖上马援公为繁华要冲之区沣河南岸茂陵山人,非安葬国之重器的咸阳茂陵人;历代(历朝)马氏某辈人从这里入世立功名;明朝正德年间有称东公的那位先人是伏波将军第三十八代孙,之前约平均三十八年一代;龙里马氏后裔支派最初来到龙里文庄的是盛国名臣"等大致内容。此残碑乃为清光绪年间,马氏族人姚氏夫人因年轻守寡负薪,含辛茹苦抚育二子成人,被当地推举节孝情事,有幸得朝廷准奏并获圣旨旌表而立的旌表路碑。此旌表碑除却记载姚氏夫人的美德之外,撰文之人还将龙里马氏的根脉一并录入。明确提出,龙里马氏当今生人属伏波将军马援后裔。

当然,这碑文中的记载,与20世纪中叶以前,周边马姓皆来龙里祖茔祭祖的情形不谋而合。此茔占地二亩,四角有桩石界标,茔内竖石碑一方,上书"汉伏波将军马援后裔之祖茔",20世纪中叶被推平复耕,石碑亦被损坏,只留得原碑四分之一。正是因这一方历经风吹雨打屹立不倒的石碑,龙里马氏族人才得以明确伏波将军后裔的身份。

而这些,与祖父曾经给我讲述的祭祖事宜也相符。家谱中关于姚氏夫人这一段记载又让我对马援后人的身份深信不疑,因她抚养的,即是祖父的父亲,我的曾祖父。而姚氏夫人,无疑,便是我的高祖母。似乎从明白了这方残碑中文字的意思起,我的心中即因此增添了一些马援之后的荣誉感。尤其当我知晓幼时所学"马革裹尸"等成语都是因先祖而来时,那种荣誉感就更甚了。

那年西成高铁首发,有幸被邀乘首发列车到达成都,并于武侯祠游览半日。接待我们的是成都当地有名的网红导游,因擅长将历史用现代化的语言风格讲述而深受欢迎。当他介绍守护在武侯祠的武将之一马超时,我有些兴奋地自言道"我的祖先",他似乎是听到了,转头只问了我一句:"你是扶风人?"

那一刻,所有人都随着他的目光而转向我,当然,所有人也都知晓了我是马援的后人,他们觉得武将后代是文人,似乎相得益彰,我也从内心觉得荣耀。扶风的马氏当然亦有大儒马融,可我们习惯上还是称自己为马援后人。我的微信头像甚至一度是一张穿蓝绿色旗袍、双手合十置于面前做拜谒状的照片。这张照片即前年在扶风的伏波村,于马援墓前祭拜时所拍摄。当时，我怀着拜祭祖先的激动心情，于夏日驱车前往，围绕先祖坟茔慢慢地转了一圈又一圈，想要在那绿荫之下跟他聊上几句。

几年前看《大秦帝国之崛起》，剧中重现"阏与之战"，赵将赵奢领兵斩杀秦军近十万，打破了秦军的不败传说，他也因此被封为"马服君"。我身为陕西人，按理该为秦惋惜，但同时，又不免骄傲。怎么先祖们就都这么厉害了？写下这句话时脑海中忽地闪过了那个纸上谈兵的赵括，也对，要不是他，赵氏后人也不会以封地"马服"为姓，后又延续省略为"马"。

不过赵氏虽然受到重创，但后人依旧崛起了，东汉初，马援归顺光武，助刘秀消灭隗嚣。此战前夕，马援堆米为山，指点山川形势，标示部队来往道路，其中曲折深隐，无不毕现，对战局分析透彻明白，使得刘秀大喜"敌虏已在我眼中了"，终决意进军，大举获胜。马援的"堆米为山"也成为战争史上的创举，具有重要意义。

此后，马援在建武十一年（35）时，被任命为陇西太守，旋即抚平羌乱。其实从新朝末年开始，塞外羌族就不断侵扰边境，不少羌族趁中原混乱之际入居塞内，金城一带多为羌人所占。后来，刘秀听从陇西侵扰祸害除马援外无人能平的意见，封他为陇西太守。马援不负所望，先是派步骑三千在临洮击败敌人，斩首数百人，获马牛羊一万多头，又使得守塞羌人八千多，望风归降。在战争中，他也是身先士卒，被飞箭射穿腿肚而不顾。待平定羌乱后，他又奏明朝廷，为他们安排官吏，修治城郭，建造工事，开导水利，鼓励人们发展农牧业生产，郡中百姓从此安居乐业。而他自此在陇西太守位上任职六年，这六年，一直恩威并施，使得陇西兵戈渐稀，人们逐渐过上了和平安定的生活。

建武十七年（41），马援被征入朝任虎贲中郎将，后来又被任命为伏波将军，南击交趾，大破反军，斩首数千级，降者万余人。随后乘胜进击，使得敌众四散奔逃，并斩杀造反头领征侧、征贰两姐妹，传首洛阳。此战大捷后马援被封为新息侯，食邑三千户。他像以往一样犒赏三军，将赏赐分给将士们，故而深得人心。紧接着，他又率大小楼船两千多艘，战士两万多人，追击叛军余党，平定了岭南。此后，他像之前在陇西一样，组织人力，为郡县修治城郭，并开渠引水，灌溉田地，便利百姓。还参照汉代法律，修正当地律法，并向百姓申明，以便约束。从此，当地始终遵行马援所申法律，所谓"奉行马将军故事"。建武二十年（44），马援率部凯旋。刘秀赐他兵车，朝见时位次九卿。

后来，他又先后北击乌桓，二平岭南，最终战死在了沙场。令人悲愤的是，当他拖着六十多岁的身躯在战场上浴血奋战、陷入绝境之时，朝廷内的奸人却正在朝堂上诬陷他，使得他为国捐躯却不能得到好好安葬。那是建武二十四年（48），南方蛮夷暴动，武威将军刘尚前去征剿，结果全军覆没。马援时年已六十二岁，却坚持请命南征。刘秀一开始考虑到他年事已高，没有应允，马援却一脸坚毅地请示道："臣还能披甲上马。"光武帝刘秀于是让他上马一试，只见马援披甲持戈，飞身一跃，在马背上昂首挺胸，神采奕奕。刘秀见马援英豪之气不减，很受感动，笑道"这个老头真是英武"，遂答应了他的请求。此后，马援率部迎击蛮夷，斩俘两千余人，使得蛮兵逃入竹林中，但他却也因为行军路线和同为扶风人的耿舒产生了分歧。耿舒想要走路远、粮运不便但却好走的平路，马援则认为走路近、但山高水险的山路好，两人因意见分歧上表说明情况，随后皇帝同意了马援的意见。但部队却在前行时，因水流湍急加上蛮夷紧守关隘，船只难以前进，加之天气酷热难耐，好多士兵得了暑疫等病而死，马援自己也身患重病，部队因而陷入困境。

为保存实力，马援命令将士们靠河岸山边凿成窟室，以避暑气。虽困难重重，但他意气风发，壮心不减。每当敌人登临高处示威时，他皆拖着重病之躯出来观察敌情。此举也令手下将士感动不已，甚至热泪横流。但此时，耿舒却写信给其兄耿弇，告了马援一状，信中所言之意，都怪马援选错了路，才使得将士们被困在壶头山，忧郁将死，又指出马援用兵，像西域的贾胡，到一处后就止步不前。耿弇收到此信后当即奏知刘秀，刘秀派以前就对马援不满的梁松去责问马援，并命他代监马援的部队。不料梁松到时，马援已死，但此时的梁松却旧恨难消。只因当初马援生病，他去探望时，马援因与他父亲是同辈故而对他的行礼没有回敬，但他却觉自己是皇帝的女婿，受到了轻慢，因此怀恨于心，乘机构陷，刘秀因而大怒，追收了马援的新息侯印绶。

与此同时，一些素来眼红马援，却因马援太正直，加之皇帝看重而不敢说三道四的人按捺不住了。此前南征交趾时，马援常吃一种唤作薏苡的能治疗风湿的果实，因交趾之地盛产此果且果实硕大，故马援在班师回京时拉了一车当作种子。一些权贵见马援拉了一车东西，以为是南方的奇珍异宝，又没有分给他们丝毫，便议论纷纷，却无人敢向皇帝上告。待马援死了，又被收回新息侯印绶，这些人便开始站出来，诬告马援曾搜刮一车珍珠文犀运回，使得刘秀更加愤怒。马援的家人见皇帝震怒而不知缘故，于是惶恐不安，甚至不敢将他埋到祖坟，只得在城西临时买了几亩地，草草安葬；宾朋故旧们也不敢前去吊唁，景况十分凄凉。直至葬完马援后，家人们才到朝廷请罪，得知原委后，马援夫人先后六次上书皇帝，申诉冤情，言辞凄切。刘秀这才命令安葬马援。后来，明帝继位，马援的女儿被立为皇后，直至马援夫人去世后，朝廷才为马援聚土为坟，植树为标，并建筑了祠堂。到了汉章帝时，追谥马援为"忠成侯"。

这位东汉的开国大将，一生戎马，功勋无数，勇猛正直,范晔在《后汉书·马援传》中如此写道:"援年十二而孤,少有大志,诸兄奇之。……常谓宾客曰:'丈夫为志,穷当益坚,老当益壮。'"又在一次战胜而归,众人设宴庆贺之时,对平陵人孟冀言:"男儿要当死于边野,以马革裹尸还葬耳,何能卧床上在儿女子手中邪?"使得孟冀直呼:"谅为烈士,当如此矣。"自此,他的马革裹尸之言传唱千年,成为无数英豪的座右铭。而除却征战沙场之外,马援其实也颇有文采,在南征交趾时曾作诗《武溪深行》,亦被众人传唱。当然,马援相马也是出了名的,他曾师于杨子阿,学习相马骨法,著有《铜马相法》。

马援的赫赫战功,以及他的女儿被立为皇后之荣耀,让马氏一度成为扶风四大家族之一。又因为马援南征北战,安抚百姓,使得各地百姓过上了平稳的日子,因而百姓对他心生感激。所以全国多地设有伏波祠、伏波庙、伏波雕像等。伏波将军马援这位东汉开国名将,也因而威震八方。马氏在东汉,亦赫赫有名。

虽然如今封建王朝早已远去,所有姓氏皆无贵贱,我甚至从小到大一直嗔怪自己的姓不够好听,对于女孩子家,起任何名字都没有灵秀的感觉。观人家白、苏、沈等姓,似乎本身就带有文雅清秀之气息,无论后面跟什么字,皆觉好听。而我因为如今相处的圈内多是长辈,对我的称呼大都是姓氏前加一"小"字,于是整日里被人喊作"小马",

怎么听，也觉得有些糙，不那么细腻，不那么灵动，不那么好听，又只能无奈地接受，但心里也会因身为马援之后而骄傲，也会为马氏曾为扶风四大家族，至今亦是扶风文化史上浓墨重彩的一笔而自豪，也会为马氏家族曾经的荣耀甚至为出生龙里而骄傲。

当然，我的先祖不知有我这位后人，倘若随着社会发展，人类当真能发明出赶上光速的物质，实现穿越，而我也能因此见到先祖马援，那么，他会对我做何训诫指导呢？如今，我也只能在21世纪的现在，默默地缅怀他，在他的坟前虔诚祭拜罢了。

风流才子杜牧

  自去年春日搬家至韦曲,居樊川路附近,不知不觉已一年有余。这期间,时常去南边神禾原上的几座高校探望朋友,闲暇时,也会去樊川公园漫步。晨起出门时,开车会经过杜工祠,即便如此,却从未细想过韦曲和樊川的地名意义,总是将目光对准那些生活范围外,初次听说或偶尔踏临的地方,对于生活范围内的一切,皆忽视了。哪怕昨夜在灯下翻看《古文观止》时还重读了《阿房宫赋》,今晨开车驰骋在樊川路上时,却依旧没有多加思索。

  直到于工作室泡了杯热茶,焚了根香,打开电脑,顺着自己的写作思路写下"杜牧"这个名字时,才想起他号樊川居士,且有部作品名为《樊川文集》,只是以前没有将他那杜樊川的"樊川"与我居住地的"樊川"联系到一起罢了。如今忆起他晚年似乎居住在长安南樊川别墅,这才对"樊川"二字有了好奇之心。继而知晓樊川原是西汉开国大将樊哙的食邑,因而得名,也才知晓了韦曲和杜曲原是唐朝望族韦氏和杜氏所居之地。以前倒曾听说唐人之语："城南韦杜，去天尺五。"也知晓唐太宗的韦贵妃、唐中宗的韦皇后及唐朝诸多宰相皆是家世显赫的韦氏族人，却从未想过如今我居住的韦曲，便是所谓京兆韦氏的府邸所在呀，更不知杜曲便是京兆杜氏的府邸旧址。如今的长安杜氏家族墓葬，就埋葬着著名宰相杜如晦、杜佑、晚唐诗人杜牧等，可我却对此一无所知，实在愧疚。却也因此，对所居之处有了异样的情感，似乎言语之中，也要以此为荣了。

其实对于杜牧自然算是打小就熟识的，就连家中五岁的孩童，也能将他的《清明》《山行》《赤壁》《过华清宫》《泊秦淮》《江南春》等熟练背诵，而他二十三岁时作的赋体散文《阿房宫赋》，亦被诸多学子牢记于心。对于文人而言，一生能有一首代表作流传，已是幸事，他的诗句时时被人们挂在嘴边，且与李商隐并称为"小李杜"，如此，杜牧的文学成就可见一斑。

这位出生名门望族的诗人，十几岁即作了十三篇《孙子》注解及诸多策论咨文；二十岁博通经史，尤专注于治乱与军事；二十三岁作《阿房宫赋》；二十五岁写下长篇五言古诗《感怀诗》，表达对藩镇问题的见解。而当时的他已经声名与作品远播，人人皆知宰相杜佑之孙，人称"杜十三"的杜牧才华出众。

大和二年（828），二十六岁的杜牧，进士及第，从此开始了政治生涯，又先后在扬州、长安、宣州等任职，官至膳部员外郎。会昌二年（842），他因受人排挤而外放为黄州刺史，无异于贬谪，但杜牧认为自己本是文人，即使外放，依旧是文人。况他为官清廉，所居之处号称"使君家似野人居"，所以在黄州任刺史三年，反而将黄州治理得井井有条，并在黄州大力宣扬孔子思想，于孔子山扩建孔庙，并亲自改孔庙名为"文宣庙"。与此同时他还在庙中设置学堂（时称庙学），用以教化士民。甚至亲自在学堂讲学不辍，因而得弟子数百人，受到当地百姓的褒扬。

此后，他又先后任过池州和睦州刺史，为政期间，皆能兴利除弊，关爱百姓。当然，他后来得宰相周墀的帮助，回到了京城任职，但许是因京官俸禄低，又许是有其他什么难言之隐，杜牧在回到京城之后，曾多次请求外放杭州刺史。起初被唐宣宗拒绝了，但因他执意请求，后来宣宗也允了他，许他外放任湖州刺史。

杜牧在湖州任职期间，常常凭吊先贤，广结诗友，因而作了不少好诗。但却在一年之后，被内升为考功郎中、知制诰，回长安第二年，又迁中书舍人。那时的他，已至不惑之年，逐渐沉稳内敛，因而重修了祖上的樊川别墅，并将此作为闲暇时会友之地，直至宣宗大中六年（852），他病重逝世，享年四十九岁。如若放到现在，尚处壮年，正是发展事业最好的时候，但人各有命，杜牧虽早逝，却有诸多名篇留世，已无遗憾。我们这些迟生了一千多年的人，或许庸碌一生，哪怕长命百岁，死后不能留下丁点儿令后人铭记的东西，活得再久，又有何意义，终究不过在三代之后，销声匿迹罢了。杜牧的《樊川文集》，却在一千多年后的今日，依旧被我们捧在手里，时时诵读。

而我，却也因居住在这樊川路，而开始时常缅怀他。此前对他的了解，无外乎那些诗词，如今，却愈发用心，乃至点点滴滴，知晓了许多他的风流韵事。自古文人皆多情，又有那浪漫的天性，难免留下许多风雅的故事。现如今的诗人，在信息化高速发达的今天，尚爱在遇到心仪的姑娘时，作情诗相赠，更不用说古时候的风流才子了。杜牧出身名门世家，又风度翩翩、才华横溢、声名远播，自然是长安城的热门人物。

据《唐才子传·卷六》杜牧篇载："牧美容姿，好歌舞，风情颇张，不能自遏。时淮南称繁盛，不减京华，且多名姬绝色，牧恣心赏，牛相收街吏报杜书记平安帖子至盈箧。"可见杜牧之风流倜傥，在当时多绝色名姬的淮南，时常流连烟花繁盛之地，使得牛僧孺连续几年秘密派多个兵卒，换上便衣，暗中保护，并每天上报。

他的一首《杜秋娘诗》，也曾为他增添过一些美名。提起杜秋娘，我们或觉陌生，但她所作的《金缕衣》却为世人熟悉，且朗朗上口。据说这杜秋娘本是金陵美女，妩媚动人,能歌善舞,又会联诗作曲。十五岁时,她的一曲《金缕衣》即俘获了镇海节度使李锜,成了他的小妾。后来李锜造反被杀,秋娘作为罪臣家眷被送入后宫充当歌舞姬。此时的她故技重施,又以这曲《金缕衣》俘虏了年轻的唐宪宗,被封为秋妃,且受宠爱。就连宰相李吉甫劝唐宪宗再选天下美女充实后宫时,也被宪宗皇帝以"我有一秋妃足矣"而拒绝。只是后来穆宗皇帝即位后,任命杜秋娘为皇子李凑的保姆,却不料这一任命,让她卷入权力的角逐中。皇子李凑失势被废后,杜秋娘也受牵连被撵回了老家。后来又恰巧碰到了途经镇江的才子杜牧,此时的杜牧三十一岁,看着曾经光彩照人的杜秋娘如今又老又穷,心生感慨,提笔写就一首《杜秋娘诗》。全诗一百一十二句,将杜秋娘生平及自己的感慨贯串其中。许是因为人们对杜秋娘这一风云歌女太过熟悉,这首诗因而迅速传唱至大江南北。

此外,据传杜牧跟著名诗人张祜交往颇深。某次,做客淮南的张祜到官府赴宴时,看到杜牧也在座,而当时,他们二人皆爱慕座中一漂亮歌姬,两人于是商讨用投骰子来定输赢。杜牧随后悠然吟道:"骰子逡巡裹手拈,无因得见玉纤纤。"张祜一听,也不甘示弱地续吟道:"但须报道金钗落,仿佛还应露指尖。"话音刚落,两人便大笑着饮起酒来,倒把原本的约定给忘了。

而他在宣州任职时,亦有一段美事流传。当时的杜牧因听说湖州美女如云，便欣然前往游玩。湖州刺史知杜牧诗名，盛情款待，并把本州所有名妓唤来，供杜牧挑选。可杜牧看了却觉这些名妓不够美，遂并提议在江边举行一次竞渡的娱乐活动，让全湖州的人前来观看。如此，他便可在人群中细细寻找能够看中的人。湖州刺史于是按照杜牧的意愿，举行了一次活动。杜牧也终于在挑选了整整一天后于人群中，发现了一位被一老妇人带着的妙龄少女，并感慨此女真是天姿国色，对比之下，先前那些不过平俗之人。于是将这母女俩接到船上来谈话，约定不到十年，必然来此地做郡守，并定下婚约，奉上贵重的聘礼。且答应如果十年不来，就让姑娘按照意愿嫁人。从此以后，杜牧时常念着湖州，想着这位女孩。可他接连出任黄州、池州和睦州刺史，就是不能到达湖州。直到四十七岁时，才终于求得这份官职，而此时距离当年与那母女俩约定的时间，已过去了十四年。那位女孩已经出嫁几年，且有了孩子。杜牧遂责问女孩母亲为何违背诺言，将女儿许配给别人。当他看到老妇人取出盟约，说定的十年之约，现已超了十年，所以才嫁时，竟无言以对，于是送给老妇人许多礼物，暗自伤心了许久，并为此写下一首《叹花》："自恨寻芳到已迟，往年曾见未开时。如今风摆花狼藉，绿叶成阴子满枝。"

后来杜牧回到长安城，因病而身体渐衰。临死之前，他知晓大限将至，遂自撰墓志铭。但才华满腹的大文豪杜牧，最后为自己所作的这篇文却平实无奇。据《新唐书》载,墓志铭写就,杜牧即闭门在家,搜罗生前文章,对火焚之,仅吩咐留下十之二三,可见杜牧对世间一切乃至身后事皆已看淡。一代文豪终是离去,他的诗词却得以留存且流传至今,成为我们看到世间美好之物时涌上嘴边的吟诵,成为我们表达情愫时信手拈来的素材,成为每年的清明绕不开的表达。而他,也将因这些诗句,永远被缅怀。

女校书薛涛

"无情不似多情苦,一寸还成千万缕。"

居住在长安,自然,时常会念起生活在这里的古代文人,对其中的女性,更有相惜之感。如果说对鱼玄机是疼惜,对薛涛即是惋惜了。

女人似乎总逃脱不了荆棘鸟的宿命,鱼玄机因为情爱遁入道观,又为了情爱二十多岁香消玉殒;薛涛因为情爱卸下红妆,穿起道袍……至死沉默。"花开不同赏,花落不同悲。欲问相思处,花开花落时。""他家本是无情物,一向南飞又北飞。"这是她对元稹的念和怨、相思和失望。难道当真是"士之耽兮,犹可说也。女之耽兮,不可说也"。自古才女,都躲不过一个"情"字。

如果没有遇见元稹,薛涛的人生大抵不会如此吧。她与鱼玄机一样,少有才华,声名远播。不同的是出身,相同的是命运。要说她的出身,在那个封建社会,与普通布衣相比,已是金贵。父亲薛郧在京城长安当官,学识渊博,这个唯一的女儿便被他视为掌上明珠，从小教其读书、写诗，故而才有那流传下来的八岁对诗惊艳父亲的故事。据说那年薛郧在庭院中一梧桐树下歇凉，忽有所悟，便随口吟道："庭除一古桐，耸干入云中。"不料身旁玩耍的薛涛头也没抬，就续上了父亲的诗："枝迎南北鸟，叶送往来风。"而那时，她不过八九岁，这写诗的天赋，让父亲又喜又忧。自古才女心性过高，故而多波折，况那是"女子无才便是德"的封建社会，对于女儿的才华，或许薛郧已隐隐预感到她日后的坎坷，只是，他无法一辈子护她周全了。

许是太过正直，说错了话，得罪了当朝权贵，薛郧不幸被贬至四川。无奈只能携家带口从繁华的京城长安，跋山涉水，到达偏远的成都，而后没几年，却因为出使南诏身染疾病而丧命，自此家道中落。相较而言，鱼玄机出身平凡，母亲甚至靠给妓女浣洗衣服来维持母女二人的生计，而薛涛出身金贵，却因家中变故，母女生活陷入困境，无奈只能凭借"容姿既丽""通音律，善辩慧，工诗赋"，而在十六岁时加入乐籍。如此，薛涛的出身之幸却变成了不幸，而鱼玄机因十岁时遇见温庭筠，并以一首诗获得温庭筠的赏识成了他的学生，倒成了幸运的了。只是她后来因温庭筠相识了李亿，这又成了她不幸的源泉，自此波折丛生。而薛涛在成都相识了韦皋，一转身变成了大帅府里的女校书，这又似乎是幸运的了。

那是贞元元年（785），中书令韦皋出任剑南西川节度使。那时的薛涛，因美貌、才艺、辞令和见识已经颇有名气，又相交诸多当时著名的才子，如白居易、刘禹锡、杜牧等，自然是已经活跃在那些达官贵人之间了。也是在一次酒宴中，韦皋来了兴趣，让薛涛即席赋诗一首。只见薛涛神态从容，拿过纸笔，一首《谒巫山庙》跃然纸上。"朝朝夜夜阳台下，为雨为云楚国亡。惆怅庙前多少柳，春来空斗画眉长。"韦皋看罢，拍案叫绝，当下被薛涛的才华所折服。从此帅府中每有盛宴，薛涛便成为侍宴的不二人选，很快成了韦皋身边的红人。随着接触的增多，加之欣赏薛涛的才华，有时候韦皋也会让她参与一些案牍工作，处理这些公文于薛涛来说，不过信手拈来。无论才华、见解或是书法，都令韦皋赞叹。久之，他便觉这一才女做这些事未免有些大材小用，于是突发奇想，向朝廷打报告，拟奏请唐德宗授薛涛以秘书省校书郎官衔。而当时，按照规定，只有进士出身的人才有资格担当此职，史上也从无女子担任过"校书郎"，因而此事最终未能如愿，但人们却已将薛涛口头上称为"女校书"了。

薛涛到底是女子，哪知官场之道，愈发受到器重，女儿家的那种骄傲便也显露了出来。何况文人本就清高孤傲，久之，便有些恃宠而骄了。后来她收受贿赂，闹得动静太大，以致韦皋都不满，将她发配松州，以示惩戒。而那段女校书的日子，应该算是她人生中最辉煌的时刻了吧。那时，她尚不知，还有一段撕心裂肺的恋情在等着她。

长安才女鱼幼薇（鱼玄机本名），因嫁予李亿后被负，从此成了咸宜观中一风流女道，又因在咸宜观碰到了陈韪而陷入命案，二十多岁就香消玉殒。而薛涛则因为风流才子元稹，陷入深情的泥淖，谈了一场轰轰烈烈的恋爱后被元稹而弃，从此一袭道袍了余生，只留下那些诗，留下那为写情书而造的"薛涛笺"，留下那精妙的书法。所以女人终究逃脱不了荆棘鸟的命运吗？于薛涛而言，元稹，即是那棵最大最尖，令她不顾一切冲向的刺，荆棘鸟献身的那根荆棘。

终究是错付了。我想相遇时，薛涛也曾不安，将心，止步于这十一岁的年龄之差中。该是元稹用他的深情，他的诗词，他的甜言，让薛涛放下了那些世俗之念，觉得她哪怕已到中年，也是风云绰约、才华横溢。觉得元稹不会在乎她年长于他。于是，她打开心扉，深陷了进去，和鱼幼薇深信李亿时一样，哪怕他已有了妻，也甘愿做妾。薛涛却是任何名分都没有的。

元和四年（809）三月，当时名望正盛的诗人元稹，以监察御史的身份，奉命出使地方。此前，他便早闻薛涛芳名，到蜀地后，便特地约她相见。这一面，元稹即被这才貌双全且具风韵的女诗人所吸引，而薛涛，亦被这年仅三十岁的诗人俊朗的外貌和出色的才情所俘获。且相较而言，她的感情更为炽热,许是已步入中年,却从未有过那种心动和激情。人在爱的人面前总是卑微的,况且元稹当时正如日中天,又满腹才华、风度翩翩,薛涛自然放低了几分姿态。那时,她似乎认定这个男人即是她梦寐以求的那种才子,于是不顾一切,飞蛾扑火般将自己投身于爱的烈焰中。相识第二天,她便满怀真情地作了那首《池上双鸟》:"双栖绿池上,朝暮共飞还。更忆将雏日,同心莲叶间。"那时,她一改女校书之身姿,在元稹面前,完全一副柔情万种的小女子姿态。

这份爱情无疑刚开始是甜蜜的。当然,所有的情感起初都如此,所谓"人生若只如初见",自古诗人的这份多情,在如今亦随处可见。仿佛诗人表达爱意的方式即是写诗,他们用这些动人的语言打动单纯的女子,令她们死心塌地地倾心,而后却一个转身,又去赞叹另一份相遇。这种套路,我亦见到过,说起来,尚有身临其境之感。所以起初,薛涛是真的觉得幸福,那种甜蜜,是惺惺相惜、志同道合之感,是心有所依之感。此后,她和元稹二人流连于锦江边上,相伴于蜀山青川。却不过短短几月,元稹即调离川地,去往洛阳。他们的缠绵岁月亦被这一纸调令而打破,此后,便要开始痛苦的异地之恋。

这在如今,信息十分发达之日,尚且艰难,更不用说古时。起初,薛涛满怀对他们爱情的信心和甜蜜之感,也很快就收到了元稹的来信。为此,她还特意对当地的造纸工艺加以改造，将纸染成桃红色，裁成精巧窄笺，用以写那些寄托情思的诗。这些诗，当然多是为元稹而写，而那信笺便被人们称为"薛涛笺"。

我其实很容易就能想象到当日之情形：薛涛满怀深情地写下一首一首诗，寄去一封一封信。元稹起初也牵挂和思念着她，对这些来信倒也上心，倒也欣喜。可是很快，他便有了新的交际圈子，结识了新的才女，写下了新的诗词。他定也偶尔去一封信给她，只说公务繁忙，最后，这信定是越来越少，渐渐杳无音信了。才子多情却也花心，可怜薛涛对他的思念还是刻骨铭心。满怀的幽怨与渴盼，汇聚成了那首流传千古的名诗《春望词》："花开不同赏，花落不同悲。欲问相思处，花开花落时。"

当一个人不爱的时候，另一个人，做何种事，都是徒劳。更不用说，这些诗词，早已打动不了他了。况且元稹在离开川地后也确实相继遇事，先是他的发妻、贤淑聪慧的韦丛（韦夏卿之女，长安韦氏）盛年而逝，对他打击颇大，接着仕途上亦遭遇不幸，接连被贬。后来新娶的小妾亦离他和孩子而去。当然，这也不能洗刷他见异思迁之实，毕竟他后来又在遇见刘采春之后倾心，为她作诗作文，甚至言说刘"诗才虽不如涛，但容貌佚丽，非涛所能比也"。可见，薛涛在他眼中，与别的女人无异。更何况他后来又娶了裴淑，于他而言，薛涛的乐籍身份，终是不能明媒正娶的，而一时的新鲜感去后,他又怎能不介意薛涛大他十一岁呢?

可怜薛涛一往情深,到头来,却等不到心上人回来。但她毕竟是才女,毕竟心性高,于他们之间存在的身份和年龄差异,她内心明白,亦坦然而对。只作了那一篇《柳絮》:"二月杨花轻复微,春风摇荡惹人衣。他家本是无情物,一向南飞又北飞。"从此,卸下红妆,穿起一袭灰色道袍,走向淡然。多年之后,大唐的另一才女,亦因遇人不淑而遁入道观,穿起道袍。只不过她,是被丈夫李亿的原配妻子所不容,逼着一纸休书,扫出家门,又被丈夫悄悄安置在道观,从此不顾罢了。不同的是,薛涛此后淡然半生,鱼玄机却不甘心,她在道观竖起一帜艳旗,似是要报复那些风流才子,却不料将自己陷入困局。那时,她是否会想起,曾经与元稹相恋而被负的才女薛涛呢?

彼时的浣花溪旁一切如旧,只是居住在此的薛涛,从此换了心性。她一袭道袍,内心平静,诗书相伴,不问情事。到了晚年时,许是厌倦了繁华与喧嚣,又许是想要换一种心境,远离过去的种种,故而移居至成都城西碧鸡坊,建一吟诗楼,从此度过余生。大和六年(832)夏日,这位才女离世人而去,只留下那些诗词,留下一段传奇,留下薛涛笺。她终是比鱼玄机在最后幸运了那么几许,但终究,不过同样是荆棘鸟罢了。"无情不似多情苦,一寸还成千万缕。"西川女校书薛涛洪度(字洪度),终是被历史记住了。

太史公司马迁

> 苟存世间无他念，秉祖训，承父愿，续春秋，载竹简，留得青史在人间。
>
> ——秦腔《司马迁》

我至今仍记得那一幕，演员们在台前谢幕之后，观众席始鸦雀无声，继而爆发出雷鸣般的掌声，久久回荡，整个易俗大剧院处在一种无法言说的氛围之中。人们感恩演员将戏曲演得动人心弦，于是用满眼的泪水和不断的掌声，表达这种感激。而这部大型秦腔新编历史剧《司马迁》，自此也刻在了我的心中。

那是我在易俗大剧院看的第一部戏曲。2017年，此剧一经上演便得到社会的高度关注与好评，随后即成功摘取陕西省文华奖优秀剧目奖，以及第三十三届田汉戏剧奖剧本一等奖。而它的荣誉背后，是创作团队的呕心沥血，是演员们的精湛表演，更是太史公司马迁的波折人生与丰功伟绩。

"七年而太史公遭李陵之祸，幽于缧绁。乃喟然而叹曰：'是余之罪也夫！是余之罪也夫！身毁不用矣！'"大丈夫顶天立地，受此奇辱，况文人本就清高，一身傲骨，却要面对残缺之身，面对世人背后的指点嘲笑，其中滋味，可想而知。然他思前想后，追忆古人，终于从前辈身上，汲取动力，换了想法。原来文王从前被囚禁在羑里，就推演了《周易》；孔子在陈国和蔡国受到困厄，就写作《春秋》；屈原被怀王放逐，而写了《离骚》；左丘明眼睛致盲，才有了《国语》；孙膑受膑刑之苦，于是研究兵法；吕不韦谪迁蜀地，后世却流传着《吕氏春秋》；韩非子被囚禁在秦，《说难》《孤愤》于是产生。那么或许正如孟子所言："天将降大任于是人也，必先苦其心志，劳其筋骨，饿其体肤，空乏其身，行拂乱其所为，所以动心忍性，曾益其所不能。"那么这宫刑，便也是上天有意考验，使得他意气郁结，急需一发泄之法，故追述往事，思考未来，写成一本《史记》，名垂青史。其中原因当然不可知，但总归古往今来，唯有他，受这等耻辱却能不顾世俗之恶，静心书成这一本鲁迅眼中的"史家之绝唱，无韵之离骚"，留得青史在人间。足可见其意志，足可见其远见，足可见其智慧，足可见其抱负，当然，亦可见其才华。

　　去岁春，因琐事困守在家中两月有余，终于在解决之后按捺不住这颗对大自然、对外界满腹激情的心，驱车前往韩城，来到了党家村，来到了韩城古城，来到了司马祠。那时，整个城市尚显冷清，酒店也比平日里便宜了许多。我们先是来到黄河边，想要让雄壮的黄河，慰藉压抑许久的心，而后在韩城古城和党家村慢慢地转悠。如今回想起来，韩城当真是一个宝藏之地，竟然留有那么多历史遗迹，所到之处，皆兴奋不已。后来就去拜谒了司马祠，只记得是在一个高高的山岗上，需要爬很久的坡，再上许多台阶。所以，任你是谁，到了司马祠，都得从其脚下弯腰拾级而上，这似乎也显示了对太史公司马迁的一种尊敬。而这山岗，位于韩城市南十公里的芝川镇，太史公司马迁祠居于东南，东临黄河，西枕梁山，南瞰古魏长城，北观芝水长流，依崖就势，层递而上，颇为壮观，似乎可以映衬太史公司马迁的丰功伟绩。

这里曾诞生过很多文学作品，自古文人们到了太史公墓前都感慨万千，继而用手中的笔，写成一曲赞歌，写成一首悼词。所以我其实，也是有些激动、有些伤感的。为那些随历史而去的文豪，为生在世间如同蚂蚁一般的我们。太史公的生平那般波折，却获得了常人无法企及的成就，留下鸿篇巨制。我们这些庸碌的凡夫俗子，又能在历史的洪流中留下何种遗迹呢？

古人似乎比我们更相信命数，所以许多名扬千古的人物，自幼就被相士看出其面相尊贵，将有大的作为。而那些人，似乎都是从小就展露出不同于别人的聪慧、才干，或者智谋、勇气，抑或是其他。太史公司马迁出生于黄河龙门的一个小康家庭，自幼就在父亲司马谈的指导下习字读书，十岁即能诵习古文《尚书》《左传》《国语》等。汉武帝建元年间，父亲司马谈到京师长安任太史令一职，司马迁则留在龙门老家，持续着耕读放牧的生活。

待稍年长之后，他离开龙门故乡，来到京城长安父亲的身旁，受教于孔安国、董仲舒等人。学有小成之后，便开始在父亲和先生的指示下遍访河山，漫游天下，搜集异闻故事，了解各地风俗，这其实也为他后来撰写《史记》积累了一定的素材。二十八岁时，司马迁子承父业，任太史令，开始著述历史。后来便到了人人知晓的那场变故，汉武帝天汉二年（前99），李陵带步兵五千直捣匈奴单于王庭，行至浚稽山时，遭遇匈奴单于八万余骑包围，后连日苦战，虽奋起抗击却终因力竭加之援兵不到，粮尽矢绝，而匈奴之兵却越聚越多，最终降敌。武帝愤怒，群臣皆声讨李陵罪过，唯司马迁替他辩解道："李陵侍奉亲人孝敬，与士人有信，一向怀报国之心。且他只领五千步兵，吸引了匈奴全部的力量，杀敌一万多，虽然战败降敌，其功可以抵过。而且李陵或许并非真心降敌，他是活下来想找机会回报汉朝的。"然而他这番辩解，并无其他大臣支持，且不久后去迎接李陵的公孙敖谎报李陵为匈奴练兵以期反击汉朝，使得汉武帝大怒，斩杀李陵全家。太史公司马迁也以"欲沮贰师，为陵游说"被定为诬罔罪名而受宫刑，调任中书令。

这是他人生中最灰暗的时候，无人能想象得到那段时间他所经历的痛苦，身体和精神上的双重折磨。他将面对残缺之身，面对外界嘲笑讥讽的目光，这其中不乏一些同情之人，可那时，这同情的目光，同样灼人。熬过那段暗无天日的时光，他开始用古人的事迹勉励自己，从中汲取养分，从而重新振作，发奋继续完成所著史籍。于是以"究天人之际，通古今之变，成一家之言"的史识创作了中国第一部纪传体通史《史记》。此书被公认为是中国史书的典范，记载了从上古传说中的黄帝时期，到汉武帝元狩元年（前122）长达三千多年的历史，被称为"二十四史"之首。太史公司马迁也得以名垂千古，被后世之人永记于心。

人们将他的事迹编成戏曲，走上舞台；拍成电影电视剧，进入荧屏，当然，也写入历史教科书中。天下华人，莫不知太史公司马迁，莫不知《史记》。《陈涉世家》《鸿门宴》《廉颇蔺相如列传》《信陵君窃符救赵》等众多出自《史记》之文选入语文教材，伴随每个国人的青春。如此丰功伟绩，虽不能抵消他所受之苦，但总可以安慰些许。也总能让后人知晓，无论受何等挫折，只要不放弃，便有可能扭转乾坤，成就一番事业。

我的手机里至今保存着一张先生和孩子坐在司马祠前

台阶上的照片，这几年，因为我的缘故，他们时不时作为陪客，被拉着来到一些有故事之地。有时是荒废的坟冢，有时是遥远的村庄，有时是隐匿在城市中的街道。无论刮风下雨还是艳阳高照，他们都曾陪我走过，司马祠前留下了他们的照片，也留下了他们的印记，这是最初的教育，让我年幼又懵懂无知的孩子在脑海中先有了太史公司马迁这样一个名字，而后，再慢慢学习他的故事，直待把这故事也讲给他的子孙……

大唐书魂颜真卿

我一直觉得艺术和人品是分不开的。倘若一个人庸俗不堪，内心丑陋，作为毫无下限，那么作品想必也雅不到哪儿去，反之亦然。俗话说"字如其人"，连我这种毫无书法功底的人，只简单的钢笔字都能被人看穿，识出我柔弱外表下刚强倔强的内心，更不用说那些书法大家。所以颜公于我而言，除了书法造诣外，品行更是令我钦佩，何况他，出生京兆长安呢。

我虽在闲暇时，临过几次赵孟頫的帖，后来想，当初选帖时，可能因为是女儿家的缘故，怕掌控不了颜公的浑厚笔力和雄毅饱满、沉着稳重的笔法，所以对他，并无过多的研究。直待去年，陕西一唐代贵族元氏家族墓地中的一座夫妻合葬墓，出土了一方颜公在天宝五载（746）、三十八岁时为墓主罗婉顺所写的墓志。罗婉顺，天宝五载四月卒于长安城义宁坊，而其夫元大谦，即北魏常山王七代孙，早在开元六年（718）三月十三日就卒于绛州龙门县令任上，享年五十八岁。从年龄上看，这元氏夫妻是老夫少妻；从考古角度来说，女性墓志由皇族撰文、颜真卿所书，唐朝的女性地位也可见一斑。正是这一墓志的出土，引发了全国网民的热切关注，尤其是一些喜爱书法和考古或者对历史、文物有着兴趣爱好的人，无不觉得这是珍贵不已的宝贝。一时间，各种报道铺天而来，我这半吊子爱好者，也不禁打开那些新闻中的墓志图片，细细欣赏起来。

或许有人说，三十八岁的颜公还太年轻，书法亦没有形成后来浑厚雄健的风格，而是纤细轻盈的姿态。想来那时的他，经历应该也还没有那般波折。一个人的心绪是能影响创作的，即使现代的文人，亦是如此，一些打击或者磨难，许能激发出好的作品。连我，也觉在悲伤的时候，情感更加充盈，每每呈现思如泉涌之势。而颜公一直被人们赞赏和尊崇的《祭侄文稿》即是在极度悲愤的情绪下所写，不顾笔墨之工拙，只随情绪起伏而书，纯是精神和平时功力的自然流露。如此，写成之稿竟与东晋王羲之的《兰亭集序》、北宋苏轼的行书《黄州寒食帖》并称为"天下三大行书"，亦被誉为"天下行书第二"，极具史料价值和艺术价值。

《祭侄文稿》是颜公追祭其侄子颜季明的草稿，共二十三行，凡二百三十四字。通篇追叙了安禄山叛乱之时，其兄长常山太守颜杲卿父子一门挺身而出，与叛军奋力抵抗，使得"父陷子死，巢倾卵覆"。可想而知，颜公在书写这篇《祭侄文稿》时的心情，是何等的悲痛与愤怒！念起兄长和侄子，时而柔情，时而伤心，时而愤恨，乃至用笔之间情如潮涌，所写书法气势磅礴，纵笔豪放，一气呵成，成为千古名作。

而颜公最令人钦佩的刚正不阿、忠贞坚毅的家国情怀，亦在安史之乱时，淋漓尽显。颜公于唐忠宗景龙三年（709）生于京兆府万年县敦化坊，即现在的西安东南郊。据说颜氏家族本是琅邪临沂人，自颜真卿的五世祖起迁徙至长安。《旧唐书·颜真卿传》载："颜真卿字清臣，琅邪临沂人也。……少勤学业，有词藻，尤工书。开元中，举进士，登甲科。"颜公进士及第后曾历任校书郎、醴泉县尉、长安县尉、监察御史、殿中侍御史。后因得罪杨国忠，而被贬为平原太守，世称"颜平原"。安史之乱时，他正在平原太守位上，且早早察觉了安禄山谋反的迹象，他假托阴雨不断，暗中加高城墙，疏通护城河，招募壮丁，储备粮草。表面上每日与宾客游船饮酒，借此来麻痹安禄山，让他以为自己只是一介书生，不足忧虑。正是因此，安禄山后来起兵谋反时，河北郡县除平原城外大多被叛军攻陷，颜真卿在死守平原的同时派出参军快马赶至长安向唐玄宗汇报。

此时的玄宗已知晓了安禄山反叛的消息，并正懊恼生气道："河北二十四个郡，难道就没有一个忠臣？"待颜公派出的参军到达京城后，玄宗不禁大喜，对左右官员说："我不了解颜真卿，他做的事竟如此出色。"与此同时，颜公在平原增招士兵，犒赏将士，慷慨陈词、泪水挥洒，使得全军感动。到后来，济南、清河、景城、邺郡的太守或者长史都来归附他。叛军攻下洛阳后，曾派人送李憕、卢奕、蒋清的头到河北示众，颜公担心大家害怕，便隐瞒各位将领说："我素来认识李憕等人，这些头都不是他们的。"于是杀了使者，将三颗头颅藏起来。事毕，才用草编成人身，接上首级，装殓后祭奠，设灵位哭祭他们。与此同时，他的堂兄颜杲卿任常山太守，也奋力抗敌，杀了叛军将领李钦凑等人，并清除了土门的敌人，使得十七个郡同一天自动归顺朝廷，且推举颜真卿为盟主。朝廷于是任命颜真卿为户部侍郎，辅佐河东节度使李光弼讨伐叛军。而那时，太子李亨已在灵武登基，颜公于是多次派使者带着用蜡丸封的信向李亨汇报军政事务，李亨任命他为工部尚书兼御史大夫，复任河北招讨使。

安史之乱平定后，他先后在唐肃宗李亨、唐代宗李豫在位时任职，却是波折坎坷，不断遭到各种诬陷和排挤。直待李豫驾崩后的建中四年（738），淮西节度使李希烈叛乱，攻陷了汝州。素来厌恶颜公的奸相卢杞于是建议唐德宗李适派颜公前往李希烈军中，传达朝廷旨意。其后，颜公到达叛军军中，便再未回到朝廷。叛军对他又是威逼，又是恐吓，又是利诱，使尽了各种方式，颜真卿终是刚正忠义，乃至最后被叛军灭身。所以他的一生，除了书法之外，更令人钦佩的，还有这忠心耿耿、刚正不阿的品行。

《祭侄文稿》之所以能够成为经典，除了他平日里的功底外，恐怕也与他当时当地的心境有关。他另具代表性的早期楷书作品《多宝塔碑》，现保存于西安市碑林博物馆，成为许多学颜体的人所选择临摹的对象。清人王澍曾言："此碑（多宝塔）书法腴劲，最有态度。"虽说《多宝塔碑》秀丽刚劲的特点与他后期沉雄浑厚的书法风格有许多区别，但此碑用笔方圆结合，笔画遒劲而丰润，横细竖粗，结构平稳端正，布白紧凑，被众多人所喜爱。

颜公传世作品甚多，行楷俱佳，如按照早、中、晚三期来划分，其楷书代表作品主要有书于天宝十三年（754）的《东方画赞碑》，此碑给人一种气势宏大与力量充沛之感。而书于广德二年（764）的《郭氏家庙碑》，总体而言，有雍容大气之感。大历六年（771）的《大唐中兴颂》，则轩昂雄伟，古拙厚重，刚健雄壮，令人叹绝。正如人们所认为的"字如其人"，颜公的书法与其人格似乎已达到了高度的统一，因此，我们看他流传下来的字，分明能觉出一股浩然正气。如今想来，正是因他那丰富而壮阔的人生阅历，正气凛然、威武不屈的个性，以及无所畏惧的家国情怀，胸怀宽广、气势豪迈的伟大人格才造就了他磅礴庄重、雄浑大气的书法风格。

所以，颜公之所以能得到如此历史地位，之所以能如此受人尊崇，除却书法造诣外，其实还有他对国家的贡献，他的家国情怀，以及那一腔热血，那一身豪气与刚毅、坚硬的品行。所以说，他是大唐书魂，当之无愧。

后 记

我一直觉得周原和长安有某种联系,就像我们的先人从岐地到了镐京,几千年后,我也从扶风到了长安,并且居住在了少陵塬上。我用了很长时间才弄清楚我门前的樊川路与樊哙还有杜牧的关系,韦曲和"去天五尺"的长安韦氏、杜曲和同样"去天五尺"的京兆杜氏的关系。

于是,我认为此地如同我的故乡周原一般,古意流长,颇有历史文化底蕴,适合居住。更何况我的东侧即"南可观秦岭风光,北可赏城市繁华"的揽月阁,它的脚下就是杜公祠,看,如若在盛唐,我也该居住在此呀!

于是,我走在路上时开始昂首挺胸,甚至于有时要向同行者侃侃而谈,我们脚下的路,曾是谁的府邸,你看到的那株古树,哪个文人,哪个帝王也曾抬头仰望。但我其实却是个宅到快要发霉的人,我没有业余活动,整日徘徊在家和工作室之间,读书,习作,偶尔出去采风,中间穿插着几次回归老家之行。

我的故乡，我以前极力地想要撇开它，我的创作很早就脱离了农村，有一些人夸我，他们说我弃掉了陕西作家一贯的乡土化的写作，但我知道这是于文字。我的文字一直是脱离乡土的，但我的素材，都市和乡土穿插，并且我发现，故乡给予我的感受还是更深，于是我的《法门往事》和《龙里四时》破天荒地初次投稿就被留用。《法门往事》甚至获得了丰子恺散文奖，这让我不得不重新审视我的写作。

　　于是我发现，任何人都离不开故乡，离不开居住之地。我出生的前十八年是在故乡度过的，十八年之后，我开始走向城市，如今，也已过了十多年。这十多年，我唯一的一次时间长且跨度远的旅行是那次丝路采风。只有它让我的灵魂得到洗涤，让我的心灵得到震撼，让我的那些书本上的知识变成了活的，让我写就了那么些文字。

　　于是我知道，我得出去，上街，甚至入地。对，我得看到地下的东西。

　　这个城市最宝贵的东西都在地下，于是我去三座无人问津的、荒芜落寞的帝陵，去窦府巷寻雀屏佳话，去冰窖巷纳凉，去湘子庙寻访，去南豆角村，去唐长安天坛遗址，去郑国渠和昆明池……爬上城墙默默地走，走进小巷静静地看。甚至，去秦镇寻木杆秤传人，去高陵听洞箫，去水寨村看八十岁老人做瓦当，去周至体验蔡侯纸，去阎良找寻古人《核舟记》中的核雕技艺……可以说，我的这本书是用脚步走出来的，我离开了象牙塔，抛却了文献资料，用眼睛去看，用心去感。尽管我知道这座城地下尽是故事，哪怕我用脚步全部丈量一遍，也无法感知它的厚重，在它面前我太渺小。瘦弱浅薄的后来者，却想要探寻它的故事，最终只能领略到它的皮毛。如若它是一条龙，我只摸到了它的鳞片；如若它是一只凤，我只触到了它的羽翼。而我相信我穷极一生，也无法触摸和探知它的全貌。

它几千年的历史甚至令我生畏。但我是从周原来的，扶风北地，京当旁边，龙里村。我自幼生长之地比这片土地更为古老，我的家人们至今用周礼约束着我的一举一动，而这些，已经深入骨子里。

我的性格像极了这个地方，我有周人的沉稳，又有秦人的勇气。所有看过我的字的人都说我外柔内刚，于是，我充满斗志，自幼好强。我从不止步于眼前，我尊敬的一位先生说："你内心的那股子骄傲呀，呵呵。"他笑了笑，笑他看穿了我。我也笑了，笑他太懂我了。

不动声色，在所有轻视面前，不言语，暗发力。另一位我曾经认为并不了解我的先生说："她是一个很有思想的人。"奇怪的是我们并无多少交流，也只见过短暂的两次。所以我从不羡慕有些热闹，看似我在某个角落独自伤神。

当然，我亦不善交际，甚至于我有时觉得自己患上了社交恐惧症，但当我和熟悉的好友待在一起，又可以喜笑颜开时，我推翻了这种推测。不喜交际，最直接的体现就是外出活动和采风时不爱敬酒。其实内心早已挣扎了许久，但就是鼓不起勇气。在酒桌上，我是个懦夫。从不敢潇洒从容地端起茶或酒，大方漂亮地说几句话，让那些师者记住我。而从来都是默默地待在那儿，往嘴里塞着东西，其实内心的纠结已让我根本无暇品味食物的美妙，但却只能从吃或者玩手机中缓解尴尬。

我记得有次采风结束前夜的晚餐时光，所有人都去敬了酒，我尽管内心也演练了多次，但却依旧稳如磐石地坐在那里。这时，我对面某位有名的老师提到了我，他估计是注意到了我局促不安的眼神，或者是看出了我年纪最小。他突然给我叮嘱了几句话，说姑娘，几天了还不知道你的名字，你要如何如何……今日，我已忘了他的那些叮嘱，只记得他话音落了后，众人的那句"赶紧给×老师敬酒"。我这才端起杯子，似乎有了理由。似乎总要被别人喊一下、催促一下才能去做这件事，可即使这样，我还是没有留这位老师的联系方式，即使其他人在敬酒的时候早已交换了信息。

我其实也想，老师们会不会觉得我清高到并不想与他们联系，但事实就是我鼓不起勇气主动联系，我的这种不主动的表现甚至随着年龄增长而更甚。我的那位尊敬的先生说："你就这样做你自己，最好。"他说："其实大家都会记住角落里的你。"我不知这是不是安慰的话，但我就此不再纠结这个问题。

这是我性格中缺憾的东西，但我对于要写的东西却从不逃避，一定要走近，接触，所以我联系了那些"非遗"传承人，尽管也曾碰壁。他们有的已声名显赫，我想写他们，是我的荣幸，于他们，或许是件麻烦事。我就是抱着这样的心态走近他们，当然他们都是匠人，同我的父亲一样，他们用匠人精神接待了我，让我得以靠近那些古老的、精美的技艺。

那些土地也无私地包容和接纳了我，甚至那些担负有守护责任的工作人员。我在去安陵时，曾被栅栏门挡在了外面，待拨通了标志牌上的电话号码，说明了来意后，工作人员不顾正午的阳光跑过来为我打开了那扇栅栏门，陪着我在那座没被开发的帝陵静静地走，静静地看，我们聊刘盈，聊可怜的张嫣。所以这本书的诞生不是我一个人的功劳。

如今，我虽已将户口转至西安，但对这片土地而言，我仍然觉得自己是个客人。我用客居于此的态度在这片土地寻访，客气而尊敬，唯有此，我的内心才永远存有一份敬畏。这种心态，就像幼年时于亲戚家做客，总要拿出最勤快的姿态，说着最得体的话，一副西式淑女的样子。

而在自己家中，则是从来什么活儿也不干，什么形象也不顾的。

所以，我愿意永远以客居于此的态度，对这片土地，尊崇而敬畏，爱护而敬仰。或许还有一个原因，是我的故乡周原，它在我的心中也是永远绕不开的，我不想脱离它，不想让它觉得伤心，因此我说，只是客居于此。老了，还是要回去的。

老了，确实是要回去的。